uma
NOIVA
ALEMÃ POR
CORRESPONDÊNCIA

Cínthia Serejo

uma NOIVA ALEMÃ POR CORRESPONDÊNCIA

Principis

Esta é uma publicação Principis, selo exclusivo da Ciranda Cultural
© 2024 Ciranda Cultural Editora e Distribuidora Ltda.

Texto
© Cinthia Serejo

Editora
Michele de Souza Barbosa

Preparação
Adriane Gozzo

Revisão
Fernanda R. Braga Simon

Produção editorial
Ciranda Cultural

Diagramação
Linea Editora

Design de capa
Narrativa Editorial, por Helen Pimentel

Filtro em realidade aumentada
Kemelly Ferreira

Dados Internacionais de Catalogação na Publicação (CIP) de acordo com ISBD

S483u	Serejo, Cinthia
	Uma noiva alemã por correspondência / Cinthia Serejo. - Jandira, SP : Principis, 2024.
	288 p. : 15,50cm x 22,60cm. - (Os Flemmings)
	ISBN: 978-65-5097-168-7
	1. Literatura brasileira. 2. Brasil. 3. Família. 4. Drama. 5. Romance. 6. Alemanha. I. Título. II. Série.
2024-1888	CDD 869.8 CDU 821.134.3(81)

Elaborada por Lucio Feitosa - CRB-8/8803

Índice para catálogo sistemático:
1. Literatura brasileira 869.8
2. Literatura brasileira 821.134.3(81)

1ª edição em 2024
www.cirandacultural.com.br
Todos os direitos reservados.
Nenhuma parte desta publicação pode ser reproduzida, arquivada em sistema de busca ou transmitida por qualquer meio, seja ele eletrônico, fotocópia, gravação ou outros, sem prévia autorização do detentor dos direitos, e não pode circular encadernada ou encapada de maneira distinta daquela em que foi publicada, ou sem que as mesmas condições sejam impostas aos compradores subsequentes.

Ao meu amigo Espírito Santo, por ter me instruído a jogar a rede do outro lado.

Aos meus filhos semigringos, em especial à Rebeca, minha inspiração e fonte inesgotável de palavras "especiais" usadas pela protagonista.

A todos os romances de banca que li desde a adolescência – vocês me ensinaram muito, inclusive a sonhar.

NOTA DA AUTORA

Querida Cereja leitora, é com grande alegria que trago a você este romance ambientado nos primórdios da imigração alemã no Brasil.

Se você é, como eu, apaixonada por fatos históricos entrelaçados a romances de época, precisa continuar lendo este resumo das pesquisas que fiz para este livro. Nele, coloquei apenas alguns dos aspectos que julguei mais relevantes para nossa história.

Durante a leitura, lembre-se de que mergulharemos em uma época em que a cultura e os costumes eram muito diferentes daqueles que conhecemos na atualidade.

A Alemanha, então chamada de Confederação Alemã, era composta de diversos Estados independentes, cada qual com leis e governo próprios. Nesse período, começaram a surgir vários movimentos nacionalistas e liberais que buscavam a unificação do país, o que só aconteceu em 1871, sob a liderança de Otto von Bismarck.

Hamburgo destacava-se como importante centro comercial e financeiro. Era uma das cidades mais ricas da Europa, com cerca de duzentos mil habitantes. No entanto, apesar da prosperidade geral, havia muita pobreza, e a maioria da população enfrentava riscos significativos à saúde e à segurança ao viver em bairros superlotados, com pouca higiene e falta de infraestrutura básica, como água potável e saneamento adequado.

A saúde pública e as epidemias eram preocupações constantes, e o resultado das condições sanitárias deficientes foram frequentes surtos de doenças como tuberculose, varíola, febre tifoide e, principalmente, cólera.

Foi nesse contexto que, em 1845, o doutor Rudolf Virchow fez uma descoberta revolucionária: identificou e descreveu a leucemia, doença do sangue até então pouco compreendida. Sua pesquisa trouxe avanços significativos para o entendimento e o tratamento dessa enfermidade, marco importante na história da medicina.

As mulheres comuns enfrentavam condições de trabalho difíceis e eram mal remuneradas, sobretudo nas fábricas e no serviço doméstico. E as das classes mais abastadas que não se casavam ou não tinham apoio familiar também encontravam obstáculos consideráveis. A sociedade esperava que se dedicassem à vida doméstica, ao papel de mães e esposas. Desviar-se desse padrão acarretava estigma social e limitações econômicas. Contudo, apesar dessas adversidades, algumas mulheres conseguiram superar as barreiras e alcançar realizações notáveis em diferentes áreas.

Enquanto isso, o Império brasileiro, que enfrentava inúmeros desafios, viu na imigração alemã alternativas para impulsionar o mercado interno, como equilibrar o poder dos grandes proprietários rurais; estimular o desenvolvimento de pequenas manufaturas, visando à posterior industrialização; substituir, aos poucos, a mão de obra escrava; fornecer homens para lutar nas guerras; consolidar a própria presença nas fronteiras para evitar ameaças de invasão estrangeira; e promover o branqueamento da população.

Assim, em 1824, chegou ao Rio Grande do Sul a primeira leva de imigrantes alemães, capítulo importante na história do Brasil. A chamada dos candidatos à imigração ocorria por meio de anúncios em jornais, panfletos e cartazes, que destacavam as vantagens oferecidas pelo Império brasileiro, como terras férteis, clima ameno e oportunidades de trabalho. Essa estratégia atraiu milhares de alemães, principalmente das regiões rurais e das camadas mais pobres da sociedade.

Uma noiva alemã por correspondência

A viagem dos primeiros imigrantes foi uma jornada longa e desafiadora. Eles embarcaram em navios precários, enfrentando condições adversas durante semanas ou meses de travessia pelo oceano Atlântico. A falta de higiene, o confinamento e as limitações de recursos tornaram a viagem uma experiência difícil e, em alguns casos, até mesmo fatal.

Ao chegarem a São Leopoldo, os imigrantes alemães encontraram grandes desafios, entre eles terra pantanosa, de mata virgem, a qual precisaram derrubar com as próprias mãos; alimentação diferente; confronto com os indígenas etc. No entanto, demonstraram resiliência e determinação, enfrentando as adversidades e contribuindo para a formação de comunidades prósperas. Contudo, o sucesso para a maioria das famílias só ocorreu duas ou três gerações depois.

Os alemães trouxeram consigo habilidades técnicas, conhecimentos agrícolas avançados e forte ética de trabalho. Ao se estabelecerem como agricultores, artesãos e comerciantes, contribuíram para o desenvolvimento econômico do Brasil, em especial na produção de alimentos e na criação de indústrias.

Além disso, a imigração alemã deixou um legado cultural marcante. Os imigrantes trouxeram consigo sua língua, suas tradições, sua culinária, sua música e seus valores familiares, que se mesclaram à cultura brasileira. Até hoje, podemos encontrar influências alemãs em diversas regiões do país, especialmente nas cidades do Sul, onde a colonização alemã foi mais intensa.

São Leopoldo, considerada a primeira colônia alemã no Brasil, desempenhou papel fundamental nesse processo e na história do país. Chegou, inclusive, a abastecer a capital da província, Porto Alegre, durante um cerco de nove anos, na Revolução Farroupilha.

No início da imigração alemã, a comunicação por correspondência era a maneira de manter contato e de compartilhar notícias, mas o processo era lento e demorado, em razão da falta de meios de comunicação avançados. As cartas levavam semanas, às vezes meses, para chegar ao destinatário. Os imigrantes dependiam dos serviços postais, que enviavam e recebiam suas correspondências por meio marítimo ou terrestre, percorrendo longas distâncias.

Quanto às noivas por correspondência, essa prática ficou mais documentada nos Estados Unidos, mas também há relatos na Europa daqueles que buscavam encontrar uma parceira amorosa e construir uma vida melhor em terras estrangeiras usando esse sistema.

O processo das noivas por correspondência envolvia anúncios em jornais e revistas por meio dos quais homens solteiros ou viúvos que procuravam uma esposa descreviam as próprias características, a condição social, as aspirações e outros detalhes relevantes. As mulheres interessadas em responder a esses anúncios enviavam as próprias cartas, dando início a uma correspondência a distância. Conforme o relacionamento se desenvolvia, muitas vezes ficava decidido que a mulher viajaria para se casar com o pretendente, geralmente a um país estrangeiro.

Essas mulheres embarcavam nessa jornada por diferentes motivações. Algumas buscavam escapar da pobreza, da falta de oportunidades ou das limitações sociais e culturais de suas regiões de origem, almejando uma vida melhor. Outras esperavam encontrar amor e estabilidade ao lado de um parceiro estrangeiro.

Embora o sistema oferecesse oportunidades para essas mulheres construírem uma nova vida, também apresentava desafios e riscos. Além disso, é importante ressaltar que nem todas as correspondências resultavam em casamentos bem-sucedidos e felizes. Infelizmente, havia casos de desilusões, abusos e até mesmo fraudes. No entanto, para muitas mulheres, essa era a chance de deixar para trás uma vida difícil e buscar um futuro promissor em um novo país.

Para finalizar, é importante ressaltar que, para a construção desta história, algumas adaptações foram necessárias para que a trama não se estendesse por longos meses, ou até anos, mantendo a fluidez da narrativa.

Espero que essas poucas e resumidas informações possam contribuir para que você entenda o contexto da história, que me deu muito prazer em criar. Despeço-me aqui na esperança de nos encontrarmos, em breve, com a personagem Emma, no próximo volume.

PRÓLOGO

Fazendeiro, 35 anos, próspero e de boa aparência, deseja conhecer jovem cristã e trabalhadora para estabelecer residência no Império do Brasil. Objetivo: matrimônio.
Enviar resposta para a caixa postal 238.

– Só dois tipos de mulheres são capazes de responder a um anúncio desses: as tolas e as desesperadas.

Eu, com certeza, faço parte dos dois.

Docinho, com seu olhar de julgamento, confirmava a suspeita de que aquilo era uma sandice. Porém, diante de tudo que eu estava vivendo, não me parecia haver outra saída.

Coloquei de lado o jornal já meio amassado de tanto ser lido por mim e mergulhei, com a pena, todos os meus medos, na esperança de que, afundando-os na tinta escura, eles se afogassem. O que foi inútil, uma vez que eles emergiram agarrados à pena, sendo depositados no papel diante de mim.

Caro Senhor,

– Não acho que seria apropriado eu escrever dessa forma. – Mais uma vez, Docinho levantou, mais uma vez, os olhos redondos e brilhantes para, em seguida, me virar as costas, acomodando-se melhor no assento da cadeira estilo Chippendale, cuja delicadeza contrastava com o ambiente sóbrio e masculino do escritório do meu pai. Aquela peça fora colocada ali por ele mesmo, anos atrás, para que eu pudesse me sentar ao seu lado.

– Qual é a probabilidade de um homem que procura uma esposa no outro lado do mundo, por meio de um anúncio no jornal, ser um bom partido? Diante da ausência de resposta da minha companheira, prossegui.

Prezado Senhor,

– Dessa forma parece mais prudente? – Ao ser ignorada mais uma vez, levantei um pouco o tom de voz, esperando que minha amiga canina respondesse ao meu questionamento, aliviando, assim, o peso da escolha do nosso destino. – Sinceramente, Docinho, você não pode deixar a responsabilidade só para mim.

Percebi, tarde demais, que apontava o dedo indicador na direção dela, e, antes que piscasse, em um único pulo, ela venceu a curta distância que a separava da barra do meu vestido e, rosnando, abocanhou, em vingança, o tecido tingido de preto que eu vestia.

Eu nem poderia reclamar se a roupa fosse danificada, tendo em vista que estava ciente de que aquele era um dos gestos que a irritavam sobremaneira. Desejando acalmá-la, com paciência, eu a peguei no colo e, ignorando as mordidinhas de seus dentes pequenos e afiados, acariciei seu pelo castanho-claro ao mesmo tempo em que lhe dizia palavras de carinho.

Ela, assim como eu, estava sofrendo. Afinal, perdera o único homem que amava e, ao contrário de mim, não sabia se expressar. Bom seria se pudesse, já que, provavelmente, era a única testemunha da barbaridade que acontecera no *hall* de entrada de nossa casa.

Assim que a respiração dela se normalizou, eu a coloquei no chão, voltando a atenção para o anúncio. Amassei a folha já rabiscada, arremessando-a, sem sucesso, na direção do cesto de papel. A bola enrugada acabou caindo no canto da parede, atraindo a atenção da minha mal-humorada companhia, que correu para lá.

Sem me importar com isso e determinada a prosseguir antes que a coragem me abandonasse, peguei um novo papel em branco e escrevi com caligrafia não tão bonita como a de Emma, minha melhor amiga, mas tão firme quanto.

Senhor Fazendeiro,

Espero que esta carta possa encontrá-lo em boa saúde.

Após o recente falecimento de meu amado pai, meu único parente próximo, decidi responder ao seu anúncio de casamento.

Eu me chamo Agnes Neumann, tenho 27 anos, sou cristã, saudável e muito prendada. Estudei em uma escola de moças que me qualificou para administrar o lar em todas as suas demandas. Além de ler e escrever em alemão, posso me comunicar em português sem dificuldade.

Cordialmente,

Agnes Neumann

Ao terminar de ler o conteúdo da carta em voz alta, notei os olhos salientes de Docinho sobre mim. Pedacinhos de papel grudados na boca, denunciando sua travessura não a impediram de me encarar de modo acusador.

– Não olhe para mim desse jeito! – disse ao mesmo tempo que pinguei a cera quente sobre a carta, selando-a. – Você não quis me ajudar a escrever, agora não reclame!

CAPÍTULO 1

Hamburgo, julho de 1858

Eu deveria estar em prantos, mas, em vez disso, sufoquei a vontade de rir durante todo o culto fúnebre do meu pai.

Não que eu não estivesse devastada em perdê-lo de maneira tão cruel e repentina. Todavia, a enxurrada de sentimentos reprimidos, somada ao choro silencioso de algumas senhoras piedosas, atordoava-me e anestesiava-me ao mesmo tempo, de certa forma. Ou será que isso era obra daquela dose de conhaque que Eva, nossa governanta, colocara no chá, para que eu ficasse mais calma?

Enquanto era atormentada por pensamentos que iam ora ao passado, ora ao futuro que me aguardava, as outras pessoas que, como eu, trajavam preto absoluto permaneciam imóveis e caladas. Exceto quando, vez ou outra, o som baixo de suas vozes cantando o hino proposto competia, sem sucesso, com o volume da melodia sacra entoada, com perícia, pela organista.

O cheiro das dezenas de velas distribuídas pela nave da igreja também não contribuíam para o meu bem-estar, deixando-me enjoada.

Já a visão do cabelo do pastor Wieber, partido no meio e lambido em vaselina, associada ao som peculiar do imenso órgão barroco, parecia querer evocar de dentro de mim a reação mais inapropriada possível e fruto involuntário do meu desconforto: o riso.

Só descobri que não era imune à morte quando ela, implacável, saqueou, pela segunda vez, minha família. A diferença foi que, da primeira vez, não doeu tanto, já que eu guardava poucas lembranças de minha mãe, que sucumbira ao surto de cólera que assolara Hamburgo em 1832, quando eu era apenas um bebê.

Depois da morte repentina do meu pai, vi-me ciente da brevidade da vida, de que estava sozinha e de que nada seria mais da mesma forma. Não que meu modo de viver fosse motivo de inveja entre as moças de minha idade, pois o natural seria que eu já tivesse construído minha própria família, casada e com filhos.

– A mensagem do pastor foi muito linda. – A voz da Emma, minha melhor amiga, próxima ao meu ouvido, disputava atenção com a melodia de poslúdio.

Todos os olhares estavam sobre mim, e eu quase podia ouvir os pensamentos; a maioria era de pena, enquanto alguns eram de curiosidade, na tentativa de adivinhar o que seria de mim.

Era como se eu estivesse em um daqueles sonhos que nos surpreendem pelos acontecimentos sem lógica e nos deixam ansiosos por despertar. Esse era meu desejo: acordar do pesadelo em que me encontrava.

Continuei tentando me controlar. Afinal, o que diria a boa sociedade de Hamburgo ao presenciar a crise histérica da filha solteirona e desamparada do renomado professor Neumann? Claro que isso não seria bem-visto, ainda que o riso fosse fruto do desespero de quem, além da dor da perda, não via qualquer perspectiva de futuro.

– Obrigada por estar aqui comigo. – Passando a mão pelo colarinho justo do meu vestido de luto, abotoado até o pescoço, agradeci a Emma com meio-sorriso, tentando me lembrar do que o pastor pregara, mas a única coisa que ficara gravada em minha mente fora o trecho de um versículo que dizia "Deus dá um lar aos solitários". *Seria verdade?*

– Não precisa agradecer. – Emma cobriu minha mão enluvada, que estava sobre o frio e rígido banco da igreja, com a sua.

– Não sei como aguentaria tudo isso sem você. – Descansei minha cabeça, por um instante, em seu ombro esquerdo.

Apesar de diferentes na aparência e na personalidade, éramos inseparáveis. Emma, mais baixa que eu, tinha a cabeça quase alcançando meus ombros quando eu estava de pé. Um coque alto escondia, na maior parte do tempo, seus cachos castanhos e perfeitos, como as molas de um relógio, enquanto os meus, loiros e lisos, quase não seguravam os infinitos grampos necessários para prender meu penteado.

As características físicas de Emma, que lhe garantiam aparência de boneca de porcelana, foram herança da avó espanhola que viera para Hamburgo depois de se casar com um alemão. Enquanto Emma tinha amor profundo pela leitura e por fatos históricos, eu desconhecia completamente minha paixão.

– Onde mais eu estaria senão ao seu lado em um momento como esse? – Ela colocou sobre o colo o romance de capa dura que segurava e me abraçou até que eu estivesse pronta para me levantar.

Quando o pastor finalizou com uma breve oração, eu já estava preparada para segui-lo pelo corredor central, formado por imponentes bancos trabalhados em madeira nobre. Abraçadas e de cabeça baixa, nós duas fomos guiadas pelo movimento fluido da barra preta do talar que o pastor vestia e por seus passos que ecoavam pelo largo corredor da igreja St. Michael.

Os outros, professores e amigos de longa data do meu pai, saíram da igreja um pouco depois, como em um balé ensaiado, formando, com muita ordem e silêncio, uma extensa e demorada fila de cumprimentos até nós.

A cada passo que dava rumo à magnífica porta entalhada em carvalho, eu rogava por uma direção. Ainda de braços dados com Emma e me sentindo perdida, levantei o olhar, que foi como atraído pela imagem colorida do esplendoroso vitral acima da porta de entrada, à nossa frente.

Duas grandes figuras femininas de cada lado da cena ofereciam a Deus o que tinham nas mãos. No ponto mais alto, uma pomba de asas abertas parecia voar, abençoando a cidade de Hamburgo e espalhando uma luz dourada na direção dela. Mas, principalmente, parecia fazê-lo sobre o veleiro em primeiro plano, que, com suas velas içadas, se destacava sobre as águas agitadas do rio Elba.

Olhando o desenho trabalhado com tanto esmero, desejei, no íntimo, estar naquela embarcação, a caminho do novo, para ter a chance de recomeçar.

– Minha *oma* lamentou muito não poder comparecer – Emma cochichou ao meu ouvido, despertando-me do devaneio.

– Diga-lhe que o importante é que ela melhore – sussurrei a ela entre um cumprimento e outro. – Sua avó não parecia nada bem no último baile a que fomos.

– Ah, você conhece a *oma*! – Emma deu de ombros. – Ela disse que nada que um bom descanso não cure, mas confesso que ando preocupada com seu estado de saúde.

– Silêncio! – repreendeu o pastor Wiebel, e nos calamos por um tempo, recebendo as condolências.

As pessoas presentes faziam questão de compartilhar comigo suas memórias ao lado do meu pai, expressando quanto o haviam estimado. Cada relato trazia à tona momentos vividos ao lado dele, e eu me via emocionada, tendo, por vezes, que reprimir as lágrimas.

– Papai teria ficado feliz com a presença dos estimados alunos e ex-alunos aqui – comentei com Emma assim que falamos com as últimas pessoas.

– Apenas uma pequena parte deles – lembrou Emma –, já que a maioria está espalhada pelas grandes universidades da Europa.

Era verdade. Meu pai dedicara a vida inteira ao ensino. Decerto, foi isso que o ajudou a não sucumbir após a morte de minha mãe.

Ele, além de professor de Física e Matemática, era coordenador do departamento de pesquisas do conceituado Gymnasium de Hamburgo, uma das escolas preparatórias para rapazes antes de eles avançarem para os estudos acadêmicos em uma universidade.

Papai nunca se casou outra vez e precisou contar com a ajuda dos vizinhos, que eram meus padrinhos, para terminar a desafiadora tarefa de cuidar da única filha.

– Senhorita Neumann, preciso lhe falar em particular.

Olhei para o homem à minha frente, que parecia só ter esperado o instante em que nós duas ficamos sozinhas, após o sepultamento, para me abordar.

O jovem professor tinha inegável beleza, e os olhos azuis possibilitavam que as damas se encantassem com o ar de mistério que o conjunto de seus atributos garantiam. Eu não sabia explicar, mas algo nele me inquietava sobremaneira. Para mim, sua postura arrogante e rabugenta se sobressaía às aclamadas qualidades físicas que ele carregava.

O professor Cruz se destacava dos demais homens da cidade. Os cabelos densos e alinhados eram mais aparados que o comum, mas denunciavam sua natureza ondulada. O rosto, com a pele levemente dourada, exibia um charmoso bigode estilo inglês, modelado com cera, formando uma curva para cima nas pontas.

Apesar de seu alemão ser perfeito, era possível notar que ele não crescera em Hamburgo. Esse conjunto de características tornavam o professor Cruz um homem atraente, que chamava a atenção das mulheres da cidade.

Embora estivéssemos debaixo de uma das árvores do cemitério atrás da igreja, o calor era implacável. Usei o leque que tinha nas mãos, na tentativa de espantar a quentura, enquanto olhava ao redor buscando uma alternativa para fugir daquela abordagem.

– Lamento, professor Cruz, mas, como pode ver, este não é o momento adequado. – Emma olhou espantada para mim, porém não fez objeção. – Além disso, não seria apropriado de minha parte conversar em particular com um cavalheiro – justifiquei.

– Era minha intenção falar primeiro com seu pai. – No canto da boca dele surgiu um sorriso meio forçado, que combinava com a rigidez de sua face. – Porém, em razão dos acontecimentos repentinos, terei que tratar tudo diretamente com a senhorita.

Pude ver nos olhos de Emma, mesmo por trás das lentes redondas dos óculos, o desespero por eu não estar encorajando o professor Cruz. Algo naquele homem me incomodava. Talvez fosse sua presença um tanto misteriosa que parecia encantar as pessoas.

– Sinto muito, professor. – Fingi um olhar pesaroso que estava longe de sentir. – Mas, diante dos acontecimentos recentes, não estou em condições de decidir certos assuntos. – Segurei no braço de Emma, que nos observava com curiosidade, no intuito de levá-la para longe dali.

– Insisto, senhorita Neumann! – O olhar dele permaneceu inexpressivo enquanto a mão afundava nos cabelos.

– Professor e senhora Grüber, mais uma vez, obrigada por terem comparecido. – Acenei de maneira nada elegante para o casal, antes mesmo de eles se aproximarem de nós.

– Senhorita Neumann! – A voz do professor Cruz tinha um tom que revelava sua irritação.

– Querida senhorita Neumann, receba, mais uma vez, nossos sentimentos – disse a senhora Grüber, parecendo não ter notado a impaciência do jovem professor.

– Obrigada, senhora Grüber. Posso lhes apresentar o professor Cruz? – completei, antes de ser interrompida. – Ele é o novo professor de latim do Gymnasium, e esta é a senhorita Weber. – Observei a troca de cumprimentos, aliviada por conseguir incluir o casal em nossa conversa. – O professor Grüber é um dos ex-alunos mais queridos do meu pai.

– Prazer, professor Grüber – resmungou o professor Cruz, sem desviar os olhos de mim, enquanto Emma parecia ter atraído a atenção da senhora Grüber para seu tema preferido: livros.

– Lamento não poder lhe dar um aperto de mão, como ditam os bons costumes, meu caro – justificou o professor Grüber com um sorriso, levantando a mão machucada. – Como pode ver, a vida de casado não é fácil. – Ele piscou para mim e para o professor Cruz e, baixando o tom de voz, completou: – Fui ajudar minha esposa e sofri um pequeno acidente doméstico.

Apenas por um curto momento os olhos azuis como gelo do professor Cruz conferiram o que o outro dizia antes de ele se voltar para mim.

– Eu lhe procurarei em breve, senhorita Neumann. – Sem dizer mais nada, o professor Cruz virou-nos as costas e saiu, deixando no ar o requintado perfume de cedro.

– Sinto muitíssimo – pedi desculpas pela indelicadeza dele, ainda que, no fundo, estivesse aliviada com sua saída.

Em vez disso, eu deveria estar satisfeita por seu interesse em mim. Afinal, não era todo dia que um pretendente igual a ele aparecia em minha porta. Sem contar que um marido com boa aparência e com todos os dentes era artigo de luxo para uma mulher com os dois pés na solteirice.

– Não se desculpe pela indelicadeza do jovem professor Cruz conosco, senhorita Neumann.

Agradecida, respondi com um sorriso gentil ao professor Grüber.

– O professor não aparenta ser tão jovem assim – a senhora Grüber comentou, piscando para mim. – Acredito que, como o senhor meu marido, ele já tenha passado dos trinta anos.

– Senhoritas, vocês ouviram? – Ele nos deu um sorriso divertido. – Dedico minha vida a essa mulher, e ela me chama de velho!

– Homens! – A jovem senhora revirou os olhos, tentando esconder o sorriso provocado pelo apaixonado marido.

Ri ao me dar conta de que ela tinha razão ao fazer a comparação. Eles, além da mesma altura, pareciam ter idades aproximadas.

– Ele é seu noivo? – a senhora Grüber não escondeu a curiosidade.

– Noivo? – Arregalei os olhos. – O professor Cruz? – Ao vê-la afirmar com a cabeça, neguei rapidamente. – Não!

Já imaginando aonde aquele comentário iria chegar, eu, olhando ao redor, procurei por Emma, determinada a implorar por socorro com o olhar, mas ela já se afastara de nós e estava distraída conversando com o pastor e sua esposa.

– Ele parece bastante interessado na senhorita – a senhora Grüber insistiu em um cochicho. – Ele não tira os olhos daqui.

O constrangimento tingiu minha face, e não pude disfarçar. Eu já havia percebido, em várias ocasiões, os olhares insistentes do professor Cruz, desde que o conhecera.

— Meu caro amigo Erich ficará arrasado por não ter estado aqui.

Agradeci mentalmente ao professor Grüber por ter mudado de assunto.

— Por favor, diga-lhe que não fique — pedi com um sorriso triste. — Sei que seria impossível ele vir de Frankfurt tão rápido.

Era certo que Erich ficaria inconsolável pelo falecimento do padrinho e por estar tão longe. Apesar de não sermos parentes de sangue, éramos como irmãos que havia muito tempo não se viam.

Tínhamos quase a mesma idade e, graças a isso, crescemos juntos e juntos fomos educados pela avó dele, nossa querida *oma* Carlota. Ela era a mãe portuguesa de meu padrinho, a qual, com a morte de minha mãe, nos abraçara como parte da família.

Erich e eu éramos inseparáveis na infância, até que ele começou a estudar no Gymnasium, e eu fui enviada para a escola de moças da senhorita Helga, onde conheci Emma.

Com carinho, guardava a herança que recebi da família Reis: a memória dos inúmeros momentos felizes que vivi entre eles, o amor pela língua portuguesa e uma mão deslocada. Claro que a mão voltara ao lugar depois que o médico foi chamado às pressas.

Erich, diferentemente dos meninos de sua idade, interessava-se em construir e inventar coisas. A família dele, meu pai e eu reconhecíamos sua evidente genialidade. Mas isso não impediu que ele fosse constantemente atormentado pelos garotos de nossa rua, que o perseguiam, achando-o esquisito.

Foi quando o senhor Reis, renomado pugilista, começou a dar aulas de luta ao filho, que não demonstrava muito interesse. Determinada a ajudar e a motivar meu amigo, decidi treinar com ele, em segredo, no porão. Afinal, mesmo meu pai, que não era conservador, não aceitaria facilmente que uma garota se envolvesse nesse tipo de atividade.

– É verdade. A distância de Frankfurt até aqui é grande demais – observou a senhora Grüber.

– Sou grato por meus pais terem insistido tanto em nossa visita para conhecerem o neto, ou eu não poderia ter prestado as últimas homenagens ao meu estimado professor. – O professor Grüber olhou com tristeza para a nova morada do meu pai.

– Papai teria ficado feliz com tantas demonstrações de afeto.

– É pouco diante do legado que ele nos deixou – disse o professor Grüber. – Por isso, depois de pensar em como poderíamos demonstrar nossa gratidão ao seu pai, tomei a liberdade de, em nome dos caros colegas e alunos, falar com o professor Berg em seu favor. – Arregalei os olhos ao ouvir o nome do diretor do Gymnasium. – Pedi a ele que lhe concedesse mais tempo na casa, para que a senhorita possa se organizar melhor.

– Professor Grüber! – disse, emocionada. – Isso significa muito para mim, e tenho certeza de que meu pai seria eternamente grato ao senhor. Não tenho palavras para lhe agradecer.

CAPÍTULO 2

– Você deveria ter aceitado o convite da senhorita Weber para dormir na casa dela – reclamou a governanta de nossa casa assim que chegamos do enterro, ao final da tarde.

– Obrigada, Eva, pela preocupação, mas já dei trabalho suficiente para Emma. – Beijei a face dela ao lhe entregar minha capa.

– Mas confortar e ser confortado faz parte da verdadeira amizade.

– Emma tem feito isso. – Minha mão estava sobre a maçaneta da porta do lugar que me era querido, mas que eu não visitara desde que meu pai fora morto perto dali, no *hall* de entrada. Provavelmente, ao tentar impedir que o criminoso entrasse em nosso lar. – Além disso, Emma tem a avó, que está adoentada, para cuidar.

– Pobre senhora Weber. – Eva colocou as mãos juntas na altura do peito. – Espero que a avó de Emma melhore logo.

– Venha, Eva, deixe a senhorita Neumann em paz. – O senhor Lemke, mordomo de nossa casa desde sempre, chamou a esposa. – Ela já tem idade suficiente para decidir por si mesma.

Dei a ele um sorriso de agradecimento, mas pensei: *será mesmo?*

Depois de fechar a porta do escritório atrás de mim, escorreguei por ela até o chão frio, bloqueando a passagem, como se pudesse deixar do lado de fora minhas preocupações. Mas, mesmo sem atravessar a madeira maciça, meus temores protestavam pelo direito de me atormentar.

Sentada no chão, sem noção do tempo, perdida nas lembranças que o cheiro de couro e os livros velhos me traziam, tentei ignorar a dor, imaginando como seria se meu amado pai não tivesse partido.

Ali eu passara bons momentos ao lado dele, ainda que, distraído como era, na maioria das vezes ele estivesse absorto entre os vários livros abertos sobre a mesa de mogno.

Naquele lugar, eu aprendera a ler e a escrever em alemão. Papai nunca se lamentara por eu ter nascido mulher, em vez do filho homem que todo pai gostaria de ter. A maior prova disso era o fato de ele ter sempre me incentivado a estudar.

Tudo ao redor lembrava quem fora o dono daquele escritório. Os tons escuros do tecido que revestia a parede tornavam o ambiente sóbrio, porém acolhedor. O couro que revestia a poltrona e as cadeiras combinava com o estilo refinado dos móveis em madeira fina.

Rec... rec...

O arranhar insistente na porta me arrastou de volta à realidade de que, sem meu pai, cabia a mim mesma escolher o que fazer da vida. Por que isso parecia tão pesado? Não fora eu que, várias vezes, ali, em seu lugar preferido, reclamara com ele da falta de opções que as mulheres tinham?

O estranho era que eu não queria mais esse direito. Desejava poder, ao menos uma última vez, pedir seus conselhos. Não queria mais decidir sem a interferência de alguém. Não queria mais decidir sem a orientação dele.

Era injusto que a vida me pressionasse a definir qual caminho deveria seguir, uma vez que o corpo do meu pai ainda nem esfriara na sepultura.

Rec... rec...

Sem aguentar mais aquele som incômodo e insistente, levantei-me apenas o suficiente para dar espaço para Docinho entrar. Com rosnado baixo e dentes à amostra, evidenciando quão insatisfeita estava por ter sido deixada em casa sozinha a tarde inteira, ela seguiu, sem pressa, para a cadeira que outrora fora minha, mas da qual havia muito tempo tomara posse.

– Lamento, mas o pastor Wiebel jamais deixaria você entrar. – Ela rosnou mais forte ao ouvir o nome do pastor, por quem não nutria qualquer afeto. – Além do mais, o lugar estava cheio de homens. – Com um fungado, ela pareceu se conformar com a justificativa.

Fui até a janela alta e abri as duas bandas em busca de um pouco de ar fresco. Como nenhuma brisa passou pelas pesadas cortinas, coloquei o tronco para fora, tentando amenizar o desconforto físico e emocional.

Olhei para o céu na esperança de ver ali algum indício de chuva, mas o que encontrei foi uma noite estrelada cujo ar quente e seco se assemelhava a se eu tivesse aberto o forno após Eva ter assado uma carne por horas.

O calor daquele verão se intensificara a ponto de causar alguns focos de incêndio nas plantações e nos arredores da cidade, assustando a população, o que era compreensível, já que muitos, assim como Emma, carregavam, no corpo e na vida, as marcas deixadas pelo grande incêndio de 1842 que varreu Hamburgo por quatro dias, ceifando muitas vidas por onde passava, incluindo a dos pais dela.

Senhor, o que vou fazer da vida agora que estou sozinha?

Olhei para cima, como se aguardasse que uma daquelas estrelas brilhantes me trouxesse a resposta, mas desisti. Meu pai era o religioso da casa. Era ele quem acreditava que Deus se importava com as pessoas. Já eu era mais cética.

Abandonando a esperança de que a noite pudesse me refrescar, reclinei-me na cadeira do meu pai e, de olhos fechados, imaginei um de seus abraços. Docinho protestou ao me ver sentar ali, mas ignorei. Eu era a primogênita de nós duas, ou seja, tinha direitos sobre o lugar que fora dele.

Peguei o jornal sobre a mesa para me abanar, mas, ao passar a mão sobre ele, notei que estava aberto e dobrado nos classificados, que indicavam onde meu pai interrompera a leitura.

Uma noiva alemã por correspondência

Sempre foi curioso, para mim, o interesse do meu pai pela seção de anúncios, a qual ele lia religiosamente, mesmo sem intenção de comprar algo ou contratar um serviço.

Com um sorriso nos lábios, passei os olhos por aquela página marcada e, em homenagem a ele, li alguns anúncios.

Encontrei de tudo. Uma mulher oferecendo seu trabalho como lavadeira, um homem vendendo sua vaca e, para meu espanto, até um fazendeiro à procura de uma esposa.

– Agora entendi por que papai amava ler isso.

Rindo, olhei para Docinho, que abriu os olhos por um instante e voltou a fechá-los.

– Eis aqui a prova de que existe alguém mais desesperado que eu neste mundo. – Coloquei o jornal de lado, antes de corrigir o que acabara de dizer: – Na verdade, o homem desesperado está bem longe daqui, no Novo Mundo.

Tentei buscar na memória qualquer coisa que já tivesse escutado sobre o Império do Brasil, mas nada me veio à cabeça.

Corri até a estante à procura de algum livro que me esclarecesse, ao menos, onde ficava aquele lugar e acabei optando por uma enciclopédia de capa vermelha. Espirrando por ter soprado a camada de pó sobre ela, sentei-me na poltrona com um dos volumes da coleção no colo. Ele tinha quase cinquenta centímetros, e foi preciso que eu o carregasse abraçada até o assento de couro do meu pai.

Horrorizada, fechei o livro após ler algumas páginas. Segundo o que fora publicado nele, o Reino de Portugal possuía uma colônia no sul das Américas infestada de selvagens, animais peçonhentos e doenças tropicais.

Quem iria querer viver em um lugar desses?

Acabei me lembrando de certa conversa que ouvira, quando criança, entre meu pai e um de seus amigos. Eles falavam sobre as ondas de emigração, em que famílias de ex-camponeses e trabalhadores desempregados buscavam oportunidades de ser donos das próprias terras e fugir das frequentes guerras, da fome e das perseguições religiosas. Almejavam uma vida melhor, com liberdade, em uma terra próspera e praticamente intocada.

Eu podia entender essas pessoas, pois não era muito diferente do que estávamos vivendo em dias atuais, quando a população era assolada por ocasionais guerras, desemprego, fome, criminalidade e doenças. Nenhum de nós estava imune a isso, porque pertencer às classes mais abastadas não era garantia de sobrevivência durante os surtos que ceifavam a vida de inúmeros cidadãos, não importando se eram ricos, uma vez que a morte não fazia distinção entre as pessoas.

Meu pai contou ao amigo que o irmão dele estava entre aqueles que haviam buscado um recomeço ao partir para o Novo Mundo. Foi quando fiquei sabendo que esse tio, que não cheguei a conhecer, e a esposa, recém-casados, tinham morrido a bordo do navio de volta a Hamburgo.

Aquilo era tudo que eu sabia, pois acabei sendo pega em flagrante tentando comprovar a teoria de Erich de que, encostando a abertura de um copo na parede e a outra borda na orelha, seria possível ouvir melhor. Até tentei convencer meu pai de que escutara por acaso, mas a evidência em minhas mãos me condenava, e acabei de castigo.

Ao constatar que o livro que lera datava de 1760, retomei a busca por algo mais atual. Até que, em uma publicação mais recente, encontrei a informação de que o Império do Brasil fora, sim, uma das colônias do Reino de Portugal, mas conquistara a independência em 1822.

De acordo com o livro, com a independência, o novo reino passara a ser governado pelo filho do rei de Portugal, o imperador Dom Pedro I, cuja esposa era filha do imperador Francisco I, da Áustria, e cunhada do imperador da França, Napoleão Bonaparte.

Também li que as terras do Império brasileiro eram maiores que a Prússia, o que pude constatar ao observar o mapa anexo ao conteúdo. Estava fascinada. O livro falava que havia naquelas terras muita riqueza, animais exóticos, árvores e plantas jamais vistas no continente europeu.

Para minha decepção, não falava muito sobre o povo, além do fato de ele ser composto de portugueses, nativos e negros escravizados. Por um momento, minha imaginação viajou para as terras além do oceano, tentando ter um vislumbre de como seria viver em um lugar incomum como aquele.

Esse, certamente, é um lugar de recomeços, pensei alto.

Então, reli o anúncio em voz alta, talvez tentando encontrar o apoio da minha companheira para aquilo que já estava decidido em meu coração: eu escreveria ao fazendeiro.

Respondi ao anúncio sob o olhar acusador de Docinho. Mas, enquanto selava a carta, a coragem que me fizera escrever derreteu como a cera que eu pingava sobre o papel.

– Você acha que papai concordaria que eu enviasse esta carta?

Docinho rosnou para mim, exibindo os dentes.

O pior era que eu sabia que ela estava certa. Aquilo era uma loucura, e meu pai jamais teria aprovado minha atitude, que mais se parecia com a do falecido irmão dele.

Arrependida, deixei a carta sobre a mesa para poder guardar os livros nos devidos lugares, determinada a esquecer o momento insano que me acometera.

CAPÍTULO 3

– Você acha realmente necessário se desfazer tão cedo das coisas do professor?

– Tão cedo? – Levantei os olhos da pilha de papéis que tinha sobre o colo e olhei para Eva. – Por mais que me doa pensar dessa forma, a verdade é que meu pai jamais vai voltar.

– Mesmo assim – disse ela, desolada, apertando contra o peito a manta que meu pai usava para cobrir as pernas nos dias frios.

– Sejamos realistas, Eva. – Tirei a coberta das mãos dela, dobrei-a e a coloquei em uma das pilhas para doação. – Já faz uma semana que meu pai foi enterrado, e tenho pouco tempo para desocupar a casa, antes que a direção do Gymnasium me coloque para fora.

– Isso é triste demais. – Ela se sentou na ponta da poltrona preferida do meu pai, secando os olhos no avental branco. Mas, ao perceber onde estava, levantou-se rápido, quase em um pulo, como se aquele lugar fosse praticamente sagrado, tamanha era a devoção dela por ele.

– De fato. – Tomei a mão enrugada entre as minhas. – Só que não tenho para onde levar tudo isso.

– O que pretende fazer agora? – Uma ruga de preocupação marcava o alto da face de Eva.

– Continuarei procurando trabalho como preceptora de alguma criança. – Joguei-me na cadeira da escrivaninha com uma careta de desânimo. – Mas a carta de recomendação da senhorita Weber não tem facilitado?

– Até agora só me ajudou a ser recebida por duas famílias para uma primeira conversa, mas minha falta de experiência não contribuiu para que fosse aceita. – Suspirei, frustrada.

– As opções de emprego são limitadas até para as moças que procuram trabalhos mais simples, como costura e limpeza – Eva explicou, como se eu já não soubesse.

– Não se preocupe comigo, vou encontrar algo. Mas me diga: vocês vão mesmo voltar para Luneburgo?

– Sim. Vamos morar com minha irmã viúva e a filha dela. – Ela espantou Docinho, que lutava contra uma bola de papel. – Seremos de grande ajuda para ela, que anda bem adoentada desde que perdeu o marido.

– Tenho certeza de que sim. Sinto-me aliviada por saber que vocês estarão entre a família.

– Nós ficaremos bem. O importante, agora, é encontrar um lugar para você.

Concordei com um sorriso, tentando parecer tranquila e acalmá-la, além de convencer a mim mesma de que tudo se resolveria. Mas, em vez disso, estava cheia de receios de que minha única alternativa fosse fazer parte da criadagem de algum nobre, em troca de alimentação e moradia, ou pior: acabar em alguma fábrica, com longas horas de trabalho e pagamentos baixos, como era o caso das mulheres em situações semelhantes à minha.

Às vezes, em meu coração, lamentava que meu pai não tivesse me deixado nada além de contas a pagar. Contudo, a culpa não fora dele. Fui eu quem rejeitou as únicas duas propostas de compromisso logo no início de meu debute.

Envelhecer cuidando do meu pai me pareceu mil vezes melhor que me casar com um homem quase com idade para ser meu avô ou com o outro cujo temperamento agressivo e o gosto por jogatina eram conhecidos em toda a Hamburgo.

– Você tem outras duas opções. – Arregalei os olhos, esperando saber quais seriam essas alternativas que Eva assinalava com os dedos. – Deixar de ser cabeça-dura, aceitando o convite da senhorita Weber, ou encontrar um bom rapaz para se casar.

– Olhe para mim, Eva. – Indiquei com ambas as mãos. – Como vou conseguir, em poucas semanas, o que não consegui nos últimos anos? – Sem lhe dar chance de responder, continuei: – Meu único interesse agora é abrir esta gaveta. – Agarrei o puxador com toda a força.

– O problema é que você sempre afugenta os pretendentes. – Docinho latiu em concordância.

Levantando um olhar indignado, sequei com as costas de uma mão a gota de suor que escorria pela minha face e com a outra me abanava para afastar o calor.

– Não faço isso, sou uma pessoa educada. – Bufando, voltei a procurar a chave.

– Afugenta, sim. – Ela balançou a cabeça. – Você poderia, ao menos, se fazer de tonta, vez ou outra.

– Quer dizer que eu deveria fingir ser burra para arrumar um marido? – Vitoriosa, empunhei uma chave que achara, como se fosse uma espada. – Acredito que possa ser esta aqui.

– Estou certa de que os homens se apavoram ao encontrar uma mulher que, além de inteligente, fala demais.

– Vou fazer de conta que você não acabou de me chamar de tagarela. – Com um sorriso, virei a chave na fechadura.

– E atrevida também – ela completou.

– Ah, Eva! – Sorri. – Só você para me fazer rir. – Não precisei olhar na direção dela para saber que franziria a boca. – Olhe só o que achei! – Dei espaço para que Eva pudesse ver também o que estava trancado.

– Ainda me sinto invadindo a privacidade do professor. – Mesmo reclamando, Eva aproximou-se, vencida pela curiosidade.

– Deixe de bobagem. – Estiquei diante dela um camafeu oval preso por uma delicada corrente de prata que achei dentro da gaveta com alguns documentos do meu pai. – Veja o que temos aqui. – Mostrei a ela a joia, que escondia, no interior, a fotografia pintada de uma mulher.

– Será que meu pai tinha uma amiga especial?

– O que é isso, menina? – ela me repreendeu, com os olhos arregalados. – Respeite a memória de seu pai!

– Ele não seria o primeiro homem a fazer tal coisa, e essa na foto, definitivamente, não pode ser minha mãe – constatei com um fio de decepção ao imaginar meu pai com outra mulher.

– Tenho que admitir que sua mãe e a moça da foto não se parecem em nada – Eva disse, afastando a joia do rosto para ver melhor o retrato da jovem de cabelos escuros.

– Só pode ser alguma mulher com quem ele se relacionou. – Senti um leve aperto no coração.

– Posso garantir que, em todos esses anos que trabalho nesta casa, nunca vi essa senhora.

– Mas, pelo que ouvi falar, homens não levam as amantes para visitas à própria casa.

– Agnes, isso não é algo que uma moça de família deveria conversar com alguém.

– Apenas escutei em um baile o diálogo entre duas damas. – Eva revirou os olhos. – Você não pode me culpar por preencher o tempo naquelas festas tediosas enquanto esperava ser convidada para dançar, o que nunca acontecia. – Dei de ombros. – O importante é que a peça é bonita e parece cara. – Avaliei o acessório prateado. – Será que consigo uma boa quantia por ela?

– Você vai negociar os objetos íntimos de seu pai? – Ela tapou a boca com as duas mãos.

– Eva, vou vender tudo que puder ser vendido para pagar o que devemos. Minha esperança é que sobre algo para as despesas dos primeiros meses. Além de que... não tenho interesse em guardar para sempre os presentes do meu pai para a amiga íntima dele.

– De qualquer forma, insisto que fique, ao menos, com o tabuleiro de xadrez e o relógio dele.

No mesmo instante, meus olhos correram pelo jogo. Tomei a rainha de marfim na mão, e minha lembrança voou para nossa última partida, na noite em que ele fora assassinado.

As peças ainda estavam posicionadas na partida interrompida com a chegada da carruagem de Emma, que fora me buscar para mais um dos bailes inúteis, nos quais eu era tolerada apenas por ser amiga dela.

Deveria ter ficado em casa naquela noite e talvez ele ainda estivesse vivo, pensei alto.

– Vamos vender o xadrez também – avisei, determinada a não guardar o que me faria lembrar, constantemente, daquele dia fatídico. – O relógio do papai vou guardar de lembrança; já a joia, vou reservar para vender posteriormente.

O som das batidas firmes da aldrava na porta da frente ecoou pela casa, despertando Docinho de seu sono. Ela correu latindo furiosamente, desesperada para atacar a visita. *Pena que ela não foi assim tão valente em defender meu pai.*

– O professor Alberto Cruz deseja ver a senhorita – o senhor Lemke avisou-me em meio aos latidos que vinham do *hall* de entrada, onde a visita aguardava.

– Não estou recebendo ninguém no momento.

– Eu avisei, mas ele insiste.

– Então diga que estou doente. – O mordomo arregalou os olhos ao ouvir minha sugestão. – Não, melhor: diga que estou acamada com algo contagioso. – Com um sorriso nos lábios, imaginei Docinho rasgando as calças do professor. – Que tal varíola?

– Não posso dizer algo assim. – O senhor Lemke empinou o nariz.

– Ele tem razão – Eva falou em defesa do marido. – Minha mãe sempre dizia: "Se você mente que está doente, doente ficará".

– Por que a senhorita não diz simplesmente que não quer falar comigo?

Meu queixo caiu ao ver o colega de trabalho do meu pai com os braços cruzados, encostado no batente da porta do escritório como se fosse o dono do lugar, sem se importar com os rosnados insistentes de Docinho, que ameaçava atacar, mas permanecia longe, com medo.

Fechei e abri a boca estarrecida. A arrogância daquele homem competia com sua beleza. O constrangimento momentâneo que senti deu lugar à raiva, que invadiu meu corpo à medida que o refrescante aroma do perfume cítrico dele chegava até mim como o anúncio de uma tempestade de verão.

– O senhor está coberto de razão. – Antes de ele me interromper, um sorriso que não chegou aos olhos dele revelou os dentes retos e perfeitos.

– Vejo que é uma moça sensata. – O olhar dele percorreu o ambiente que antes fora um refúgio de calma e ordem.

– Ao contrário. Eva me disse, há poucos minutos, que a sensatez não é uma das minhas virtudes, assim como a boa educação não é uma das suas.

Ele deu de ombros.

– Então, é verdade o que ouvi.

– O que o senhor ouviu?

– Que a senhorita é uma solteirona por causa da língua afiada. – Ele bateu o pé no chão para afugentar Docinho, que rosnava, exibindo-lhe os dentes.

– O senhor realmente acha que conseguirá as atenções de uma dama atacando-a dessa maneira? – Encarando-o, coloquei as duas mãos sobre a mesa, tentando reprimir a vontade de arrancar aquele sorriso insolente da face dele.

Vimos, Eva e eu, quando ele, sem esperar por um convite, se sentou na poltrona, como se fosse o dono da casa.

Será que ele já está planejando assumir o lugar do papai no Gymnasium e na casa?

– Sei que meu pai o tinha em alta estima.

– Verdade? – O professor Cruz levantou uma sobrancelha, olhando-me com incredulidade, como se pudesse atravessar minha alma.

– Sim, papai o admirava. Ele comentou, mais de uma vez, como o senhor era um homem de grandes ambições, mas duvido que fosse parte dos planos dele que eu me casasse com o senhor.

Era mentira, pois não duvidava de que meu pai tivesse planos nesse sentido. Cheguei até a pensar no fato. Afinal, qual mulher não desejaria se casar para ter a própria família?

Olhando o professor Cruz, imaginei como seria ser sua esposa e ter nossos filhos correndo pela mesma casa na qual eu crescera. Mas, apesar da boa aparência e do *status*, eu não me sentia atraída por ele. A possibilidade de viver o resto da vida amando aquele sujeito sisudo e mal-humorado, e obedecendo a ele, me desanimava. Se bem que aquilo poderia ser melhor que enfrentar de doze a dezesseis horas de trabalho em fábricas superlotadas e mal ventiladas para ganhar bem menos que um homem que fazia o mesmo trabalho.

– Quem disse que desejo cortejá-la?

– O senhor é a personificação da insolência. – Levantei a cabeça e arrumei a postura para esconder meu constrangimento. – Pois, para mim, isso está claro como o dia, mas, de antemão, aviso que não me interessaria pelo senhor nem que fosse o último homem desta terra. – Empinei o nariz o máximo possível.

– Agora sei que, na realidade, a senhorita é pior do que me disseram.

– Professor Cruz, por favor, peço que se retire agora mesmo. – O pedido do senhor Lemke era respeitoso, mas, ao mesmo tempo, firme. – A senhorita Neumann ainda está se recuperando de sua terrível perda.

– Saia mesmo, antes que eu mande Docinho atacá-lo – disse, apontando para minha pequena fera.

– Agnes, por favor! – Eva pediu, colocando a mão sobre meu braço.

– É melhor que a senhorita segure esse seu rato de estimação se não quiser que, sem querer, eu pise nele. – Antes de sair do escritório, ele olhou sobre os ombros e disse: – Parece ser verdade o dito popular de que os animais são o reflexo dos donos.

– Seu... seu... – Eva me puxou pelo braço, impedindo-me de segui-lo até a porta. – Seu insuportável!

– Voltarei em uma nova oportunidade para terminarmos a conversa que nem começamos.

– Saia daqui!

Quando a porta se fechou, sentei-me na cadeira mais próxima, conseguindo finalmente respirar, depois do confronto com aquele professorzinho mal-educado.

– Você não precisava ter sido tão indelicada com o professor Cruz. Ele é um bom partido e está interessado em você.

– Bom partido? – Revirei os olhos. – Você não viu como ele é desagradável? – Levantei-me, determinada a continuar meu trabalho de seleção, na esperança de que isso me acalmasse.

– Você também não é fácil.

– Ele é muito pior. – Fiz uma careta. – Não gosto dele nem do jeito como me olha. Já imaginou como seria terrível ser casada com um homem grosseiro como aquele?

– Bobagem sua. – Eva deu de ombros. – Se eu fosse mais moça, ele não me escaparia.

– O que disse, senhor Lemke? – Fingi que ouvira o marido dela dizer algo.

Ela olhou rápido e espantada para a porta, mas ao perceber minha brincadeira atirou em mim, sem sucesso, o pano que usava para tirar o pó, e caí na gargalhada.

Isso aliviou a tensão por um instante, mas logo me peguei perdida em pensamentos. Será que acabara de desperdiçar a solução mais fácil para o meu problema?

– Seu pai aprovaria.

– O quê?

– Seu pai gostava do novo professor.

– Mas eu, não – falei com uma nova careta. – Prefiro me casar com um agricultor a me casar com ele.

Naquele momento, lembrei-me da carta que, por desespero, escrevera ao fazendeiro do Novo Mundo e comecei a procurá-la entre os vários papéis sobre a mesa, na intenção de jogá-la no lixo.

– Você viu uma correspondência que deixei aqui em cima?
– Não vi nada. Quando foi isso?
– No dia do enterro do meu pai.
– Ah, sim. Agora me lembrei. – Eva suspirou de alívio. – Entreguei ao Walter.
– Mas não deveria ter sido enviada.
– Como não? – Ela estreitou os olhos sem entender. – A carta estava selada sobre a mesa do jeitinho que seu pai sempre fazia para que eu mandasse despachar.
– Sim, claro. – Mordi o polegar enquanto pensava no envelope.

Diante de tudo o que vinha enfrentando desde a morte de papai, acabara por esquecer a carta que escrevera ao tal fazendeiro.

Dei de ombros, dizendo a mim mesma que isso era irrelevante, tendo em vista que era pouco provável que o homem respondesse a mim. E, ainda que o fizesse, eu escreveria de volta me desculpando e lhe informando que tudo fora um engano.

– Você me deixa confusa. – Eva reclamou de mim, mas sem tirar os olhos das páginas que revirava. – Você vai vender esta Bíblia?
– Não, vou ficar com ela – respondi, olhando o livro ao qual ela se referia.

Ainda era viva a lembrança de como fiquei contente ao receber aquela Bíblia das mãos do meu pai semanas antes de ele ser assassinado. Como alguém poderia ter tido coragem de fazer mal a um homem tão bom como ele? Era inaceitável o fato de que nem mesmo em casa estávamos seguros.

Desde a morte dele, perguntei-me várias vezes por que o assassino não levara nada, e enquanto fazia aquele trabalho de separar os pertences do meu pai, tentava encontrar algo que fosse uma resposta ao que acontecera, pois, para mim, era impossível que alguém matasse outro ser humano apenas por matar. Contudo, guardei essas incertezas para mim, por não querer preocupar ainda mais Eva.

– Faz bem.
– Faz bem o quê? – perguntei, envergonhada pela minha distração.
– De ficar com a Bíblia.

– Ah, sim! – Sorri sem graça. – Ela foi um presente da minha mãe. – Passei a mão no pesado livro sobre a mesa, cuja capa vermelha e dura protegia as Escrituras Sagradas. – Ela pediu que papai entregasse a mim no dia do meu casamento, mas acho que ele desistiu de esperar.

– Será que ele teve algum pressentimento? – Eva voltou a folhear as páginas de bordas douradas.

– Acredito que sim – afirmei com a cabeça.

– É um exemplar bonito e bem conservado.

– Ter pertencido à minha mãe é o que o faz ser tão especial para mim.

– Ela está marcada.

Olhei para onde o dedo de Eva apontava.

– Como meu pai costumava fazer – relembrei, emocionada. – Minha mãe deve ter aprendido com ele a marcar os textos mais relevantes.

– Mas acredito que ela não gostava de marcar tanto quanto o finado professor Neumann.

– Como assim?

– Os livros dele eram totalmente marcados, e essa Bíblia só tem duas marcações: Salmos 119:105 e Atos 9:4.

– Ah, reparei nisso também – contei, com a voz embargada. – Mas papai explicou que minha mãe acabou não tendo tempo de marcar, antes de morrer, todos os versículos que julgava importante que eu memorizasse.

– Quase posso ver seu pai repetindo essa parte de Salmos. – Eva apontava para o versículo.

– Principalmente nas últimas semanas, durante as refeições – ri ao lembrar e, engrossando a voz, tentei imitá-lo, repetindo algo que ele costumava dizer: – "Filha, a palavra de Deus tem sempre a resposta".

– Vou sentir muito a falta do professor.

– Eu sei. – Fechando a Bíblia, abracei Eva com força. – Obrigada por ter cuidado tão bem de nós dois.

– Apenas ajudei. – Ela fungou no avental. – Quem cuidou mesmo foi a senhora Reis, ainda que contra minha vontade.

Ri ao ouvi-la quase admitir o ciúme que sentia da avó de Erich, por não ter sido a única a cuidar de mim.

CAPÍTULO 4

– Preciso admitir que a leitura não foi tão enfadonha quanto imaginei. Quatro semanas depois do enterro do meu pai, eu devolvia a Emma o livro de capa preta cujo título, escrito em letras douradas, era igual ao nome dela.

Ela o havia me emprestado na esperança de que aquela leitura me convertesse ao grupo de senhoras amantes dos livros de romance do qual ela fazia parte.

– Como alguém pode não gostar dos livros da senhorita Austen? – Emma colocou no colo o outro livro que trouxera consigo.

O sol, naquela manhã, surgira implacável e determinado a nos lembrar de que a força do verão ainda não findara. E a brisa que, vez ou outra, entrava pela janela alta da sala de visitas era suficiente para movimentar levemente a cortina, mas não para atenuar o calor extremo.

O tom amarelo do tecido floral que revestia as paredes refletia a luz do dia, trazendo-nos uma sensação de bem-estar, apesar do incômodo mormaço.

– Não falei que não gosto de todos os livros dela.

– Como pode dizer tal coisa se esse foi o primeiro e único que leu? – Com o dedo indicador, Emma ajustou os óculos sobre o nariz.

– Contudo, cheguei a sentir certa admiração pelo espírito livre da personagem Emma da senhorita Austen – disse, ignorando o comentário dela.

– Amo esse livro. – Minha amiga suspirou, sentada à minha frente no sofá listrado em verde-claro e creme, levando ao peito o livro que eu acabara de lhe devolver. – A Emma da senhorita Austen acredita que unir pessoas é o seu chamado.

– Para mim, essa personagem não passa de uma casamenteira e manipuladora que só causou sofrimento à pobre senhorita Smith.

– A pobre moça acreditava que podia ajudar a...

– Ela não conseguia ajudar nem a si mesma com a vida fútil e vazia que levava. O pior é que o egoísmo de Emma quase fez com que a senhorita Smith perdesse a única chance de se casar para ter uma vida estável com o amor de sua vida.

– Nesse ponto você tem razão – admitiu Emma, a contragosto. – No entanto, a senhorita Smith acabou se entendendo com o senhor Martin.

– Sorte sua a personagem da senhorita Austen não ser sua amiga, ou ela teria afastado você do senhor Krause, por achar que ele já a fez esperar demais por um pedido de casamento.

– Você pensa dessa forma? – Emma mordeu o lábio inferior antes de continuar: – Que já esperei demais?

– Penso, mas estou feliz que sua espera esteja acabando, e logo, com os estudos do senhor Krause finalizados, ele poderá oficializar o pedido de casamento. – Coloquei a mão sobre a dela com um sorriso largo e encorajador.

Ela remexeu nos livros, como se fosse necessário mudar a posição deles sobre a mesa na qual acabara de os colocar, enquanto pensava.

– Espero não ter entristecido você. – Contorci a boca, envergonhada.

– De modo algum. – Ela sorriu. – Estava apenas calculando quanto tempo ainda levará até a formatura dele.

Poucas mulheres tinham a sorte de Emma de poder casar-se com quem amava. Pensar sobre isso me trouxe a lembrança do que Eva falara a respeito do professor Cruz. A verdade é que eu passara a noite refletindo e, quanto mais pensava, menos a ideia me agradava. *Mas e se ele for minha única saída?*

— Emma, de que você mais gosta no senhor Krause?

— Ah, muitas coisas.

— Muitas coisas... — Inclinei a cabeça, esperando que ela continuasse. — Como o quê?

A corrida alucinada e os latidos furiosos de Docinho chamaram nossa atenção para o som dos cascos de um cavalo que se intensificava conforme se aproximava da frente da casa.

Esperamos curiosas para saber o nome do visitante que aparecera sem avisar. Gelei ao imaginar que poderia ser o desagradável professor Cruz. Afinal, ele deixara claro que voltaria. E não demorou até que eu me questionasse se não teria sido preferível sua insuportável presença ao discurso inútil do senhor Grimm, plantado diante de nós.

A voz grossa e o cargo de investigador policial, a meu ver, não combinavam nada com a estrutura quase frágil daquele homem que se assemelhava à espada que carregava: longa, fina e levemente envergada.

— A senhorita poderia, por favor, controlar esse seu animal para que eu possa continuar lhe explicando?

— Sim, claro.

Levantei-me um pouco constrangida por minha distração e, suportando as mordidas de protesto de Docinho, que não machucavam, mas irritavam, retirei-a da sala.

— Esse filhote de cachorro é sempre assim? — ele perguntou quando entrei.

— Docinho é uma fêmea adulta da raça chihuahua. — Forcei um sorriso em nome da educação que recebera. — Eles são temperamentais por natureza, mas tenho que admitir que agora o único homem que Docinho tolera é o senhor Lemke, nosso mordomo.

— Santo Deus! — bodejou o homem.

— O senhor aceita um café ou um chá? — ofereci com amabilidade forçada.

– Senhor Grimm, o que o traz aqui? – Emma, notando meu desagrado, perguntou tentando ajudar. – Tem notícias sobre o assassinato do pai da minha amiga?

Ele ignorou a pergunta dela e, virando-se para mim, estufou o peito pomposo e disse:

– Senhorita Neumann, vim pessoalmente em nome de todo o corpo policial, tanto da polícia portuária como da polícia criminal de Hamburgo, prestar nossos sinceros sentimentos. – Ele pegou a xícara que eu lhe oferecia. – Seu pai era um conhecido e muito estimado professor.

– Obrigada, inspetor Grimm.

– Pois bem, apesar de todos os esforços dos nossos competentes e preparados policiais – esforcei-me para ouvir tamanha presunção sem protestar –, não conseguimos encontrar o gatuno que invadiu sua casa. Perdemos os rastros dele nos becos imundos de St. Pauli.

– Mas o homem não é um ladrão, mas, sim, um assassino – protestei.

– Sem contar que a casa nem mesmo foi saqueada – completou Emma.

– O fato de nenhum objeto de valor ter sido retirado da casa não significa que não tenha sido uma tentativa de roubo. – Ele olhou para a porta de onde vinha o som do desagrado de Docinho. – Afinal, convenhamos, seu simpático cachorro pode ter espantado o criminoso antes que ele tenha tido tempo de saqueá-la.

– Mas tempo suficiente para matar um homem de bem ele teve? – Revirei os olhos, indignada.

– Isso foi uma grande fatalidade.

– Não, meu senhor. Isso foi um crime, e cabe à polícia desta importante cidade comercial, conhecida por seu serviço portuário, que está entre os melhores do mundo, solucionar o mistério.

Ele parecia atordoado. Por certo, nenhum de seus homens havia lhe informado de minhas insistentes perguntas.

– Veja bem, senhorita Neumann. – Ele descansou a xícara vazia sobre a mesa, mas ignorei a boa educação e não me ofereci para enchê-la novamente. – O corpo de polícia trabalha com provas. E não existem provas

– ele falou em tom mais lento, como se, de outra forma, não fôssemos entender. – A senhorita sabia que sessenta e cinco por cento da população de Hamburgo pertence à classe baixa, a qual vive distribuída em cortiços dos subúrbios de St. Georg, St. Pauli, Neustadt e outros?

– Claro que sei.

– Não sabe nada! – ele falou em tom mais ríspido, e franzi o rosto em desagrado. – O conhecimento das senhoritas se limita a bordar e a ler livros de mulherzinha como esses sobre a mesa. – Arregalei os olhos, sem acreditar no que ouvia. – Qual seria o nome da escritora? Deixe-me adivinhar. – Ele colocou a mão no queixo, como se isso o ajudasse a se lembrar. – Jane Austen. Não, já sei, é de Lady Lottie.

– Como o senhor sabe? – Emma olhou espantada para ele e explicou, parecendo não entender o tom de deboche do homem: – O de baixo é da senhorita Austen, e o de cima, de Lady Lottie. O senhor já leu esse livro de Lady Lottie?

Enquanto esperava por uma resposta, ela continuou enchendo a xícara que o senhor Grimm tinha nas mãos. Só quando ouviu meu grito, percebeu o que fizera. O líquido escuro transbordara como uma cascata que saía da porcelana, escorrendo pelos dedos do inspetor, seguindo pela calça azul engomada até encontrar o fim da trilha, a reluzente bota de couro dele.

– Oh, sinto muito! – Emma cobriu a boca, envergonhada, e apertei os lábios para não rir, parabenizando-a pelo que, no íntimo, eu desejava fazer.

– Não leio livros escritos para mulheres entediadas. – Ele revirou os olhos. – Sou um detetive competente, um representante da lei e o responsável pela segurança dos cidadãos de bem. – O detetive declarou já de pé, sacudindo a perna sem parar, na tentativa de drenar o líquido do uniforme, enquanto Emma lhe oferecia seu minúsculo lenço bordado. – Em relação ao nosso trabalho, as senhoritas precisam entender que ele é investigativo. Não posso sair por aí me embrenhando nos bairros de gangues, prendendo mais da metade da população, só porque a senhorita e sua amiga suspeitam de alguém que nem sabem quem é.

– Quem disse que o assassino está nos becos de St. Pauli? Ele pode estar na média e na alta sociedade ou até nos corredores do Gymnasium de Hamburgo.

– E a senhorita, com sua vasta experiência investigativa, suspeita de quem?

Pensei em alguém que pudesse ter algo contra meu pai, mas ele era um homem pacífico, e eu nunca fiquei sabendo de alguém que estivesse insatisfeito com ele. Se bem que, como mulher, não seria de estranhar que eu fosse a última a ser informada de algo.

– Não tenho um nome para lhe dar, mas...

– É justamente por isso, falta de provas, que o Ministério de Polícia encerrou o caso como tentativa de assalto seguida de morte.

– Mas isso é um absurdo!

Ainda tentando secar as calças, ele disse:

– Não, o nome disso é justiça.

– Mas o senhor... – Levantei-me segurando a manga do casaco azul dele, cheio de medalhas pelos feitos de heroísmo que eu estava certa de que eram imaginários.

– Agnes, é melhor você se sentar outra vez – disse Emma, puxando-me de volta para o sofá.

– Agora a senhorita precisa seguir em frente e superar a dor.

Revirei os olhos.

– Ouvindo o senhor falar, parece muito fácil.

– Comece arrumando um marido, enquanto ainda pode. Apesar da idade avançada para se casar, acredito que, bem-apessoada como é, a senhorita poderia encontrar algum viúvo disposto a aceitá-la como esposa.

– O senhor acabou de me chamar de velha? – perguntei com os olhos arregalados, mas ele, ignorando, disse:

– Agradeço a hospitalidade, porém, agora, devo voltar ao trabalho. – Ele ajeitou a postura antes de completar: – Lá onde realmente sou necessário.

– Já vai tarde – sussurrei.

– Como disse?

– Ela disse "Tenha uma ótima tarde!" – Emma falou com um sorriso fingido.

– Obrigado.

– Eu mesma o acompanharei até a porta – Emma disse, conduzindo-o para fora. De lá, eu podia ouvir os resmungos do inspetor por causa de Docinho, que o seguia latindo.

Quando Emma voltou, eu ainda murmurava de indignação, andando de um lado para o outro da sala.

– Você consegue acreditar que, além de não prender o assassino, ele teve a audácia de me chamar de velha?

– Ele não usou essas palavras.

– Para uma pessoa que lê muito, acho que você tem dificuldade em entender as entrelinhas.

– O que pensa em fazer agora? – Ela ignorou meu comentário raivoso.

– Pelo visto, preciso sequestrar um marido com urgência.

– De onde tirou isso? – Emma perguntou em tom de riso.

– O advogado me disse, da última vez que esteve aqui, com quase todas as letras, que era melhor eu me casar ou ficaria na miséria. E, a meu ver, para conseguir isso tão rápido, só raptando algum cavalheiro.

– Que maldade a dele. – Emma comprimiu a boca numa linha fina, ajustando os óculos no nariz. – Parece que é fácil. Como se coubesse a nós, mulheres, o direito de decidir nosso futuro.

– Acho isso lamentável.

– Você já parou para pensar que nem mesmo nossa própria conta no banco podemos administrar? – Emma sentou-se no sofá, revirando os olhos. – Isso, é claro, quando temos a sorte de ter uma conta.

– O advogado ainda me falou para não esquecer a data-limite para desocupar a casa – contei, sentando-me ao lado dela. – Como se fosse algo que alguém pudesse esquecer.

– Lamento que esteja passando por isso.

– Acho que já me conformei. – Dei um sorriso, tentando esconder a tristeza.

– Mais uma vez, quero deixar claro que ficaremos felizes em ter você e Docinho morando conosco.

– Não posso aceitar ser um fardo para vocês. Além disso, gostaria de provar para mim mesma que sou capaz de cuidar de mim sozinha.

– Entendo e prometo ajudar no que for possível.

Sorri, emocionada, com o apoio de Emma.

– É inacreditável que, de uma hora para outra, tudo tenha mudado – comentei. – Perdi meu pai, a casa, a segurança. Antes tinha uma vida comum, mas era minha. Porém, agora, não tenho mais nada.

– O casamento seria uma opção tão ruim assim para você?

– Caso houvesse algum pretendente? – Dei um sorriso desanimado. – Não sei. Abandonei qualquer sonho romântico para cuidar do meu pai e imaginei que faria isso até minha velhice. Afinal, ser uma boa filha era meu papel, e eu estava satisfeita com ele. Contudo, com a partida do meu pai, fiquei sem chão.

– Lamento muito que se sinta assim.

– Tenho procurado trabalho, mas a falta de experiência não me qualifica para nenhuma vaga.

– Vamos encontrar outra solução. Duvido de que uma mulher incrível como você não vá conseguir emprego.

– Ao que parece, me faltam talentos.

– Claro que você tem talentos. Deus distribuiu habilidades para todos nós, de acordo com o que Ele tem para nossa vida.

– Não vejo nada. – Abaixei a cabeça para que ela não visse em meus olhos como isso me afetava.

– Mas tem, você apenas precisa descobri-los.

– Mas não sei como – admiti, envergonhada.

– Valorizando aquilo que você sabe fazer muito bem, por mais simples que seja, já seria um bom caminho.

– Só que não sei fazer nada. – Lembrei-me de minhas tentativas desastrosas na escola da senhorita Helga: cantar, tocar, costurar, bordar. Tudo em vão.

– Você é uma amiga maravilhosa, e isso é um talento especial. – Olhei emocionada para Emma ao ouvi-la falar. – Não desvalorize detalhes como esse, pois eles podem ser uma pista que apontem para aquilo que está reservado a você. – Ela se levantou de onde estava para se sentar junto a mim.

– Obrigada. – Enxuguei o canto do olho antes mesmo que a lágrima caísse. As palavras de minha amiga chegaram como uma flecha de alívio ao meu coração, e me agarrei a elas. Sabia que precisava acreditar que encontraria meu caminho. Um propósito pelo qual poderia sorrir todos os dias. Desde a partida do meu pai, meu coração ardia como se clamasse por esse sinal. Desejoso de fazer algo significativo a alguém.

O *ding-dong* do relógio chamou a atenção de Emma.

– Preciso voltar para casa. – Ela pegou os dois livros e se colocou de pé. – Está na hora de a *oma* acordar para a visita do médico, e gostaria de estar lá.

– O médico ainda não sabe o que ela tem?

– Ouvi meu tio-avô e ele comentarem que pode ser leucemia.

– O que seria isso?

– Ainda não sei, mas temo pelo pior. – Ela deu de ombros. – Por que mais o doutor Rudolf Virchow, renomado médico de Berlim, seria chamado para atendê-la?

– Você perguntou isso ao seu tio-avô?

– Não poderia deixá-lo saber que ouvi atrás da porta.

– Sim, é verdade. Ele ficaria furioso se descobrisse.

– Acredito que ele suponha que não precisa me contar, mas hoje eu mesma perguntarei ao médico.

– É uma boa ideia.

– Pense bem no meu convite. – Já na porta, Emma virou-se para dizer: – Você não seria um fardo, mas, sim, um bálsamo diante dessa enfermidade que tem consumido as forças da minha avó.

CAPÍTULO 5

O rosnado irritante de Docinho ecoou mais uma vez pela casa já quase vazia, e isso só poderia significar uma coisa: tínhamos acabado de receber uma visita masculina.

Dois meses haviam se passado depois do enterro, e o dia, úmido e frio, visto através da janela alta do segundo andar, era de uma paisagem colorida, em vários tons de laranja, indicando-nos o início do outono.

Os ventos liberavam as folhas das copas das árvores do bosque atrás de nossa casa diante dos meus olhos. Instintivamente, elas se preparavam para a próxima fase, o inverno. Sem essa proteção contra o frio, a morte delas seria certa.

Aquela que, a meu ver, era a mais bela das estações levou-me a pensar sobre o que estava acontecendo com minha própria vida, já que eu também me preparava para a próxima estação.

Os cômodos testemunhavam que nada seria igual aos anos que eu passara ali, e o eco que o vazio produzia era sua maior evidência. As circunstâncias exigiram que eu abandonasse o que havíamos acumulado, assim como as árvores.

A vida estava sendo minha maior escola, e a natureza acabara de me ensinar que, sem eliminar o que era supérfluo, eu não poderia prosseguir.

O barulho me despertou. As vozes que chegavam até mim poderiam ser de mais um comprador que sairia frustrado, pois não tínhamos mais nada a ser negociado. Tudo que poderia trazer algum lucro fora vendido, e o pouco que restara seguiria com os Lemkes para seu novo lar ou seria colocado na calçada para que as pessoas menos afortunadas pudessem pegar.

Agucei os ouvidos logo que percebi a voz do recém-chegado, mas os latidos de Docinho dificultavam qualquer identificação de minha parte. Minha mente trabalhou rápido, elaborando uma desculpa para não receber quem quer que fosse.

Só que meu plano falhou quando escutei a voz do nosso advogado soar como o apito do inspetor de polícia, alertando-me de que eu não poderia continuar adiando o inevitável.

Sem pressa, desci os degraus acarpetados da escada principal rumo aos rosnados que começaram a parecer mais distantes, o que significa que Docinho fora, mais uma vez, aprisionada na cozinha, rodeada de uma boa porção de petiscos.

– Boa tarde, senhorita Neumann. – A voz familiar do homem baixo e de feições rechonchudas ressoou até mim.

– Boa tarde, senhor Huber – saudei o advogado, que olhava com atenção para o escritório que conhecia bem, em razão dos inúmeros encontros com meu pai. Porém, o ambiente, que antes mostrava a personalidade do dono, em pouco tempo havia se transformado em um recinto estéril.

– Lamento, mas, como o senhor mesmo pode constatar – com um gesto amplo, mostrei o que ele já notara –, não tenho como convidá-lo a se sentar.

– Vejo que a senhorita já desocupou a casa.

– Não exatamente. – Neguei com a cabeça. – Ainda continuo vivendo aqui, mas apenas com o essencial.

– A senhorita está lembrada de que a casa precisa estar desocupada até segunda-feira? – Ele colocou a pasta de documentos debaixo do braço esquerdo e, com a mão, agitou os papéis que segurava.

– Sim, não tenho como esquecer algo assim.

– O diretor do Gymnasium foi muito generoso, em memória de seu pai, ao lhe dar dois meses para a mudança.

– Sou muito grata.

– Só que, além de sair da casa, é necessário que a senhorita pague as dívidas deixadas, as quais lhe informei por carta.

– Eu estava juntando o dinheiro, vendendo tudo que tínhamos de valor. – Engoli em seco, tentando reprimir a vontade de chorar. – Tenho buscado incansavelmente por um emprego, mas ninguém está disposto a oferecer uma oportunidade a quem não tem experiência.

– Acho que não estou escutando bem. – O senhor Huber colocou a mão em forma de concha sobre a orelha direita. – Pensei ter ouvido que a senhorita está procurando um trabalho?

– Foi exatamente o que eu disse. – Dei um longo suspiro antes de continuar, sem ser deselegante. – Contudo, não tive sucesso.

– Imagino que não. – Ele comprimiu os lábios, formando uma linha reta.

– Porém, andei pensando no senhor. – Dei a ele meu melhor sorriso, mas isso só fez com que ele levantasse uma das ralas sobrancelhas e franzisse a boca já torta.

– Não me diga.

– Pensei se o senhor não teria uma vaga em seu próprio escritório para me oferecer.

– A senhorita perdeu o juízo?

– Estou certa de que não. – Controlando a irritação, forcei mais um sorriso. Afinal, precisava do emprego.

– Pois é o que parece. – O senhor Huber revirou os olhos. – Somos uma firma conceituada e não empregamos mulheres.

– Por que não?

– Porque cuidamos de negócios muito importantes, não de bordados – ele explicou de forma lenta, como se achasse que isso facilitaria meu entendimento.

– Eu não bordo. – Mesmo ultrajada, decidi, diante da minha situação nada animadora, fazer uma última tentativa, fazendo-me de tonta, como sugerira Eva. – Mas posso trabalhar como sua secretária.

– Sempre alertei seu pai sobre isso.

– Sobre o quê?

– Sobre sua criação sem referência feminina e repleta de liberdades.

– Mas eu tinha referências femininas.

– Como a da velha portuguesa?

– Sim. Fique sabendo que aprendi muito com ela. – Com um sorriso convencido, comecei a enumerar com os dedos o que estudara. – Cálculo, ciências, latim e até português.

– Acredito no que diz. Apesar das poucas habilidades femininas, preciso admitir que a senhorita entende de etiqueta social.

– Isso aprendi na escola de moças da senhori...

– Graças a um dos poucos conselhos que dei a seu respeito e seu pai ouviu. – O senhor Huber me interrompeu, evidenciando carecer dos bons modos que ele tanto prezava. – Você é tão educada que ninguém seria capaz de imaginar que não passa da filha de um cavalheiro que resolveu ser professor.

– Será que com essa minha débil cabecinha entendi errado ou isso foi, por acaso, uma tentativa de elogio de sua parte?

– A senhorita não deveria estar procurando um emprego, mas, sim, um marido.

– O senhor era amigo do meu pai – protestei, ignorando o entalo sentido na garganta. – Acredito que ele teria ficado muito decepcionado com o senhor por não me ajudar.

– Mas é em nome dessa amizade que consegui que os credores fossem mais compreensíveis com a senhorita. – Ele voltou a guardar os papéis na pasta de documentos. – Só que agora é necessário que a dívida seja paga, e foi como representante dos interesses do Gymnasium que vim hoje aqui.

Virei de costas para o senhor Huber na intenção de sair rápido de sua presença, achando por bem ocultar a mistura de fúria e humilhação que revirava em meu íntimo, e, com a mão sobre a maçaneta, disse:

– Um minuto. – Olhando para Eva, que escorregou para dentro da sala quando a porta se abriu, completei: – Vou buscar o dinheiro do senhor Huber.

– Eu estava vindo justamente perguntar se ele gostaria de uma xícara de café – Eva justificou, constrangida.

– Eu aceitaria...

– Ele aceitaria se pudesse, mas a verdade é que nosso próspero senhor Huber tem negócios importantes a tratar em sua conceituada firma e não poderia desperdiçar seu tempo.

– Mas, Agnes...

Levantei uma mão, sinalizando que ela se calasse.

– Eva, por favor, não constranja nosso estimado advogado insistindo que se demore mais que o necessário. – Girando a cabeça sobre os ombros, eu disse ao senhor Huber: – Vou buscar seu dinheiro, e avise ao administrador do Gymnasyum que antes de segunda a casa estará desocupada.

* * *

Duas horas depois da partida do senhor Huber, meu olhar ainda se perdia entre as flores do jardim da casa, e o vento frio que vinha da janela aberta não me incomodava.

As coloridas folhas secas dançavam diante de mim. Os tons de verde, amarelo, laranja e marrom me convidavam a mergulhar, como Erich e eu fazíamos, nos montes formados por elas, onde os maestros daquele balé eram os pequenos redemoinhos.

A recordação encheu meu coração de gratidão pela infância feliz de que pude desfrutar na companhia da família Reis. Mas, ainda que tenha afirmado o contrário e com tanta veemência ao senhor Huber, tudo o que aprendi com a *oma* Carlota, no quesito educação, não estava de acordo com o alto padrão que a média e alta sociedade alemã exigia das moças.

Mesmo já conhecendo os ideais conservadores dele, ouvi-lo falar de como, aos seus olhos, eu era incapaz revirou a ferida que eu carregava. E, por mais que não quisesse admitir, aquilo me machucara.

Não era necessário que aquele homem zombasse de mim. Eu mesma tinha consciência da minha falta de dotes e era atormentada pela busca constante de algo que fizesse sentido em minha existência.

Várias foram as dificuldades de adaptação que encontrei ao chegar à escola de moças. Proibições como subir em árvores, falar alto e correr como uma selvagem faziam parte das instruções que a professora repetia constantemente.

Depois de anos e de tentar aprender os atributos que uma jovem senhora precisava dominar para ser considerada apta a um bom casamento, eu fora considerada um caso perdido pelas professoras.

Ao voltar para casa, carregava no coração a certeza de que não seria fácil encontrar um marido. Diante disso, dediquei-me a fazer aquilo que parecia trazer algum sentido à minha vida: cuidar do meu pai. Não que ele fosse inválido. Apenas desatento demais para zelar pelas coisas simples da vida. As pesquisas eram sua alegria, e tudo parecia sem cor diante delas. Eu via paixão em seus olhos ao me explicar seus estudos e suas descobertas.

Várias foram as vezes que perguntei a mim mesma se todos tinham talentos, de fato, como ouvira dizer na igreja, já que em minha vida isso parecia não fazer sentido.

Até mesmo o uso da língua portuguesa, que antes eu acreditava ser algo especial, pareceu sem valor, quando me dei conta de que essa habilidade não me serviria para nada, a menos que fosse morar em Portugal ou no Novo Mundo com o fazendeiro do anúncio.

– Agnes, feche essa janela. – Eva me puxou para que ela mesmo fizesse isso. – Você está gelada.

– Estou bem.

– Parecia estar olhando para o nada. – Ela esfregou as mãos nos meus braços para me aquecer, e só então notei que eu tremia. – Não fique assim.

– Ele me insultou. – Fiz beicinho, como se tivesse voltado à infância.

– Desculpe, mas acho que o velho, por mais indelicado que tenha sido, tem razão sobre a necessidade de você arrumar um casamento.

– Como se isso fosse algo simples.

– Existem muitos cavalheiros elegíveis entre os conhecidos do seu falecido pai.

– Como aquele professorzinho?

– Ele é um bom exemplo.

– Senhor, dai-me paciência! – Revirando os olhos, levantei as mãos para o céu.

– Venha, esqueça o senhor Huber. – Ela me convidou com um largo sorriso. – Vamos para a cozinha que vou lhe servir um chá.

– Ele era amigo do meu pai e mesmo assim se recusou a me ajudar – disse, cabisbaixa. – E ainda por cima me insultou.

– Oh, Agnes, sempre fui contra seu pai deixar que você fosse cuidada por aquela mulher como se fosse um moleque. – Eva bufou. – Onde já se viu deixar que o neto dela lhe ensinasse aquela brincadeira violenta?

– Será que um dia você vai ser capaz de perdoar minha mão machucada?

– Nem isso nem o olho roxo. – Ela balançou a cabeça em desaprovação. – Como eu poderia esquecer aquele dia pavoroso?

– Por ter um coração piedoso? – Sorri ao me lembrar dela colocando um pedaço de carne crua sobre meu olho esquerdo.

– Não sei como seu pai ainda deixou você continuar frequentando a casa daquela mulher depois de saber que apanhou do neto dela.

– O olho roxo não foi culpa do Erich, mas, sim, um descuido meu. – Ri da lembrança de um dos nossos treinos clandestinos.

– Você acha isso engraçado? – Ela abriu a porta para mim. – Fui questionar aquela portuguesa insolente sobre por que seu olho estava roxo, mas, em vez de me dar uma explicação, ela riu na minha cara.

– A *oma* Carlota estava tão surpresa quanto você. – Reprimi o sorriso ao notar a irritação dela e expliquei: – Ela mesma não sabia.

– Isso era muito errado.

– Eu estava ajudando meu amigo, que precisava se defender dos garotos da nossa rua.

– Você era uma menina.

– Isso não impediu que entendesse as regras da luta melhor que Erich.

– Para mim, isso não passa de algo próprio de um lugar como a periferia de Hamburgo. – Eva franziu a boca em desagrado.

– Segundo minhas pesquisas, essa prática que tem se popularizado como a "nobre arte" já existia nos registros do Egito Antigo.

– Não importa se o faraó deixava a filha dele desfilar nas pirâmides com o olho roxo. – Cobri a boca com a mão para sufocar o riso. – Como seu padrinho, o senhor Reis deveria ter corrigido o filho por lhe ensinar algo reprovável.

– Ele não considerava reprovável aquela que era sua atividade preferida.

– Que decadente!

– Eva, não seja tão severa com a família Reis. – Ela revirou os olhos. – Eles queriam apenas ajudar um jovem viúvo a cuidar da filha.

– Seu pai não precisava deles. Ele tinha a mim.

– Aquiete o coração e não seja assim tão ciumenta. – Passando os braços pelos ombros dela, beijei-lhe o rosto.

– Então, case-se, para que meu coração fique tranquilo.

– Vamos logo tomar esse chá antes que você acabe me obrigando a me casar com o professor "Cruz-credo".

– Continuo achando que ele é uma boa opção.

CAPÍTULO 6

Mesmo sem saber o que me aguardava, não queria ficar me remoendo. Ou será que queria? Às vezes, tinha a impressão de que a tristeza me trazia certo alívio.

Carregando minha valise em uma mão e Docinho na outra, desci pela última vez a escada em direção ao primeiro andar, sem saber como seria o restante da minha vida. Além do que estava nas mãos, eu carregava, com os olhos marejados, um coração cheio de gratidão pelos anos felizes que vivera com meu pai naquela casa.

– Senhorita Neumann, o cocheiro já está amarrando seu último baú na carruagem da senhora Weber.

Docinho rosnou tentando se soltar dos meus braços, como se acreditasse que seus quatorze centímetros seriam suficientes para afugentar o cocheiro que ela via pela porta aberta.

– Ela está impaciente – justifiquei, como se não sentisse o mesmo que ela.

– Acredito que seria melhor trancá-la no escritório até a saída – sugeriu o senhor Lemke.

– Tem razão, não quero que ela assuste os cavalos e acabe pisoteada – disse, esticando Docinho na direção dele.

– Eu me recuso a pegar essa criatura raivosa. – Ele meneou a cabeça.

– Deixe que cuido disso. – Eva se apressou em me socorrer. – Docinho, tenho uma surpresa para você na cozinha.

Assim que Eva desapareceu no corredor que levava aos fundos da casa, eu disse ao marido dela:

– Quero aproveitar que estamos sozinhos para lhe agradecer os anos de dedicação e amor que vocês nos ofereceram.

– Foi um prazer servi-los. – Ele fez uma breve reverência.

– A alegria foi nossa.

O senhor Lemke não esperava o abraço forte que lhe dei, e isso coloriu suas bochechas de um rosado forte.

– Cuide bem da Eva. – Coloquei nas mãos dele uma bolsinha com a metade do dinheiro que restara após a quitação das dívidas.

– O que é isso? – Ele esticou as mãos para me devolver, ignorando o tilintar das moedas dentro do tecido. – Não podemos aceitar.

– Podem e devem – disse com um sorriso ao ver o brilho que ameaçava escorrer pela face dele. – Isso é pouco diante do que vocês merecem, e sei que meu pai, no meu lugar, faria o mesmo.

– Obrigado, mas...

– A carruagem está pronta, senhorita Neumann.

Fiquei grata pela interrupção do cocheiro.

– Senhor Lemke, peça a Eva que traga Docinho, por favor.

Aproveitei os instantes que me restavam sozinha para olhar à volta, com medo de que o tempo apagasse de minha memória as lembranças que coloriram aquela casa e fizeram dela nosso lar.

Mesmo incerta do que me aguardava no futuro, estava determinada a não ser um peso para Emma. A decisão de aceitar seu convite não fora fácil diante da falta de alternativas viáveis. Contudo, seria provisório. Apenas até que encontrasse um emprego.

Até aquele momento, eu colecionava entrevistas. Já havia, inclusive, respondido a alguns anúncios de governanta, mesmo sob os protestos de

Eva, que disse que eu era muito bonita para trabalhar nessa função. Como se a beleza, ou a ausência dela, qualificasse alguém para algo.

Fungando, Eva aproximou-se lentamente com Docinho aninhada nos braços. Um nó se formou em minha garganta quando notei seu nariz avermelhado, denunciando o que fizera na cozinha.

– Não chore, Eva – pedi, abraçando-a.

– Docinho não quis comer o biscoito que lhe dei. – Ela me entregou a trêmula cadelinha.

– Dessa vez, acredito que não seja apenas drama dessa mocinha. – Encostei o rosto da minha companheira no meu e, tentando acalmá-la, disse: – Vai ficar tudo bem, Docinho.

Voltei a atenção a Eva, ao ouvir mais um fungado.

– Não fique cheia de preocupações conosco, Eva. – Já no alto da escada que nos levaria à calçada, eu a abracei mais uma vez. – Estou crescida e posso me cuidar sozinha.

– Isso é você que diz. – Ela fez beicinho. – O que me tranquiliza é saber que você vai morar na casa da senhorita Weber.

– Até encontrar um emprego.

– Ou um casamento. – Eva insistiu, ajustando o casaco que eu tinha sobre os ombros.

– Certo. – Revirando os olhos marejados, dei-lhe mais um abraço apertado, até que Docinho rosnou ao ser amassada entre nós duas. – Ou um casamento – repeti, na esperança de que isso fosse tranquilizá-la.

Afastei-me dela quando o trote de um cavalo chamou nossa atenção ao se aproximar. Docinho já notara que era seu maior inimigo quem estava chegando, e, com sua agitação em meus braços, precisei descansar a valise no chão para que ela não caísse.

O senhor Lemke foi o primeiro a descer para receber o entregador das correspondências, seguido de longe por nós três.

O comportamento de Docinho causou-me certa estranheza. Em vez de latir na direção do mensageiro, seu par de calças preferido para abocanhar, ela tentava se soltar para perseguir algo do lado oposto de onde o homem estava. Como se pudesse ver algo que eu não enxergava.

Não havia nada anormal naquele fim de tarde nublado. O sol já começava a se pôr por trás das casas, e a rua ainda estava úmida da chuva que caíra pela manhã. O vento frio formava algumas sombras ao agitar as poucas folhas que ainda se seguravam com teimosia nas árvores.

Se não fosse pelo arrepio que percorreu minha espinha e pela sensação estranha de estar sendo observada, eu diria que o que a incomodava era apenas um bichano qualquer passeando.

Subi na carruagem sem esperar pela volta do senhor Lemke, porque assim me sentiria mais protegida do frio e menos exposta aos olhares curiosos dos vizinhos.

– O mensageiro trouxe uma carta para a senhorita.

Sem soltar Docinho, peguei, curiosa, a correspondência que o senhor Lemke me entregou.

– O bom homem havia se esquecido de sua mudança, mas já reforcei que qualquer futura correspondência deve ser encaminhada para a casa da senhora Weber.

– Obrigada. – Arregalei os olhos de surpresa ao notar que a carta vinha do Novo Mundo.

– Algum problema, Agnes? – Ao levantar a cabeça do papel, encontrei o olhar preocupado de Eva.

– Fique tranquila. – Forcei um sorriso. – É uma carta da senhora Reis. – Menti por não saber como explicar.

– Essa mulher ainda não morreu? – Eva franziu os lábios, formando um bico de desagrado. – Desse jeito a velha vai virar pedra.

Rindo do comentário impregnado de ciúme, joguei um beijo, que ela aparou colocando a mão sobre o peito, enquanto o senhor Lemke fechava a porta da carruagem.

Com a carta na mão, meus olhos percorreram a fachada da casa. Só então, corajosamente, acenei uma última vez para os Lemkes e para tudo que eu vivera ali. Com os olhos embaçados pelo choro que escorria livremente, puxei a cortina para impedir a mim mesma de olhar para trás.

Uma batida forte na parede da carruagem me fez voltar à realidade com o coração aos pulos. O veículo que já iniciara a partida precisou parar.

Permaneci petrificada no assento até que a porta se abriu e vi o rosto familiar do senhor Lemke, que tinha minha valise nas mãos.

– Muito obrigada. – Coloquei as mãos na altura do peito, sem compreender se fora o susto ou o medo que me abalara. – Como pude esquecer minha valise?

– Cuide-se, senhorita Neumann, e nos mande notícias.

– Eu o farei – garanti com um sorriso triste.

Pouco depois, embalada pelo movimento da carruagem, abri a valise para guardar a carta e conferir, mais uma vez, que tudo que me restara estava lá dentro: meu dinheiro, meus documentos, um colar, um brinco que fora da minha mãe, o relógio do meu pai, o camafeu e a Bíblia.

Fechando a bolsa, tentei olhar para o novo que eu desconhecia e para o que o futuro me reservava, mas ele parecia fugir de mim.

CAPÍTULO 7

– Você acha mesmo que foi uma boa ideia deixar Docinho sozinha no quarto? – Emma se encaminhou para a mesa posta apenas para duas pessoas em uma que caberia, no mínimo, doze.

– Tenho certeza – falei, tentando me convencer de que prendê-la no lavatório anexo ao meu quarto fora a melhor opção. – Não quero abusar da sua hospitalidade logo no primeiro dia.

– Não seja boba.

– Docinho ficou agitada desde que saímos de casa. Começou a latir para o nada, deixando-me mais nervosa do que já estava.

– Ela deve estar estranhando.

– Acredito que sim. – Sentei-me à frente de Emma à mesa. – Achei por bem deixá-la lá para que pudéssemos comer com tranquilidade e, principalmente, sem incomodar sua *oma*. – Olhei para a cabeceira da mesa, lugar de costume da idosa. – Como ela está?

– Um pouco melhor que ontem. – Emma deu um sorriso triste. – A *oma* pediu que me desculpasse por ela, mas não se sente bem para nos acompanhar.

– Diga-lhe que estimo suas melhoras. – Lembrei-me, com pesar, do choque que senti quando Emma me contou, aos prantos, a conversa que tivera com o doutor Virchow. Não fora à toa que seu tio-avô solicitara que aquele especialista viesse de Berlim.

Segundo o médico, a situação da senhora Weber era mesmo tão grave quanto Emma temia, pois a enfermidade dela afetava a produção do sangue. Infelizmente, a morte dela era inevitável e poderia acontecer em alguns meses ou até mesmo em poucas semanas. Nada poderia ser feito além de oferecer conforto à doente e láudano para suas dores.

Só mais tarde soubemos que o tal doutor ficara conhecido no campo da medicina ao apresentar, pela primeira vez, um relato de que aquela doença, que ele chamou de leucemia, era progressiva e mortal.

– Direi. – Emma se serviu da sopa de abóbora, embaçando as lentes dos óculos com o vapor.

Salivando, também me servi do líquido grosso e alaranjado, que, além de ser um prato típico ideal para nos aquecer no início do outono, era um dos meus preferidos.

– A *oma* ficou contente por eu ter você aqui me fazendo companhia. – Emma contou enquanto me passava o pão.

– Estou feliz em saber. Apesar de achar difícil você ficar sozinha em uma casa repleta de criados.

– Isso faz parte do passado. Tivemos que dispensar a maioria dos serviçais, ficando apenas com seis para os serviços essenciais.

– Que triste para quem ficou sem emprego diante das dificuldades econômicas que têm se espalhado por todos os lados.

– É verdade. – Ela ajustou os óculos sobre o nariz. – Partiu nosso coração dispensá-los.

– Imagino. Eu mesma só fiquei tranquila quando os Lemkes decidiram voltar a viver com a família em Luneburgo.

– Que bom saber que eles ficarão por perto. Assim, quando você se casar, poderão voltar a viver com você.

– Você está parecendo o senhor Huber e Eva insistindo que eu me case de qualquer jeito.

– Não é verdade. – Emma descansou a colher e me olhou antes de completar: – Apenas queremos que fique bem.

– Como se você não soubesse que as cadeiras dos bailes já tomaram a forma do meu traseiro.

– Agnes!

– Desculpe a maneira rude de falar, mas é a mais pura verdade. – Dei de ombros. – Só participo dos bailes por causa da influência da sua avó.

– Eles só nos convidam por causa do dinheiro que acreditam que ainda temos e por sermos parentes próximas de um conde. – Emma remexia no restante da sopa no prato, fazendo círculos. – Isso é tão injusto!

– Sem contar que já estamos passando da idade de nos casar. – Levantei o dedo indicador ao expor tal detalhe.

– Enquanto para os homens não existem limites. – O canto da boca de Emma curvou-se para baixo.

– Que bom que pelo menos você já está quase casada – eu disse com otimismo.

– Estou contando os dias. – Ela sorriu, sem mostrar os dentes.

– Também estou, pois assim você não precisará mais suspirar por aquele personagem arrogante da senhorita Jane Austen. – Fiz uma careta divertida.

– Imagino que esteja se referindo ao senhor Darcy. – Pela primeira vez naquela noite, Emma riu com gosto.

– Esse mesmo. Mas mudando de assunto... – engoli em seco, reunindo coragem para falar – ... preciso lhe revelar um segredo.

– Você tem um segredo? – Ela arregalou os olhos, e senti um calafrio.

Inspirei profundamente, sem saber ao certo por onde começar a relatar o que fizera, pois nem eu mesma acreditava que fora capaz de tal ato. A ousadia de escrever a carta ao fazendeiro certamente foi impulsionada pelo desespero que senti diante da perda de meu pai.

Durante todo o percurso de minha mudança para a casa de Emma, perguntei-me como ela reagiria. *Será que ela achará minha atitude romântica ou fruto de pura loucura?*

Não importava qual fosse a opinião dela, eu precisava ouvi-la.
– Eu não tinha um segredo até o velório do meu pai.
– O que aconteceu naquele dia? – Vi um sorriso brincar em seus lábios. – Não me diga que finalmente ficou a sós com o lindíssimo professor Cruz.
– Santo Deus! A cada dia detesto mais aquele homem! – Fiz uma careta de nojo enquanto sorvia minha última colherada de sopa. – Acredito que ele nem sabe sorrir.
– Não seja tão exigente; você mal o conhece.
– Como poderia se o homem é um poço de mistérios? Além, é claro, de ser desagradável. Confesso que até cheguei a cogitar aceitá-lo como pretendente de tanto que Eva me perturbou o juízo, mas, depois de ele ter sido ultrajante na última visita, entendi que seria melhor trabalhar em uma fábrica têxtil que me casar com ele.
– Mas, então, me conte. – Ela afastou o prato e, inclinando-se na minha direção, disse: – Que segredo é esse que você tem escondido de sua melhor amiga?
– Escrevi uma carta.
– Oras, Agnes! – ela reclamou, desapontada. – Você já fez isso inúmeras vezes.
– Só que dessa vez escrevi para um homem que não conheço.
– Não estou entendendo. – Ela franziu as sobrancelhas até formarem uma linha só. – Tente falar com calma.
– Ao voltar para casa, depois do enterro, fui direto para o escritório do meu pai. – Ela me olhava sem piscar enquanto nossos pratos vazios eram retirados. – Você sabe quanto eu amava aquele lugar.
– Não faça rodeios e me conte logo.
– Estou tentando narrar direito. – Olhei envergonhada para a criada, que retirava o jantar.
Emma levantou-se de supetão e, depois de agradecer aos serviçais a refeição, chamou-me para sua sala íntima, bem maior que a da minha antiga casa. Sentadas no espaçoso sofá de brocado verde, de frente para a lareira que já estava acesa nos esperando, sorri agradecida porque ali poderíamos falar com privacidade.

– Agora, sim, você poderá prosseguir sem interrupções enquanto desfrutamos do nosso chá acompanhado de alguns *vanillekipferl* recém-assados. – Ela apontou para a bandeja e para os biscoitos de baunilha sobre a mesa baixa.

– Mal terminamos de comer – falei, como se já não a conhecesse. – Não sei como consegue manter essa silhueta comendo biscoitos de Natal todos os dias.

– Conte-me logo, por favor – ela pediu, ignorando meu comentário.

– Li nos classificados do jornal um anúncio peculiar.

– Agnes, a maioria dos anúncios é peculiar.

Sentindo a face avermelhar, tanto pelo calor do fogo diante de nós como de vergonha, peguei dois biscoitos antes de continuar:

– Na nota do jornal, um jovem e próspero emigrante alemão procurava uma esposa para viver com ele no Novo Mundo.

– Por favor, me diga que você não pensa em responder a esse anúncio ridículo.

– Não penso em responder. – Com um sorriso sem graça, enfiei os biscoitos de uma só vez na boca.

– Ufa! – Emma elevou os olhos e as mãos ao céu para agradecer.

Mas, antes que voltasse a baixá-las, sussurrei com um sorriso bastante envergonhado:

– Já respondi. – Ao ver os olhos dela arregalados, ainda de boca cheia, completei: – A resposta dele chegou hoje, quando eu estava de saída.

– Agnes, você perdeu o juízo? Ao menos sabe onde é o Novo Mundo?

– Claro que sei! – disse, fingindo-me de ofendida. – Fiz questão de procurar saber onde ficava o Império brasileiro na enciclopédia do meu pai. – Pisquei com um sorriso travesso, pois amava chocá-la. – Não foi você mesma que disse que eu precisava me casar?

– Não era bem isso que eu tinha em mente.

Abaixei os olhos, constrangida, ao me dar conta de que ela não estava achando graça nenhuma.

– Escrevi sem pensar direito – justifiquei, retorcendo as mãos sem conseguir encará-la. – Após o enterro, encontrei o jornal sobre a escrivaninha do meu pai, dobrado exatamente nos classificados, e o anúncio me chamou a atenção. A princípio, perguntei-me qual mulher aceitaria tal coisa, mas logo percebi que aquilo poderia ser a oportunidade para uma pessoa desesperada e sem esperança. Alguém que perdeu tudo e não sabe qual direção tomar, já que as únicas alternativas que existiam lhe foram negadas.

– Você acredita ser essa mulher?

– Como não acharia? O que me resta? – Criando coragem, levantei o olhar.

– Vamos encontrar uma saída. – Ela sorriu, mas eu podia ver a preocupação estampada em seus olhos.

– É duro dizer isso, mas nem mesmo como dama de companhia fui aceita.

– Então, permaneça vivendo conosco.

– Agradeço, mas não posso ficar aqui por muito tempo. Além disso, seu tio-avô não aceitaria que mais uma mulher vivesse na dependência dele. – Abanei a cabeça.

– Mas a *oma*...

– Jamais permitiria que ela se indispusesse com o irmão dela por minha causa, muito menos em um momento delicado como o que tem vivido. Tenho certeza de que você pensaria da mesma maneira se estivesse no meu lugar.

Emma franziu a boca ao reconhecer, mesmo sem palavras, que eu tinha razão.

– Ao responder àquele anúncio, não tinha isso em mente. Mas agora, diante dos fatos, eu me pergunto se não seria melhor aceitar o casamento com o fazendeiro, uma vez que, aqui em Hamburgo, a única alternativa que parece ter me restado é trabalhar em uma fábrica e viver em um cortiço.

– Ou poderíamos encontrar um casamento para você aqui mesmo.

– Com o professor Cruz-credo?

Ela riu com gosto.

– Já disse como o acho digno de um dos romances de Jane Austen ou de Lady Lottie?
– No papel de vilão?
– Agnes!
– Confesso que até pensei nisso, tamanho meu desespero.
– Isso é bom. – Ela bateu palmas, animada com a possibilidade.
– Não fique tão alegre. O professorzinho deixou bem claro que não quer me cortejar.
– Não é o que parece.
– Pois acredite! – Balancei a cabeça, afirmando. – Apesar de aliviada, fiquei bastante irritada com o modo como ele me olhou quando abordei seu interesse em mim. Era como se eu não passasse de um inseto. Homem odioso!
– Podemos...
– Não fantasie tanto, Emma – pedi, desanimada. – Não existe ninguém. Até os dois pretendentes que rejeitei anos atrás já não estão mais disponíveis. O idoso morreu de velhice no ano passado, e o outro está casado com uma pobre moça que não teve a mesma sorte que eu de se livrar dele.
Depois de permanecer em silêncio por alguns instantes, como se refletisse, Emma aproximou-se de mim e disse:
– Onde está a carta? Leia-a para mim.
Com as mãos trêmulas, tirei o papel que colocara no bolso do vestido para lhe mostrar e, desdobrando-o, li em voz alta.

Prezada senhorita Neumann,
  Meus sinceros sentimentos. Lamento por tudo o que tem passado, mas confesso que fiquei feliz com seu contato.
  A senhorita é a resposta para minhas orações, e ficarei muito feliz e honrado em recebê-la como esposa.
  Já estou ansioso por sua chegada e para experimentar as delícias culinárias que certamente a senhorita sabe fazer.

– Desde quando você sabe cozinhar? – Emma gargalhou alto, quase perdendo o fôlego.

– Pare de debochar de mim! – resmunguei, sentindo o rosto enrubescer. – Não é bem assim, algumas coisas consigo fazer.

– Claro que consegue ferver água. – Ela enxugou os olhos lacrimejantes, sem conseguir parar de rir, e continuou: – Ele parece acreditar que você sabe fazer maravilhas na cozinha.

– Certo, confesso! Acho que posso ter exagerado um pouquinho ao descrever minhas inúmeras qualidades, mas tenho certeza de que não escrevi que sabia cozinhar. – Fiz uma careta para ela. Emma cobriu o rosto com as mãos para esconder o riso. – Pelo menos, não com essas palavras. – Dei de ombros. – Ele falou que é próspero, então imaginei que nunca precisaria cozinhar, costurar ou bordar.

– Continue, por favor – ela pediu, sem esconder o divertimento.

– Sim, mas pare de zombar de mim. – Joguei uma das almofadas próximas, mas errei o alvo.

– Vou tentar – ela prometeu, levantando a mão direita em sinal de juramento. Continuei:

> *Em razão do longo tempo que uma resposta sua levaria para chegar até aqui, achei melhor já lhe enviar a passagem no navio* Columbus, *na esperança de que minha carta chegue a tempo para o seu embarque. Caso não, o bilhete poderá ser facilmente trocado pelo próximo navio disponível. Só peço que me avise.*
>
> *Aguardarei a senhorita no porto da cidade de Porto Alegre, na data prevista para a chegada dessa embarcação. E, para que seja fácil a senhorita me identificar, usarei um lenço vermelho no pescoço.*
>
> *Atenciosamente,*
> *Klaus Fleming*

– Você não está com medo? – Ela franziu a testa. – Ele me pareceu meio desesperado.

– É claro que estou. – Eu me remexi no assento. – A verdade é que, assim que selei o envelope, já havia perdido a coragem de enviá-lo. Só que acabei me esquecendo de me desfazer dele. – Emma fez uma careta, como se já adivinhasse o resultado. – Acontece que Eva, ao encontrar a carta selada sobre a mesa, despachou-a sem me perguntar.

– Entendi.

– Nem me importei quando descobri que ela fora enviada, por duvidar de que receberia uma resposta.

– Não sei o que dizer. – Emma deu um sorriso sem graça.

– Você não acha que esse anúncio pode ser a saída para o meu problema? – Sem esperar pela resposta dela, continuei: – Você é testemunha de que tentei encontrar um trabalho.

Uma leve batida à porta nos chamou a atenção.

– Senhorita Weber, sinto muito incomodar, mas sua avó não se sente nada bem – disse a enfermeira.

– Obrigada, Ellen. – Emma virou-se em minha direção, e vi a preocupação com a avó refletida em seus olhos. – Sinto muito, Agnes.

– Por favor, avise-me se precisar de mim – pedi antes de ela subir as escadas apressadamente.

CAPÍTULO 8

O vento forte era uma ameaça velada da tempestade que não chegava.

Depois de Emma ter assegurado que me chamaria caso a enfermeira ou ela precisassem de ajuda, fui para meus aposentos, ansiosa para libertar Docinho.

A luz da única vela em minhas mãos, que dançava com a leve corrente de ar vinda por baixo da janela fechada do quarto da antiga casa, não conseguia vencer a noite de lua minguante, que pouco iluminava o ambiente, deixando-o na penumbra. O fogo da lareira, aceso para aquecer o quarto, já estava perdendo a força, e foi preciso que eu alimentasse as chamas com mais alguns pedaços de lenha.

A janela alta e dupla, que ia até o chão, trepidou com a força do vento, assustando-me, e corri para fechar as cortinas. O mordomo da casa tinha nos contado que alguns galhos secos das árvores mais altas haviam caído, mas que não deveríamos temer.

Segundo o senhor Müller, tratava-se apenas de leve ventania. Contudo, não era o clima acolhedor para nosso primeiro dia morando ali. O cortinado garantiria proteção extra se algo quebrasse o vidro. Afinal, a frágil grade que servia de parapeito da janela, por ser muito baixa, pouco ajudaria caso alguma coisa fosse arremessada pelo vento.

Com um rosnado pouco amigável, ao ver a porta do lavatório se abrir, Docinho passou por mim como se fosse a própria Sissi, Imperatriz da Áustria, caminhando para seu trono, que, no caso, era a grande almofada ao lado de minha cama.

O quarto era bem maior do que o que eu tinha antes. A decoração em tons de rosa era elaborada e requintada. O tecido de seda que revestia as paredes era coberto de minúsculas flores coloridas.

– Você me perdoa?

Depois de um fungado, Docinho se deitou, ignorando meu pedido.

– Não seja tão rancorosa. – Sentada na cama, bati as mãos no colo, tentando convencê-la. O lençol que cobria a cama era em tom mais claro de rosa, que combinava com as oito almofadas sobre ela. Além da cortina que seguia a mesma tonalidade. Não era à toa que aquele era chamado de o quarto rosa. – Nem mesmo se eu deixar você dormir comigo? – Docinho levantou a cabeça, os olhos brilhando como duas pequenas luas escuras refletindo a iluminação deficiente enquanto avaliava minha proposta. Joguei o pesado vestido sobre o espaldar da cadeira antes de me sentar para retirar as meias, que logo se juntaram ao restante das roupas que eu vestira. – Vejo que minha proposta é tentadora – disse ao vê-la se aproximar abanando o rabo. – Mas já vou avisando que é só por hoje.

Depois de colocar Docinho sobre a cama, pulei no colchão macio. O cansaço do corpo era a testemunha de que o dia fora intenso e cheio de emoções. Com esperança de conseguir dormir cedo, puxei as cobertas sobre nós duas, com a certeza de que o uivar dos ventos seria a música que embalaria meu sono. Mesmo envergonhada, estava ansiosa e apreensiva para terminar a conversa com Emma.

Não parava de pensar na carta desde que a recebera. Havia me esquecido dela nas últimas semanas, mas, agora que a resposta estava comigo, minha mente não me dava descanso, pensando se ela não seria a saída para o meu problema.

Eu não via perspectiva para mim melhor que aquele anúncio, nem na cidade de Hamburgo nem nas províncias e nos reinados vizinhos.

Estávamos cercados pela fome e por rumores de guerra e doenças que dizimavam a população havia anos. Que chance melhor que essa teria uma mulher solteira, sem amparo de um marido ou da família, em uma sociedade dirigida por homens?

Nunca tive necessidade de trabalhar, mas estava disposta. Porém, nenhum homem de negócios estava propenso a confiar qualquer serviço que não o doméstico a uma mulher. Eu me perguntava se era por nos achar menos capazes e com inteligência reduzida ou se seria medo de que conseguíssemos desempenhar o papel de melhor forma.

Parecia em vão pensar nisso, já que não tínhamos voz. Anos atrás, eu lera a publicação de um jornal que contava sobre a participação de várias mulheres à frente da batalha em Mannheim, em 1848. Apesar de elas terem lutado corajosamente, depois da vitória apenas os homens com mais de vinte e cinco anos foram beneficiados com o direito ao voto.

Poder opinar sobre por quem eu gostaria de ser governada era, a meu ver, uma arma tão poderosa que parecia impossível que um dia nós, mulheres, pudéssemos desfrutar de tal benefício, uma vez que a maioria de nós não tinha nem mesmo o direito de escolher com quem viveria.

Ou outras, como eu, precisavam cogitar se casar com um desconhecido se quisessem ter um teto sobre a cabeça, o que vestir e alimento na mesa. Sem contar, é claro, com o respeito das próprias mulheres ao redor, que deveriam ser as primeiras a entender e a apoiar.

– Você está invadindo meu lado – reclamei com Docinho, que girava sem parar em cima da cama, no sentido horário e anti-horário. – Não me diga que precisa se aliviar.

O vento balançava um pouco a janela, e um passeio lá fora com ela não seria o ideal, então, para meu alívio, ela se deitou ao meu lado e sossegou. Depois de apagar a vela, fiz o mesmo.

Estava cansada, mas, ainda que meus olhos estivessem fechados, foi difícil pegar no sono.

* * *

Despertei com o rosnado de Docinho. Meu desejado descanso pareceu ter durado apenas alguns segundos. Ela estava na ponta da cama, prestes a pular, tamanho era seu incômodo com a agitação da janela. Do fogo da lareira não restara sequer uma brasa viva em meio às cinzas, o que deixou o quarto no absoluto frio e escuridão.

Apesar de apreciar dormir no escuro, achei por bem me levantar para reacender a vela. Era estranho estar em um lugar novo, sem conseguir enxergar um palmo diante do nariz.

O rugido do vento cessara, mas o trepidar da janela denunciava que a tempestade ainda não passara completamente.

– Pelo amor dos meus nervos, Docinho! – Ao colocar o castiçal sobre a mesinha de canto, percebi que, assim como ela, eu tremia. *Será que estou com frio?* Voltei para a cama e, antes de puxar o cobertor até a cabeça, ralhei: – Fique quieta! – A agitação dela estava me contagiando. – Você não é a única a se sentir desconfortável.

Ela, insatisfeita com meu pedido, mostrou-me os dentes de modo ameaçador.

– Não seja tão antipática e venha se deitar aqui debaixo das cobertas.

Em vez de me obedecer, Docinho pulou da cama alta antes mesmo de as janelas se escancararem, arrastando consigo a cortina grossa que fora nossa proteção.

O som do vidro estilhaçando acelerou meu coração, e, quando um vulto negro pulou sobre a grade da janela e avançou em nossa direção, deixando um rastro molhado em meio aos cacos de vidro que estalavam a cada pisada do invasor, dei-me conta de que não fora o vento que estivera forçando a janela.

Dei um grito mudo enquanto meu íntimo berrava: fuja! Mas não conseguia. Os músculos de minhas pernas tremiam como se desejassem saltar da cama sem mim. Desejei ser criança outra vez para puxar o cobertor sobre a cabeça, tornando-me invisível de todo mal.

O perigo estava diante de mim, mas o choque e o pavor me paralisaram. Abri a boca mais uma vez para gritar, mas não saiu som nenhum.

— Fique calada ou vou machucar sua amiga quando ela aparecer aqui.
— A voz era rouca, como se estivesse sendo disfarçada.

Ergui os olhos, quando o vento soprou a cortina para dentro do quarto, trazendo consigo uma familiar fragrância amadeirada de cedro, que vinha do invasor, permitindo-me vê-lo melhor. Ele usava na cabeça um tecido semelhante às minhas meias finas, só que preto, o que tornava impossível ver seu rosto.

Temendo pela segurança de Emma, obedeci. Mas fiquei me perguntando se eu terminaria aquela noite do mesmo modo que meu pai, assassinada por um criminoso.

A chuva parara, mas o ambiente coberto pelo breu noturno e o som do vento favoreciam para que meus tremores aumentassem. Estava ciente de que não era de frio, pois um fio de suor escorreu pela minha coluna, e me dei conta da umidade pegajosa que brotava em minhas mãos pelo pânico.

Encolhida sobre a cama, apertava o lençol na frente do corpo, e, enquanto o invasor revirava o quarto à procura de algo para roubar, minha mente não me dava descanso.

Por um instante, pensei que morrer poderia ser o melhor para mim diante de tudo o que vinha enfrentando. Assim, não precisaria mais me preocupar com os perigos de morar em um cortiço ou em ter que aceitar um marido qualquer para me tirar da miséria. Contudo, pensar que o invasor teria a intenção de me violar antes do assassinato fez meu coração bater ainda mais rápido. Atordoada, buscava desesperadamente uma forma de escapar daquela situação, e, como se pudesse ler meus pensamentos, os olhos dele se voltaram para mim.

Docinho, escondida debaixo da cama desde o momento que o bandido entrou, rosnava e, às vezes, latia para ele, que, enquanto revirava meu baú, a ameaçava.

— Mande esse rato ficar calado.

Escorreguei a mão direita para a beira da cama, na intenção de pegá-la no colo, antes de, com a voz trêmula, chamá-la:

— Do... Docinho, venha aqui.

Ela não veio até mim, mas ficou quieta.

O invasor voltou a atenção para o que fazia, e continuei a observá-lo. Caso saísse viva, desejava relatar os detalhes dele à polícia.

Será que ele não viu o dinheiro que estava na valise?

O homem não poderia ser um criminoso qualquer; estava quase certa disso. O que me pareceu curioso foi ele ter ignorado o relógio e as joias sobre a mesinha de cabeceira, como se procurasse por algo específico. Pensar nisso fez meu corpo inteiro se arrepiar.

Queria poder arrancar aquela máscara para ver o rosto dele, pois era estranho e pouco provável que um delinquente da periferia cheirasse a perfume caro e pudesse trajar roupas de um corte tão requintado quanto as que ele vestia.

Talvez o invasor seja o próprio assassino. Será que meu pai estava envolvido em alguma questão política? Não pode ser. Ele detestava isso.

Balancei a cabeça, negando para mim mesma. Meu pai era apenas professor, um estudioso apaixonado por pesquisas, não um político ou um revolucionário em busca de mudar o mundo com alguma descoberta. Todavia, ainda que fosse assim, o que o invasor poderia querer de mim?

– O que foi? – O homem começou a se aproximar da cama, e recuei.

– Na... nada. Estava só pensando.

– Isso deveria ser proibido para vocês, mulheres.

Meu íntimo se contorceu em protesto, mas permaneci quieta e concentrada em cada passo que ele dava, apesar de os rosnados de Docinho terem recomeçado.

O invasor não encontrara o que estivera procurando, e temi que fosse tentar me obrigar a revelar o que eu não sabia. Como se pressentisse a intenção dele em me atacar, Docinho avançou em sua perna, mas a bota que ele calçava, grossa demais, impediu que os pequenos dentes dela perfurassem o couro.

O gemido de dor que Docinho deu ao ser arremessada com um chute para o canto da parede despertou meu instinto de sobrevivência. Aproveitando aquele instante de distração, pulei para o outro lado da cama, ignorando qualquer constrangimento por estar de camisola.

Meus olhos percorreram o quarto em busca de algo que pudesse usar em minha defesa. Com desespero, olhei para o candelabro, a única coisa que parecia servir, só que o bandido estava do lado oposto.

– Não adianta fugir, pois vou atrás de você. – Sem pressa, ele começou a contornar a cama, enquanto Docinho, escondida debaixo dela, rosnava como se esperasse uma oportunidade de atacá-lo.

– Saia daqui agora mesmo! – Tentando escapar dele, pulei sobre a cama, pensando se de lá conseguiria pegar o candelabro. – Sua mãe não lhe ensinou que não é assim que se trata uma dama? – disse, um pouco antes de sentir um pequeno pedaço de vidro perfurar o calcanhar do meu pé direito.

– Quero apenas o que é meu. – O homem aproximou-se de mim a passos lentos, encurralando-me na parede, próximo à janela.

O hálito dele era uma mistura de álcool e tabaco, evidenciando que precisara de algum incentivo para ter coragem de invadir o quarto de uma dama.

– Não tenho nada de ninguém. – Estiquei as mãos, como se isso fosse o suficiente para impedir uma aproximação maior. – Sua crueldade me espanta! – disse, furiosa, àquele que acreditava ser o assassino. – Por que fez aquilo com meu pai? Não pense que vai ficar impune por tudo que tem feito.

O suor tornou a escorrer pelo meu corpo, e o ar parecia cada vez mais escasso. A mistura de sentimentos que experimentava fez com que eu ignorasse a dor e a umidade debaixo do meu pé descalço. Alinhei a postura e, sem encostar o calcanhar no chão, afastei as pernas, preparando-me para a defesa. Posicionei as mãos fechadas à frente do peito, causando no invasor uma breve e debochada risada.

– Não seja tola. Entregue-me o que quero e vou embora.

Sem desviar o olhar do dele, tateei o espaldar da cadeira perto de mim, até encontrar o que precisava. Envolvi a mão direita com um dos lados das meias que usara o dia inteiro. *Por favor, que esteja com chulé.* Fiz uma prece silenciosa.

O criminoso avançou mais um passo, pronto para me segurar. Mas não contava com o ataque de Docinho em suas pernas. Fiquei feliz com o rompante de coragem dela. Mesmo que seus dentes não conseguissem feri-lo, serviriam de distração. Diante do que poderia ser minha única chance, vendo-o abaixado para afastar Docinho, não posterguei. Acertei um gancho de direita na altura de seu olho esquerdo.

Bash!

– Sua vadia! – O homem ficou atordoado por alguns instantes, mas não caiu. Em vez disso, segurou meu braço com uma mão, enquanto, com a outra, cobriu o olho machucado.

– Solte-me, seu canalha! – Usei toda a força para afastá-lo de mim, e ele riu do meu esforço.

Eu estava prestes a chorar, não pela mão dolorida, mas de desespero, sem saber o que fazer para escapar.

Como se pressentisse que eu precisava de ajuda, Docinho atacou as botas dele, e escapei. Contudo, quando o invasor levantou a perna para arremessá-la mais uma vez para longe, voltei correndo para ajudá-la. Só que, antes que o alcançasse, escorreguei na poça de água, que ele deixara sobre o piso de madeira encerada, sem conseguir evitar o tombo, levando-o comigo em uma queda inevitável em direção à janela.

Por sorte e com um gemido de dor, consegui me agarrar, com a mão dolorida na cortina, a qual se desprendeu parcialmente da parede. Com a outra, apoiei-me na grade do parapeito, o que possibilitou que me reequilibrasse. No momento do desespero, o invasor lutou para se segurar em mim, mas seus dedos apenas rasparam na camisola que eu vestia, antes de despencar perigosamente da janela aberta direto no jardim da casa.

O baque surdo do corpo encontrando a terra me fez correr, apreensiva, para constatar o que mais temia: eu matara um homem.

CAPÍTULO 9

– Seu maluco! – xinguei alto à medida que massageava o punho que acabara de desenrolar, enquanto o morto, tão grosseiro quanto fora em vida, nada respondeu, deixando claro que eu estava encrencada. – Avisei que não tinha nada seu! – fiz questão de lembrar ao defunto, antes de fechar a janela. – O que estou fazendo? – Revirei os olhos. Docinho grunhiu em resposta. – Não há mais o que ser fechado. – Resmunguei com as pernas tão trêmulas quanto minha voz e desviei-me dos estilhaços, até conseguir me sentar na cama. Não sabia o que fazer, mas precisava pensar em algo rápido. – Parece que nem depois de falecido este homem vai me deixar em paz! – Docinho aproximou-se de mim, e eu a abracei. – Obrigada. Mas será que seria demais pedir a você que cave um buraco para colocar aquele lá? – Ela grunhiu em resposta, e afundei a cabeça no travesseiro, permitindo que as lágrimas lavassem minha alma. Se antes eu estava com medo, agora estava apavorada.

Eu não era muito melhor que o assassino do meu pai, que possivelmente era o mesmo que estava estirado no chão. Pela primeira vez, estava aliviada que papai não estivesse vivo para ver a única filha na primeira página do jornal como criminosa. Mas, ao mesmo tempo, lamentava não o ter por perto para me abraçar e me dizer o que fazer.

Docinho lambeu meu rosto, como se fosse um alerta de que eu precisava pensar em algo. Não podia simplesmente deixar aquele cadáver embaixo da minha janela.

– Não quero ser enforcada, Docinho – choraminguei enquanto puxava o caquinho que entrara no meu calcanhar, que, para minha sorte, não fora fundo e não estava sangrando.

Com a mão direita latejando, fechei os olhos e respirei fundo para acalmar o coração. Precisava raciocinar friamente para descobrir um modo de me livrar, o quanto antes, do defunto. O problema era como fazer isso, já que ele não era uma sujeirinha que poderia ser varrida para debaixo do tapete ou um osso enterrado no quintal.

A verdade não era uma opção, pois eu não tinha como provar que ele me atacara. As pessoas poderiam alegar que eu o encorajei. Não seria a primeira nem a última vez que uma mulher seria acusada de seduzir um homem. Além disso, eu não poderia permitir que o vexame daquela situação arrastasse o nome da senhora Weber e de sua família para a lama.

Uma coisa era certa: não havia como me livrar do corpo sozinha. Seria humanamente impossível carregar um defunto daquele tamanho, e Emma era a única pessoa que poderia me ajudar.

Assim que minhas pernas se firmaram, minha decisão estava tomada; vesti um penhoar por cima da camisola preferida, que aquele brutamontes quase destruíra, para ir em busca de Emma.

Docinho rosnou para mim ao pressentir o que a aguardava, mas não poderia deixá-la livre pelo quarto.

– Você vai ficar aqui esperando eu limpar nossa sujeira. – Com dificuldade e para o próprio bem dela, eu a tranquei, mais uma vez, no lavatório. Tomei cuidado para não bater a porta ao deixar o quarto. Apesar de achar que, se todo o barulho causado pelo insuportável não fora capaz de acordar ninguém naquela casa enorme, não seria isso que os acordaria.

Caminhei em silêncio até a outra ala onde ficavam os quartos da família, poupando o calcanhar e tendo apenas o castiçal iluminando o caminho.

Dei uma batida suave, mas firme, na porta do quarto de Emma. Ela, como eu já imaginava, não atendeu. Não era segredo que Emma tinha o sono pesado, e, para não correr o risco de acordar os outros, batendo na porta até que ela despertasse, resolvi entrar no quarto em silêncio.

O quarto dela, assim como o meu, estava na penumbra. O fogo da lareira estava reduzido a cinzas, mas a vela que eu carregava me ajudou a não tropeçar em nada.

Minha amiga estava encolhida debaixo das cobertas para se esconder do frio da madrugada que já se espalhara pelo quarto.

– Emma, acorde. – Afastando a trança grossa e escura, toquei o ombro dela, mas não adiantou. – Emma, acorde, preciso da sua ajuda.

– Senhor Darcy... – ela sussurrou ainda adormecida.

– Emma! – chamei com mais força, receosa de ouvir mais de seu sonho com o personagem da senhorita Austen.

– Aaaiii! – ela berrou de espanto ao perceber que não estava sozinha.

– Sou eu, não grite! – avisei antes de tirar a mão que tapava sua boca.

– Você quer me matar de susto entrando assim na surdina? – Ela começou a tatear, como se procurasse algo.

– Não – respondi com uma careta de desânimo. – Mas também não queria matar o professor Cruz-credo.

– O que aconteceu? – Ela arregalou os olhos.

– Levante-se, por favor. – Puxei o cobertor dela. – Preciso da sua ajuda com urgência.

Na mesma hora, Emma saiu da cama, apressada, quase derrubando o copo que estava sobre a mesinha de cabeceira.

– Emma! – Com um dedo sobre os lábios, pedi silêncio.

– Aconteceu algo com a *oma*? – Ela pegou no meu braço com a mão trêmula.

Enquanto vestia o penhoar, expliquei, de forma resumida, o que acontecera em meu quarto. Ela precisou de alguns instantes para voltar a falar diante do que eu relatara.

– Ag... Agnes, me diga que isso não passa de uma piada sem graça. – Com os olhos franzidos, ela me olhava duvidosa.

— Vamos, mexa-se! — implorei, puxando-a pelo braço.
— Você não pode ter empurrado um homem pela janela. Olhe só o seu tamanho.

Parando no mesmo instante, argumentei:
— Sou bem maior que você.
— Não se faça de engraçadinha. — Emma bufou, injuriada. — O que me falou só pode ser uma brincadeira.
— Mas, infelizmente, não é. — Continuei a puxá-la, mas ela reclamou:
— Não vou conseguir andar.
— Por que não?
— Minhas pernas não me obedecem.

Só então, envergonhada, percebi quanto ela tremia.
— Sinto muito, Emma. — Sentei-me na cama e cobri o rosto com as duas mãos, imaginando o que seria de mim. Se antes as coisas já estavam complicadas, depois do acontecido eu viraria a primeira página do jornal. — Será um escândalo terrível, e me sinto culpada por ter colocado vocês nessa situação.
— Então, a história do morto é mesmo verdade?
— Claro que sim! — Então olhei para ela, já sem paciência para sua incredulidade.
— Não fique assim. — Ela se acomodou ao meu lado, colocando a mão gelada sobre a minha. — Vou ajudar você.
— Obrigada!
— O que faremos agora? Como vamos conseguir esconder o corpo de um homem?
— Sinceramente, não sei. — Levantei-me da cama pensando em quanto tempo já havíamos perdido.
— Preciso dos meus óculos. Sem eles, não consigo enxergar nada. — Emma tateou mais uma vez a mesa de cabeceira, e só aí me dei conta de que ela estava sem eles.

Ela agradeceu colocando no rosto os óculos que eu encontrara caídos no chão, perto da mesinha.

— Então, vamos — eu disse, com a mão na maçaneta, à espera dela.

— Ah, agora, sim... — Ela parou de repente, olhando para mim com os olhos arregalados. — *Oma*! Preciso ver se ele machucou minha *oma*.

— É impossível que o bandido tenha machucado sua avó. Afinal, ele saiu da casa voando pelo mesmo lugar que entrou. — Dei uma risadinha nervosa.

— Agnes! — Emma tentou esconder o riso, parecendo aliviada. — Você conseguiu ver a cara do bandido?

— Não tinha como, ele estava mascarado. No entanto, quanto mais penso nisso, maior é minha certeza de que o finado só pode ser aquele professorzinho insuportável. — Baixei o tom de voz ao perceber que estava falando alto demais. — O tamanho, o porte físico, tudo era igual ao do morto.

— Que pena.

— Emma! — Revirei os olhos. — Estamos falando de um criminoso!

— O que continua a ser uma pena. — Ela deu de ombros. — O crime deveria ser uma atividade exclusiva dos feios.

— Preciso concordar com você — admiti com um sorriso. — Afinal, assim seria mais fácil identificar os melhores partidos para o casamento. — Caminhei rumo à porta.

— Espere por mim, vou pegar o castiçal.

— Vamos, Emma, apresse-se, por favor — pedi, já no corredor, sentindo a urgência de chegar ao jardim o mais rápido possível. Mas o arrependimento bateu assim que a vi quase derrubar o castiçal no chão. A ânsia de me alcançar apagou a trêmula chama da vela que iluminaria nosso caminho.

— Sinto muito.

— Melhor assim. Levar a vela poderia chamar a atenção de alguém.

Caminhamos silenciosamente até o quarto da *oma*, no final do corredor, para verificar se a senhora Weber estava bem. O que provou ter sido uma boa decisão, assim que ouvi o suspiro de alívio de Emma ao espiar pela fresta da porta e perceber que a avó estava dormindo.

— Mas será difícil andar tão rápido se mal consigo enxergar você nessa escuridão. — Emma queixou-se pouco depois de retomarmos a caminhada por eu não ter permitido que pegasse uma vela acesa no quarto da avó. O que seria loucura, já que a enfermeira estava cochilando ao lado da idosa.

— Xii! Fale baixo! — sussurrei. — Não estou conseguindo pensar com você reclamando.

— Qual é o seu plano para nos livrarmos do defunto? — Ela seguiu atrás de mim, tateando a parede.

— Não tenho um — confessei, angustiada. — Pensei em arrastá-lo para bem longe da casa.

— Essa estratégia parece muito ruim. Como alguém vai arrastar um cadáver pela rua sem que alguém veja?

— Você faz com que minha ideia soe pior do que imaginei — admiti ao perceber que ela estava certa. Parecia que o desespero me roubara a capacidade de raciocinar.

— Ai! — Emma gemeu.

Vap!

— O que foi isso?

— Bati o dedão em alguma coisa — ela choramingou.

— Preste atenção!

— Como posso fazer isso se não enxergo direito nessa penumbra?

— Fique perto de mim.

— Não deveria ser eu que nasci aqui a guiar você pela casa?

— Para nossa segurança, não. — Ri da minha própria brincadeira, antes de completar: — O que sugere que eu faça em relação ao morto?

— Chamar a polícia?

— Sim, claro! E depois devo caminhar com meu melhor vestido para a forca? — Chocada com a ideia, parei para olhar se ela estava brincando. — Pense bem, ninguém acreditaria quando eu contasse que o professor Cruz-credo invadiu o quarto para me atacar. No mínimo, diriam que era nosso encontro clandestino.

— Muitos notaram no enterro que você não simpatiza com ele.

— O que só complica minha situação.

— Faz sentido.

– Precisamos ser mais rápidas.

– Certo. – Ela apontou para o lado oposto. – Acho melhor descermos a escada dos criados. Será mais fácil chegar à janela do seu quarto por lá.

Seguimos em silêncio na direção indicada, mas, antes mesmo de chegarmos ao topo da escada, o som de um objeto de porcelana se quebrando me fez pular.

– Emma!

– Falei que não conseguia ver nada. – Ela se justificou enquanto tentávamos juntar a bagunça antes de prosseguir.

– Não temos como limpar isso agora – resmunguei, nervosa.

– Deixe como está. Podemos dizer que foi a Docinho.

– Você vai colocar a culpa na pobrezinha. – Coloquei a mão dela sobre meu ombro. – Vamos, vou guiar você para que não destrua mais nada no caminho.

– De coitadinha ela não tem nada.

– Cuidado para não pisar nos estilhaços da porcelana. – A leve pontada que ainda sentia no pé me dizia que deveríamos ser cautelosas. Ainda que estivéssemos calçadas com nossos chinelos.

– Obrigada! – Ela parou, obrigando-me a fazer o mesmo. – Por que está mancando?

– Acho que um pedaço da janela do quarto ainda está enfiado no meu pé.

– Como assim?

– Modo de dizer, Emma. Nada grave, um pedacinho de vidro da janela que o Cruz-credo quebrou.

– Está doendo muito?

– Só incomoda quando piso com o calcanhar. Pensei que tivesse tirado o caquinho, mas parece que não. – Apoiando-me na parede, levantei o pé para averiguar e, para minha sorte, pude sentir e tirar a lasca com a ponta da unha. – Consegui! – exultei depois de pisar fazendo um teste. Então, descemos devagar, degrau por degrau, com medo de rolar escada abaixo, quebrando um osso e acordando a criadagem que dormia do outro lado da casa, bem longe do local do crime.

O silêncio era absoluto. Até que uma tábua rangeu anunciando nossa chegada ao andar inferior, no corredor que levava à cozinha.

Nós duas seguramos a respiração ao ouvirmos o som de passos que não eram os nossos. Com os olhos arregalados e o coração a galope, avistamos uma grande sombra. Sem pensar duas vezes, puxei Emma com a mão úmida, fria e dolorida para o vão embaixo da escada.

Já no nosso esconderijo, escondida atrás de mim, Emma perguntou:

– Se... será que é o fantasma do professor?

– Parece que ele não está morto o suficiente para ser um fantasma – sussurrei.

– Você acha que ele ainda está vivo?

– Xii! – coloquei os dedos sobre os lábios, pedindo silêncio. – Ele parecia bem mortinho da última vez que o vi.

– Pensando bem, seria melhor para nós se ele estivesse vivo, assim não existiria o risco de sermos presas nem precisaríamos nos livrar de um corpo.

– Verdade – eu disse baixinho, mas sem tirar os olhos da sombra. – Só que, além de vivo, ele estaria furioso.

– Ai, meu Deus! – Ela cobriu a boca com as duas mãos ao se dar conta de que o perigo só aumentara.

– Fique aqui.

Mesmo suando frio e com as pernas trêmulas, eu sabia que precisava fazer alguma coisa para impedir que aquele bandido machucasse outras pessoas por minha culpa. Pensando nisso, e antes que Emma dissesse algo, esgueirei-me até um armário, uns duzentos metros de onde nos escondíamos, para procurar algo que pudéssemos usar em nossa defesa. De lá, peguei uma pesada panela de cobre.

– O que você vai fazer com isso? – estremeci de susto ao ouvir a voz de Emma atrás de mim.

– Pedi a você que ficasse no nosso esconderijo – reclamei enquanto tentava erguer a pesada frigideira de cobre com a mão esquerda, e ela ignorou.

O som dos passos se intensificava, indicando a aproximação de alguém. A sombra projetada na parede, além de maior, parecia ter se duplicado.

Emma, atrás de mim, segurava meus ombros com as mãos geladas, enquanto eu erguia a panela como arma à nossa frente, ignorando a mão ainda um pouco dolorida.

– Quem está aí? – A voz que perguntou estava tão trêmula quanto a nossa.

– Cale a boca, mulher! – baixei a panela, suspirando de alívio ao reconhecer as vozes e perceber que as sombras eram do casal Müller. – Você acha mesmo que um criminoso iria responder?

Com um olhar, concordamos que não adiantaria continuarmos escondidas, pois era evidente que seríamos descobertas. Olhei para Emma, e ela, concordando com a cabeça, falou:

– Somos nós, senhora Müller. – Emma adiantou-se, dando-me tempo suficiente para colocar a panela sobre a bancada da cozinha. – Viemos beber um copo de leite.

– A senhorita quase nos matou de susto. – A governanta tinha uma mão sobre o peito e, com a outra, carregava um toco de vela aceso. – Por que estão perambulando pela casa no escuro?

– Pensei que alguém mal-intencionado tivesse invadido a casa – comentou o mordomo.

– O senhor está certo – sussurrei.

– Como disse? – O idoso aproximou-se com a mão em forma de concha no ouvido, para ouvir melhor.

– Ela disse "Quase tive um treco". – Emma me repreendeu com o olhar.

– Venham, vou esquentar o leite para vocês – disse a senhora Müller.

Depois de sermos forçadas a beber um copo do líquido morno, subimos nervosas para o meu quarto, cientes de que o defunto endurecia no jardim.

CAPÍTULO 10

— Desculpe, acho que eles acordaram com o barulho do vaso. — Emma parou segurando no corrimão da escada, enquanto eu iluminava o caminho com a luz fraca e amarelada do pequeno castiçal que o mordomo nos dera.

— Espero que tenha sido isso. Caso contrário, o senhor Müller vai acabar saindo para averiguar o que aconteceu lá fora.

— Isso seria ruim.

— Não, isso seria terrível. — Estremeci só de imaginar. — Acredito que a única coisa que podemos fazer neste momento seja esperar no meu quarto até que voltem para a cama.

— Você está certa. — Ela concordou e continuou subindo atrás de mim. — Antes disso, não podemos arriscar uma nova saída.

— Cuidado! — alertei ao ouvir os estalados dos cacos de vidro se partindo sob os pés de Emma.

Clomp! Clomp! Clomp!

Soltei Docinho, que, ao escutar nossa voz, começou a arranhar freneticamente a porta do lavatório. Assim que a abri, em vez de rosnar, como de costume, ela saiu correndo.

— Volte aqui, Docinho!

Ela me ignorou.

Emma, desviando-se dos cacos, conseguiu pegá-la no colo e foi até a janela para avaliar a cena do crime.

– Ele conseguiu fazer uma boa bagunça aqui.

– Sinto muito, Emma – eu disse, envergonhada.

– Não seja boba, a culpa não é sua. – Com cuidado, ela abriu uma das bandas da janela que eu havia inutilmente fechado e olhou para baixo. – Você não disse que o professor caiu da sua janela? – Emma virou-se para mim com a testa franzida, esperando minha resposta.

– Sim, por quê? – Usando a luz da vela que eu acabara de acender bem próxima ao chão, caminhei afobada até ela, desviando-me dos pedaços de vidro. – Ele se mexeu?

– Pior. Ou ele desapareceu, ou estou enxergando muito menos do que imaginava.

– Desapareceu? – Ela se afastou um pouco da janela, dando-me espaço. Meu queixo caiu ao constatar que, mesmo na escuridão da noite, o corpo sumira. – Mortos não desaparecem em questão de minutos – protestei.

– Parece que alguém esqueceu de avisar isso a ele.

– Será que o senhor Müller achou o corpo do professor Cruz-credo e o escondeu para proteger a família de vocês de um escândalo?

– Ele não parecia nervoso como alguém que faz algo desse tipo.

– Defuntos não andam sozinhos. Se não foi seu mordomo, quem mais poderia ter sumido com o morto?

– A não ser que ele tivesse um cúmplice esperando por ele do lado de fora de casa ou não tenha morrido.

Arregalei os olhos e comecei a andar de um lado para o outro, tentando avaliar as possibilidades e o que deveria fazer. Não era a única em perigo; todos os que moravam e trabalhavam na casa de Emma também estavam ameaçados. O pior era a incerteza. A ameaça poderia vir de qualquer lugar, já que eu não sabia quem era o inimigo.

– Pode ser, mas há algo que não entendi. – Emma coçou a cabeça, pensativa. – O que o professor Cruz poderia querer com você?

– Não sei ao certo. – Sentei-me pesadamente sobre a cama.

– Será que o professor queria desvirtuar você para obrigá-la a se casar com ele? – Emma cobriu a boca aberta com a mão, sentando-se ao meu lado.

– Minha suspeita é outra. Penso que meu pai estava envolvido em algo que desconheço, mas que o professor Cruz-credo acreditava que eu sabia. – Engoli em seco, tentando reprimir a vontade de chorar.

– Faz sentido.

– Ele não só matou meu pai, mas parecia determinado a fazer o mesmo comigo. – Enquanto me escutava, Emma tirou Docinho do colo, colocando-a sobre a cama. – Já não bastava ter me roubado tudo?

Emma me abraçou, oferecendo-me consolo, quando viu escorrer por meu rosto as lágrimas de desespero que eu estava o tempo todo segurando.

– Sinto muito, amiga.

– Não me sobrou nada. Nem mesmo os sonhos que eu não tinha.

– Não fale assim.

– É verdade, Emma. Eu estava conformada em cuidar do meu pai pelo resto da vida dele. Só não imaginava que ela seria tão breve e eu acabaria sem teto e sem esperança – funguei, e ela me ofereceu o lenço que estava sobre a mesa de cabeceira. – O pior é que tenho certeza de que isso ainda não acabou. – Docinho subiu no meu colo como se entendesse que eu precisava de amor. – Quem quer que tenha roubado o corpo, pode voltar para buscar aquilo que acredita que tenho.

Docinho rosnou, concordando.

– Talvez não fosse má ideia falar com o senhor Müller – sugeriu Emma.

– Sim. Depois, acredito que eu deva falar com o inspetor.

– Aquele policial que destratou você?

– Não sei mais a quem recorrer. – Engrossei a voz, imitando o homem: – Afinal, ele é o "representante da lei e o responsável pela segurança dos cidadãos de bem".

– Essa não me parece ser a melhor solução.

– A parte boa é que não vamos precisar carregar um defunto. – Enxuguei os olhos e levantei a cabeça, tentando parecer otimista.

– Que bom! – Nós duas rimos ao mesmo tempo.

Docinho olhava para mim e depois para Emma sem entender o que era tão engraçado. Nem eu mesma saberia dizer. Embora rindo por fora, no fundo estava apreensiva. Não tinha noção do que fazer, exceto a certeza de que não poderia mais continuar na casa de Emma ameaçando a segurança dela e da avó.

Entre os riscos que existiam, o menor deles seria um escândalo. O que destruiria a convivência delas em sociedade, acabando com a chance de Emma se casar com o senhor Krause.

Eu não podia aparecer diante de todos acusando o professor Cruz sem provas concretas. Ouvira histórias de mulheres desta época atestadas como loucas, indo parar em sanatórios por ideias contrárias aos homens. Sem contar aquelas que, no passado, foram queimadas vivas por discordarem do senso comum.

Seria tolice minha querer enfrentar aquele professorzinho, morto ou não. Ele nunca me enganara com seu refinamento embrulhado de boa aparência. Para mim, o que Cruz-credo tinha escondido em sua aura de mistério era um caráter duvidoso.

Olhando para Emma sentada ao meu lado, meu íntimo se encheu de angústia. A cicatriz repuxada, que nem o penhoar nem a camisola conseguiam esconder, ia do ombro esquerdo até o início do pescoço e era testemunha de quanto sofrimento ela já suportara.

Como posso continuar morando aqui, colocando a vida de Emma em perigo?

– Esconderemos você na fazenda do meu tio-avô – ela disse com um lampejo de esperança nos olhos.

– Na fortaleza de um conde que, além de receber convidados frequentemente, é repleta de criados? – Dei um sorriso triste. – A menos que você tenha pensado em me prender na masmorra.

– Engraçadinha. – Ela fez uma careta. – Estou avaliando todas as possibilidades. Possíveis e impossíveis.

– Como a de eu fugir para o Novo Mundo? – Ela parou por um momento e ficou olhando para cima, e eu me peguei fazendo o mesmo, também tentando enxergar o que ela via. – O que há de errado com o teto? – perguntei, sem desviar o olhar do alto.

– Estou pensando.

– Pensando? – Desviei o olhar para o rosto dela, que exprimia um sorriso no canto da boca, como quem teve uma boa ideia. – Você pode pensar mais rápido, por favor?

– Por mais que me doa dizer isso, acredito que você deve mesmo ir para o Novo Mundo.

– Acredita? – Olhei para ela, surpresa. – Por que mudou de ideia agora?

– Li no jornal que aqueles que partiram para as Américas fugindo da fome e da miséria conseguiram sucesso. Conseguiram ser donos da própria terra, o que seria impossível aqui onde vivemos.

– Mas é tudo muito incerto.

– Além da morte, não há nada certo nesta vida, Agnes. Nem mesmo os romances. – Ela piscou para mim antes de completar: – Romeu e Julieta são prova disso.

– Não quero me casar com um desconhecido. – Torci a boca ao pensar na possibilidade.

– Não me olhe assim. Foi você quem respondeu ao anúncio.

– E se ele não tiver mais os dentes? – Fiz careta de nojo ao imaginar os beijos do homem banguela. – Não adianta, uma arcada dentária completa é inegociável.

Emma gargalhou, e ri com ela.

Não se dando por satisfeita, ela saltou da cama e, olhando para o alto, com a mão levantada, começou com voz teatral:

– Já vejo a mocinha desembarcando no porto, e, após ter-se desviado com dificuldade das pessoas que andavam em sentido contrário, seu príncipe...

– Fazendeiro – corrigi com um sorriso.

– Seu fazendeiro a aguarda, segurando nos braços um buquê de flores silvestres que colheu ao longo do caminho até encontrá-la. Ao se aproximar, com o olhar apaixonado, ele se ajoelha aos seus pés. Com a mão livre, toca sua mão e, antes de levá-la aos lábios, o jovem prínci... digo, fazendeiro, presenteia a amada com um sorriso... banguela.

– Você sempre me surpreende com sua imaginação, mas, dessa vez, se superou apresentando meu futuro esposo.

– Agora sem brincadeiras. – Ela voltou a se sentar. – Você não precisaria se casar com ele.

– Como não, se ele pagou a passagem para esse fim?

– Mas você...

– A menos que usasse a passagem como um empréstimo – interrompi, com o coração saltando.

– Só que...

– Não, escute! – Um sorriso esperançoso iluminou meu semblante. – Sua ideia é perfeita. Assim que chegar lá, vou arrumar um trabalho como preceptora e pagarei as despesas que o fazendeiro teve comigo.

– É realmente... – Ela levou a mão ao nariz para ajustar os óculos

– A menos que ninguém queira me empregar, como tem acontecido aqui. – O sorriso se foi tão rápido quanto chegou.

– Você poderia ensinar a língua nativa aos imigrantes, já que a domina... – Ela falou bem rápido, como se tivesse medo de ser, mais uma vez, interrompida. – Ou não domina?

– Digamos que sim. – Fiz uma careta ao pensar se conseguiria trabalhar em algo assim. – Faz tempo que não faço uso do idioma.

– Então, isso não será um problema.

– Acredita mesmo?

– Sim. Agora só precisamos manter você em segurança até o dia da viagem. – Ela coçou o queixo. – Qual é a data do embarque?

– Não sei. Nem cheguei a tirar a passagem do envelope.

O nervosismo ficou evidente para mim quando Emma colocou as mãos quentes sobre as minhas, frias e úmidas. Mas o balançar afirmativo de cabeça me apoiando me deu a força necessária para me levantar, para, com o auxílio da luz amarelada da vela, pegar o envelope.

Para nossa surpresa, quando virei, me dei conta de que Docinho pulara da cama e estava entre minhas coisas ou, pior, que cabia certinho na minha bagagem de mão.

– Docinho, o que está fazendo dentro da minha valise?

– Ao que parece, agora a valise é dela.

Neguei com a cabeça. Apesar de achar o momento encantador, estava determinada a tirá-la dali de dentro.

Docinho rosnou com os dentes fechados, mas não o suficiente para que os restos do que um dia fora um papel fosse notado.

– Abra a boca! O que está comendo? – ordenei, zangada.

– Ela comeu sua carta – disse Emma, que, abaixada, tinha nas mãos a prova do crime. – Ao que parece, não foi só a carta que ela comeu.

Coloquei a criatura raivosa sobre a cama e, com os olhos úmidos, peguei a Bíblia que Emma me estendia.

– Sinto muito, amiga – Emma lamentou enquanto tentava limpar os restos de papel do livro que agora estava em minhas mãos. – Por sorte, só um pouquinho da capa foi danificado.

– Foi a única lembrança que sobrou da minha mãe – disse eu, fungando.

– Mas ela ainda está aqui. – E aconselhou: – Você só vai precisar de um pouco mais de cuidado ao manusear, para que a capa não rasgue por completo.

– Menina má! – olhei zangada para Docinho, que se escondeu atrás dos travesseiros e, em seguida, rosnou, avisando que estava preparada. – A carta não está mais aqui – disse eu, revirando as páginas com cuidado redobrado. No mesmo instante, Emma inspecionou a valise, e, para minha decepção, sobrara apenas uma fração do que fora a carta. – Isso é tudo que restou?

– Sim. – Ela confirmou o que eu temia. – Aqui podemos ler: *cidade de Porto Alegre, na data prevista para a chegada da embarcação. E, para que seja fácil a senhorita me identificar, usarei um lenço vermelho no pescoço.*

– Sobrou algo da passagem?

Ela mostrou o pedacinho de papel babado que tinha na palma da mão escrito: *Columbus*.

– Será que é o nome do navio?
– Sim – respondi, desanimada. – Acabou. Logo agora que tínhamos encontrado uma solução para o meu problema. O pior é que precisarei pagar ao fazendeiro por uma passagem que não usarei.
– Não, calma... – Emma disse com a mão no queixo. – Podemos ver na biblioteca a data da partida do navio no jornal de hoje.
– Mas não temos o mais importante: o bilhete – eu disse, cabisbaixa. – Ele não pode ser substituído, já que não temos nada que comprove sua existência.
– Sim, é verdade – disse ela, pensativa. – Vamos precisar comprar um novo bilhete.
– Você não deve ter ouvido quando eu disse que não sobrou quase nada do dinheiro.
– Ouvi, sim. Mas seu quase nada somado ao meu pouco será o suficiente para você comprar uma nova passagem e até sobrarão umas moedas para algum luxo.
– Não posso pegar suas economias.
– Você pode e vai. – Ela apertou minha mão, e percebi que seus olhos estavam úmidos. – Somos mais que amigas. Você é a irmã que eu nunca tive, e seu bem-estar é prioridade para mim.
– Gostaria que fosse comigo.
– Não posso. – Nós nos olhamos com tristeza. – Não posso deixar minha avó neste momento, mas quem sabe um dia, depois do casamento, possamos visitar você.
– Vou perder seu casamento – choraminguei por saber que não só perderia o casamento dela como também o nascimento de seus filhos e todo o restante, uma vez que o mais provável era que jamais voltássemos a nos ver. E isso partia meu coração.

Nós nos abraçamos e choramos juntas por alguns minutos. Até que ela se levantou e, enxugando as lágrimas, disse:
– Venha, vamos à biblioteca ver a data da sua viagem.

CAPÍTULO 11

O que encontramos nas páginas do jornal não era bem o que esperávamos. O navio *Columbus* zarparia pela manhã daquele novo dia, e a próxima embarcação só partiria um mês depois.

Esperar não era um luxo do qual eu poderia desfrutar naquele momento. A ameaça pairava sobre minha vida, porém minha maior motivação não era isso, mas, sim, a segurança de quem me restara. Olhar a cicatriz de Emma fora o incentivo que faltava para que eu mergulhasse na escolha que a vida estava me obrigando a tomar.

Mesmo temendo o futuro desconhecido que me aguardava, eu estava determinada a reunir a força necessária, na certeza de que Emma ficaria melhor sem que eu estivesse por perto, e a viagem seria a única maneira de mantê-la longe de mim.

Emma sofrera demais e não merecia que meus problemas ameaçassem seu futuro casamento, seu convívio social e, principalmente, sua vida. Achei por bem guardar esses pensamentos só para mim, temendo que ela me convencesse a desistir da decisão que tomara.

Depois da definição do que fazer, restou menos de uma hora para selecionar meus pertences mais necessários em um único baú, me trocar, acordar e subornar o cocheiro. O restante dos meus pertences ficaria na casa de Emma, para que, posteriormente, fosse doado. Como eu não tinha dinheiro para pagar um bilhete com direito a extravagâncias, decidimos que Docinho viajaria escondida na valise. Era loucura levá-la, eu sabia. Mas partir sem ela não era uma opção. Emma tentou me convencer do contrário, por medo de que eu fosse descoberta, mas permaneci firme.

O tempo parecia estar a meu favor. Da tempestade restara apenas o frio úmido e alguns galhos caídos aqui e ali. Nós duas havíamos nos esgueirado, carregando o baú pelas alças e com dificuldade até a frente da casa. Contudo, daquela vez, desviamo-nos da ala dos criados.

– Acredito que seja melhor eu acompanhar você até o porto.

– De modo algum – neguei com a cabeça. – Prefiro que fique aqui. Willy me levará até lá, e, se tiver algum problema, retornarei com ele.

– Você promete?

– Prometo! – Com o coração acelerado, pisquei para ela, ciente de que afirmaria qualquer coisa para tranquilizá-la. – Além do mais, quem faria mal a uma velha viúva? – Dei uma voltinha, exibindo nosso trabalho.

– Você está fantástica.

– Estou ridícula. – Ajustei no rosto o aro fino de um par de óculos que ela não usava mais. – Como vou conseguir ver usando isso?

– Use as lentes mais na ponta do nariz e olhe por cima delas. – Ela apertava os lábios para esconder o riso. – Essa aparência manterá você longe de problemas durante a viagem.

– Não posso nem me mexer por causa de todo esse pó no meu cabelo.

– Perfeito. Lembre-se de que as senhoras idosas não andam correndo. – Emma apontou para o baú que o cocheiro ajustava sobre a carruagem. – Coloquei no baú um dos livros de Lady Lottie para você ter com que se distrair durante a longa jornada. – Revirei os olhos ao ouvir que um romance água com açúcar seria meu passatempo durante a viagem. Se é que conseguiria sossegar, tamanha minha aflição. – Coloquei também um vidro de talco para manutenção do branco nos cabelos.

Nós duas estávamos a uma boa distância da casa para evitar que Docinho latisse e acordasse os empregados.

– Não sei como conseguirei manter esse disfarce por toda a viagem.

– Você encontrará um modo.

– Espero que sim. – Enxuguei as mãos suadas na saia do vestido preto e respirei fundo algumas vezes tentando me acalmar e para que todo aquele pó não grudasse com o suor.

– Não podemos arriscar. Afinal, nenhuma moça de boa reputação anda desacompanhada.

– Tudo bem, já estou conformada em viajar fantasiada de *oma*. – Fiz uma careta.

– Senhorita Neumann, seu baú já está preso. Podemos partir assim que quiser – Willy avisou de longe, com medo de Docinho.

– Obrigada, Willy – agradeci um pouco constrangida por termos arrancado o pobre rapaz tão cedo da cama.

Caminhamos em silêncio até o veículo. Imaginei se era essa a sensação daquelas pessoas que fizeram o mesmo caminho da emigração. Ao menos eu não cruzaria toda a confederação alemã até o ponto de embarque, como muitos precisavam fazer. Entretanto, assim como eles, eu estava deixando para trás tudo o que conhecia, com a certeza de que, provavelmente, nunca mais voltaria a ver em vida aqueles que ficaram.

Com os olhos nublados, contemplei o rosto da melhor amiga que alguém poderia ter, e, num abraço apertado, regamos nossas roupas de lágrimas de saudade antecipada.

– Até breve, minha amiga! – ela disse, esperançosa.

– Fique bem, Emma. – Com Docinho debaixo do braço, recusei-me a proferir mais uma promessa que não cumpriria.

Fungando, ela enxugou os olhos já vermelhos antes de dizer:

– Coloquei um pão, biscoito e algumas maçãs escondidas no baú.

– Acredito que vão servir algo para comer. – Um sorriso brincou no canto dos meus lábios.

– É melhor prevenir. – Ela fez uma careta divertida e me entregou a bengala que fora da avó.

Emma me abraçou mais uma vez, e eu, com a voz trêmula e os olhos embaçados, disse:

– Precisamos ir, ou perderei o navio.

– Você está com o láudano?

– Está aqui na minha bolsinha – mostrei. – Você tem certeza de que sua avó não vai precisar dele?

– Ela tem vários frascos, e ninguém notará a falta desse. – Ela deu de ombros e ajustou os óculos. – Não se esqueça de deixar Docinho lamber da sua mão algumas gotas do remédio, para que você não seja descoberta logo no embarque.

– Não me esquecerei.

– Mas cuidado. Não dê em excesso ou ela poderá até morrer.

– Terei cuidado – disse em lágrimas já dentro da carruagem. – Amo você.

– Amo você também.

* * *

Procurei não pensar nos acontecimentos das últimas horas durante o percurso até o porto, temendo que a coragem me abandonasse.

Docinho estava inquieta, mas assim que abri a valise ela entrou nela de bom grado, facilitando o percurso para nós duas. Porém, ficou irritada comigo quando passei o dedo molhado com láudano na sua boca.

O gosto era tão ruim quanto o cheiro. Mas valera a pena arriscar perder metade do dedo na boca da minha pequena companheira, porque antes de chegar ao porto ela já estava meio adormecida.

O sacolejar do veículo sobre as ruas de pedra e a ansiedade ajudaram para que eu não caísse no sono. Só depois de passar pelo que acreditava que seria a pior parte é que me daria ao luxo de descansar.

Estava apreensiva não apenas com o embarque. A travessia do Atlântico seria minha primeira experiência em alto-mar. A verdade é que seria a primeira vez que entraria numa embarcação, mas já ouvira relatos de pessoas que passaram pelo desconforto causado pelo agitar das águas durante a viagem inteira.

O maior dos desafios, contudo, seria sustentar meu disfarce e esconder Docinho por tanto tempo. Eu desconhecia o que poderia acontecer caso fôssemos descobertas. Meu grande temor era que acabássemos lançadas ao mar.

Ainda que esse pensamento parecesse um pouco exagerado até para mim, Emma e eu decidimos que seria melhor que eu pagasse por duas passagens de segunda classe, para ficar em uma cabine só para nós duas. E foi agarrada a essa esperança que venci a distância que faltava até o porto.

* * *

– Espere-me aqui, Willy. – Com a ajuda do jovem cocheiro, desci da carruagem com a valise nas mãos, desviando de uma pequena poça de água escura. – É melhor que você aguarde para descarregar o baú, até que eu tenha comprado as passagens.

– A senhorita tem certeza? – Ele olhou ao redor, coçando a nuca. – Não me parece um lugar muito seguro para uma... – ele me olhou, depois baixou o olhar antes de completar: – ... uma viúva desacompanhada.

– Tenho. – Dei batidinhas com a bengala na valise que tinha nas mãos. – Além do mais, não estou desacompanhada. Docinho está comigo.

Eu disse aquilo para aliviar a preocupação dele e reforçar uma tranquilidade fingida, ciente de que Docinho não seria de muita ajuda, meio sonolenta como estava.

Com a bengala na mão direita e a valise acomodada no braço esquerdo, afastei-me da carruagem, tentando imitar o andar da senhora Weber, que denunciava sua idade, apesar da elegância.

Ignorando o que parecia ser o riso contido de Willy enquanto eu andava, concentrei-me no desafio daquele ambiente frenético do porto diante de mim.

O dia parecia ter começado havia muito tempo daquele lado da cidade. Era como se as pessoas não se dessem conta de que os primeiros raios de sol não tinham pressa em romper o horizonte escurecido.

Os homens eram a grande maioria dos que circulavam em um vaivém afobado, no ritmo da mistura de sons, que ia desde o rolar das rodas das carroças levando mercadorias e passageiros sobre os paralelepípedos do rio Elbe, batendo no casco das embarcações, às gaivotas que esperavam à espreita para surrupiar algum alimento, além dos apitos dos agentes de polícia e dos navios e dos carregadores.

Torci o nariz com o cheiro forte de peixe que agredia meu olfato despreparado, enquanto imaginava como um cenário tão peculiar e repleto de homens atiçaria minha pequena companheira.

– Parece que Emma teve uma excelente ideia quando sugeriu esse calmante a você, Docinho – disse baixinho, em tom de brincadeira, mas no fundo meu coração estava apertado por ter precisado usar um fármaco tão forte. O que me consolava era pensar que isso era para o próprio bem dela.

Avistei onde estava o guichê de vendas, que ficava em uma casinha se comparado aos prédios de três, quatro e até cinco andares ao redor, de tijolos vermelhos característicos de toda a cidade. Foi relembrando os passos que deveria executar para o sucesso de nosso plano que me encaminhei para lá.

Entrei numa fila, sem a certeza de ser ali o lugar correto, e, quando finalmente chegou minha vez, lamentei que fosse necessário falar com o homem barrigudo, cujo bigode farto quase tapava a boca e o qual não dava sinais de estar feliz com sua profissão.

– *Moin!* – ele me saudou no dialeto típico do povo do norte, que eu conhecia bem. – O que vai ser?

– Bom dia! Preciso de uma cabine privativa no navio *Columbus* até Porto Alegre, no Império do Brasil. – Fingindo uma voz envelhecida, usei os anos de observação da nobreza para fazer meu pedido, que mais parecia uma ordem.

– Não há mais cabines disponíveis.

– Mas uma dama de minha idade precisa de privacidade – protestei.

O balançar dentro da valise me fez sussurrar uma prece silenciosa para que Docinho continuasse dormindo até eu retornar à carruagem.

– Não temos vagas na segunda classe nem mesmo se a senhora quisesse dividir a cabine com outra pessoa – ele falou enquanto o charuto dançava de um canto para o outro da boca. – O navio está praticamente lotado. – Ele revirou as páginas rápido demais, fingindo ler as folhas do caderno à sua frente, como se procurasse algo. – É claro que ainda tenho umas poucas vagas na primeira classe. – Ele deu um sorriso astuto, evidenciando os dentes amarelados pelo fumo.

– Não gosto de viajar de primeira classe. – Fiz cara de desdém para não admitir, com minhas feições, que não tinha dinheiro para pagar o valor que ele desejava me extorquir. – Não sou de esbanjar.

– Então, posso lhe oferecer um lugar na terceira classe. Lá, tenho algumas poucas vagas. – Ele deu uma gargalhada debochada antes de prosseguir: – Garanto que ali a senhora não vai *esbanjar*, mas conhecerá o verdadeiro significado da privacidade.

– Não posso aceitar. – Ele me olhou zangado, observando a fila atrás de mim, mas, apesar de estar furiosa, pensei que não poderia me dar ao luxo de ser melindrosa. – O senhor entende, não é? – Ele levantou uma sobrancelha. – Os gases – justifiquei baixinho com a mão enluvada na boca, para que os outros não ouvissem.

– Garanto-lhe que seus gases serão o menor dos incômodos para quem viaja próximo à sala de máquinas, que é onde ainda tenho lugar.

Nesse momento, senti a cabeça de Docinho forçar a abertura que eu deixara para que ela respirasse. Insatisfeita, ela começou a morder os dedos da mão livre que eu usava para, disfarçadamente, empurrá-la de volta para dentro da bolsa. Estava claro para mim que a quantidade do medicamento ingerido por ela não fora suficiente.

– Ai! – gritei, quando um dos dentes dela atravessou o tecido da luva e, ao notar o olhar do homem, eu disse com um sorriso desesperado: – Como lhe disse, são os gases.

– Próximo! – ele gritou, agitando a mão.

Desanimada, afastei-me da fila, tentando pensar no que fazer. Coloquei a valise no chão e comecei a contar, em vão, o dinheiro que tinha na bolsinha de moedas que Emma me dera. É claro que não conseguiria pagar por um lugar na primeira classe.

– Ele nem mesmo me desejou boa sorte – resmunguei para Docinho, que, apenas com a cabeça para fora, olhava a movimentação.

Perdida em pensamentos, mal percebi quando ela, atraída por um miado próximo de nós, escapuliu. Correu cambaleante atrás do bichano malhado, e eu, sem pensar duas vezes, joguei as moedas na bolsa e corri ao seu encalço.

– Docinho, pare imediatamente! – gritei sem fôlego, sem me importar com alguns olhares curiosos. – Volte aqui, Docinho!

Mas ela só parou quando chegamos à entrada de um beco escuro e viu, furiosa, o gato subir majestosamente num prédio. Porém, eu, que usara toda a minha energia para não a perder de vista, não tive tempo de diminuir a velocidade antes de me chocar contra uma velha caixa de madeira abandonada ali.

A madeira encontrou minha canela, e, embora eu usasse um volume considerado de saias, tinha certeza de que acabara de ganhar um roxo no local.

– Se você continuar me desobedecendo, vou largá-la aqui para viver para sempre com esse gato! – Bufando e suspendendo a barra do vestido, desviei de uma poça de água parada. – E já vou lhe avisando que a vida de um cachorro do porto não é nada fácil!

Para minha sorte, ela ficou parada como se refletisse se a ameaça era verdadeira. Contudo, quando a peguei no colo, percebi que deixara a valise para trás, no porto, talvez o maior da Europa.

– Parece que ela está pouco se importando em viver aqui. – Pulei de susto ao ouvir uma voz atrás de mim. – Sinto muito tê-la assustado – disse a jovem mulher de pele negra que tinha no braço esticado minha valise.

– Obrigada! – agradeci, aliviada, antes de me lembrar de que precisava disfarçar a voz. Depois de tossir, fingindo limpar a garganta, completei no tom correto: – Acabei de me dar conta de que havia deixado tudo para trás.

— A senhora teve sorte de eu ter recuperado sua bagagem de mão antes dos moleques, que...

— Eu lhe agradeço muitíssimo — interrompi, corrigindo a coluna, tentando me recompor com o mínimo de dignidade possível diante da moça elegante.

— O talco do seu cabelo escorreu um pouco pela testa. — Com um sorriso reprimido, ela me ofereceu seu lenço.

— Oh, obrigada! — Depois de tocá-lo na testa, peguei meu próprio lenço no bolso do vestido. — Tenho um aqui comigo.

— A *senhora* está sozinha?

— Não exatamente. — Forcei um sorriso, demonstrando que eu não estava com a mínima vontade de continuar conversando.

Preciso arrumar uma forma de embarcar, não de fazer novas amizades.

— Ah — Ela balançou a cabeça como se me avaliasse.

— A senhorita também vai viajar? — perguntei apenas para demonstrar o mínimo de educação.

— Vou, sim. No mesmo navio que a senhora vai embarcar.

— Bem, é o que pretendo — resmunguei baixinho enquanto lutava para enfiar Docinho na valise, que rosnava insatisfeita. — Só ainda não sei como.

— Vim para ajudá-la.

— Foi mesmo muita gentileza sua. — Levantei-me ao me dar conta de que nem mesmo havia lhe dito obrigada. — Sou-lhe muito grata por ter se desviado de seu caminho para me trazer a valise.

— Eu quis dizer ajudar com o embarque.

— Como assim? — arregalei os olhos, acreditando não ter escutado bem.

— Eu estava perto e não pude evitar ouvir que a senhora não conseguiu uma cabine. E logo percebi que seu desejo de privacidade é para poder manter sua pequena fera em segredo.

— Eu... eu...

— Se quiser, podemos voltar ao guichê, e avisarei ao cavalheiro que dividirei minha cabine com a senhori... *senhora* — ela corrigiu. — Direi que é minha dama de companhia e a responsável por cuidar do meu cachorro.

– Por que a senhorita faria isso por uma estranha? – Olhei receosa, sem saber o que pensar de tal proposta, que parecia tentadora demais.
– Sei o que é precisar deixar um amigo peludo para trás.
– Sabe?
Ela balançou a cabeça, afirmando.
– Sinto muito.
– Já faz tempo. – Ela deu de ombros e, esticando a mão para mim, disse: – Eu me chamo Philippa Sauber, mas gosto que me chamem de Pippa. Estou viajando com meus pais – ela disse olhando para o lugar onde antes estávamos. – Você vai fingir que seu cachorro é meu, mas meu pai não pode desconfiar disso, nem que vou dividir o quarto com uma estranha. – Ela me olhou dos pés à cabeça, reprimindo o riso. – ... Por mais respeitável que pareça.
Olhei espantada para ela.
– Não quero criar problemas para a senhorita.
– Não vai, não. – Ela piscou para mim. – Só vai deixar a viagem mais interessante.
– Seu pai não gosta de cachorros?
– Detesta. – Ela deu um sorriso triste. – A menos que seja como matéria-prima.
– Não entendi.
– Ele tem uma fábrica de sabão.
Apertei a valise com força.
– Seu pequeno amigo estará seguro. Meu pai não vai descobrir nada.
– Docinho. – Sorri para ela pela primeira vez. – O nome dela é Docinho.
– Digamos que a escolha do nome é um tanto discrepante, levando em conta o temperamento dela – ela disse enquanto caminhávamos.
– Na época, eu não fazia ideia de como Docinho se tornaria temperamental daquela maneira.
– Posso imaginar que não. – Ela riu alto.
– Aceito sua ajuda, mas antes preciso lhe confessar algo.
– Que a *senhora*, na verdade, não é uma viúva idosa?

– Sim. – Parei de andar, com os olhos arregalados. – Como a senhorita adivinhou?

– Além do talco que estava escorrendo – ela apontou o dedo indicador para minha testa –, nunca vi uma idosa correr tão rápido atrás de algo, ainda que o motivo fosse seu mais querido animal de estimação.

Gargalhamos juntas.

– Meu nome é Neumann, Agnes Neumann.

– Prazer! – Ela apertou minha mão antes de completar: – Vamos, precisamos nos apressar ou perderemos o embarque.

CAPÍTULO 12

Depois de três meses e de muitas tempestades em alto-mar, estar com os pés, outra vez, em terra firme foi estranho. Parei por um instante ao me dar conta disso, mesmo correndo o risco de ser arrastada pelos outros passageiros afoitos para seguirem seu caminho.

Abraçada com a valise, olhei à minha volta, ignorando os empurrões que, vez ou outra, recebia por ter parado no meio do cais. Meus pés vacilantes exigiram um instante para entender que, apesar da sensação de oscilação causada pelo balanço das águas, estávamos em terra firme de novo.

Apesar de meio atordoada, eu estava aliviada por saber que o Novo Mundo era longe demais para que aquele criminoso me alcançasse. Assim, tanto Emma quanto eu estávamos seguras.

Só lamentei termos chegado já quase no fim do dia, pois seria impossível que meus olhos captassem tantos detalhes sobre aquele mundo completamente diferente do que eu conhecera a vida inteira. Meu assombro não foi maior por causa da parada obrigatória que fizemos no Rio de Janeiro, capital do Império.

Boa parte dos passageiros finalizou a jornada na cidade maravilhosa, como era chamado o lugar que sediava a corte do imperador. Esse foi o caso de Pippa, minha nova amiga, e da família dela. Foi com tristeza que me despedi dela para embarcar numa sumaca, pequena embarcação de dois mastros, para completar minha viagem até Porto Alegre.

Esse novo trajeto não foi tão rápido quanto eu gostaria nem menos perigoso que atravessar o oceano. Mas, para nossa sorte e graças às condições meteorológicas e marítimas favoráveis, o percurso foi tranquilo, e atracamos sem contratempos, três semanas depois, no porto D. Francisca, na cidade de Porto Alegre. Ele era pouco movimentado e bem menor se comparado ao do Rio de Janeiro, além de minúsculo em relação ao de Hamburgo.

Sua estrutura consistia em várias rampas de acesso e pequenas docas de desembarque. Uma muralha de pedra, erguida na altura da Praça da Alfândega, ficava em frente ao cais, cujas escadarias nos levavam ao rio.

Assim que meu baú foi descarregado, percebi que não poderia me afastar dele até a chegada de meu pretendente, que parecia não ter o mesmo apreço pela pontualidade alemã, o que só aumentava minha ansiedade.

Desde que fora privada da companhia de Pippa, só me restara pensar em como seria o senhor Flemming e o lugar onde vivia. Não que tivéssemos falado de outra coisa que não isso por semanas a fio.

Nossos dias em alto-mar foram preenchidos com o estudo de estratégias que possibilitassem minha libertação do tal compromisso. Enquanto conversávamos, todas as desculpas inventadas pareciam plausíveis. Todavia, durante o restante da viagem que fiz sozinha com Docinho, elas começaram a parecer inaceitáveis.

Ao longo do tempo de espera, pude notar a diferença significativa nos homens que trabalhavam descarregando mercadorias. Muitos deles tinham a pele preta esculpida por músculos não escondidos por tecidos encardidos, mas, sim, lustrados com suor pelo esforço.

Notei que não eram livres, porém isso não parecia ter-lhes roubado o espírito livre evidenciado por canções ora assoviadas, ora entoadas em volume baixo enquanto trabalhavam carregando caixotes e sacos escuros empilhados por eles.

Uma noiva alemã por correspondência

Nem mesmo os homens brancos que circulavam por ali se assemelhavam à maioria dos europeus que eu conhecia. A pele alva contrastava com as vastas cabeleiras negras.

Olhando para eles, imaginei, pela milésima vez, como seria o fazendeiro, e isso me deixou apreensiva. Ainda que eu não quisesse seguir em frente com o casamento, esperava que ele fosse cavalheiro o suficiente para aguardar minha chegada ao porto, como fora prometido. Por outro lado, pensei que talvez não fosse de todo mal se ele não aparecesse, pois assim eu não me sentiria tão culpada em romper nosso acordo.

Apesar dos sentimentos contraditórios, que alternavam entre o alívio em não o ver ali e o receio por não saber o que deveria fazer, eu estava grata por não ter escutado a sugestão de Pippa de não usar meu disfarce. Ela tentara me convencer alegando que eu deveria causar boa impressão em nosso primeiro encontro.

Para mim, parecia perfeito como eu estava. Quem sabe uma aparência meio envelhecida pudesse afugentar o senhor Flemming sem que precisasse rejeitá-lo. Eu lhe garantiria que não ficaria aborrecida, e quem sabe até ele, tomado pela culpa por desfazer o noivado, perdoasse minha dívida pela compra do bilhete de viagem.

Sentada sobre o baú, vi o dia partindo como se seguisse os passageiros, um a um. Antes que a última luz do dia se fosse, surgiram os acendedores de lampiões. Dois jovens pretos, supervisionados por um homem branco robusto, realizavam a tarefa de acender, com o auxílio de uma vara, um pico de luz em cada um dos poucos postes de iluminação da rua da alfândega que margeava o porto, sem notarem que eram observados pela idosa abandonada, no caso, eu.

– Ele garantiu que estaria aqui esperando por nós! – Olhando a luz amarelada e fraca de um poste, reclamei para Docinho, que desistira de esperar, preferindo tirar um cochilo. – Ótimo! Não é a primeira vez que você me abandona na hora de tomar uma decisão e depois reclama do resultado! – Ajustei o xale de lã sobre os ombros ao sentir uma brisa. – Se tivesse me ajudado naquele dia, talvez não estivéssemos aqui nessa enrascada.

Minha atenção foi atraída pela voz de dois homens que passaram por mim queixando-se de que o valor pago por um trabalhador escravizado subira por causa da crise dos braços, a qual, mais tarde, eu ficara sabendo ter sido causada pela proibição do tráfico negreiro, e com isso aquelas pessoas passaram a ser oferecidas, para venda, no Império.

– Será que meu português é pior do que eu imaginava? – Fui ignorada por uma Docinho adormecida.

Ainda que eu os entendesse, o som da língua que falavam soava bem diferente da que eu aprendera. Era quase como uma melodia, ainda que o tema discutido não fosse romântico, mas, sim, desumano.

Já vira alguns escravizados em Hamburgo. Algumas das pessoas mais abastadas faziam questão de tê-los para exibi-los como criaturas exóticas. Contudo, fiquei chocada quando vi, pela primeira vez, ao aportar no Rio de Janeiro, não apenas a cidade abarrotada deles, mas as condições com as quais eram tratados.

Perguntei-me se meu negligente quase noivo era um deles, pois não conseguiria tolerar conviver com tamanha barbaridade. Pippa havia me alertado para essa possibilidade, e eu já estava preparada para deixar clara minha posição sobre o tema.

Fui arrancada dos meus devaneios quando senti a valise desaparecer do meu colo. Não tive qualquer reação nos primeiros instantes, até que entendi que um bandido acabara de roubar Docinho, a família que me restara. E, sem pensar duas vezes, levantei as saias quase na escandalosa altura dos joelhos e, abandonando o baú, corri no encalço do meliante.

Se não fosse meu desespero, eu teria rido ao imaginar a cara dele ao abrir a bolsa e tudo o que encontrasse fosse uma cachorra raivosa, mas, ao pensar nisso, meu medo apenas aumentou pelo que ele poderia fazer com ela, que acreditava que, apesar do tamanho, poderia enfrentar qualquer coisa.

A poucos metros, ele entrou à esquerda em um beco e, em seguida, à esquerda de novo, mas antes que eu chegasse lá ouvi um gemido de dor. Ele tropeçara em várias coisas empilhadas em dois caixotes de madeira.

Quando consegui alcançar o lugar do barulho, o homem já estava longe da valise, fugindo do ataque de Docinho às suas pernas.

As caixas que ele espalhara na queda continham coisas diversas, e entendi que eram o resultado dos roubos que fizera.

Apreensiva para sair dali o quanto antes, juntei a valise e, na esperança de que Docinho voltasse, chamei:

– Docinho, volte aqui!

– *Pega ladrão! Pega ladrão!*

Estremeci ao ouvir aquela voz acusadora e, largando a bolsa, olhei à procura de quem me acusava, mas tudo o que encontrei foi uma exótica criatura verde-folha que andava sobre os dois pés.

Abaixei-me maravilhada, esquecendo a urgência em sair do local escuro e macabro.

– Olá, passarinho.

– *Dá o pé, louro!*

Fiquei deslumbrada ao perceber que ele podia falar. Mas, ao esticar a mão, acreditando que a ave fosse mansinha, fui surpreendida por uma bicada.

– Criatura malvada! – Sacudi a mão, que, para minha sorte, estava coberta por luva. – Só queria ajudar.

Nesse instante, Docinho voltou em disparada, assustando a ave, que bateu as asas, mas não conseguiu voar. Ao me aproximar, percebi que o pássaro tinha as penas cortadas, e isso me encheu de dó.

– Calma, Docinho. – Segurei minha companheira para que não o atacasse. – Ele ficou com medo.

Decidida a sair dali o quanto antes, e sem coragem de deixar o pobre animal nas mãos daquele bandido, joguei o xale sobre ele, protegendo-me das bicadas ao pegá-lo do chão.

– Não me olhe assim – pedi, dando de ombros para Docinho. – O criminoso me roubou primeiro. – Docinho rosnou em resposta quando coloquei nosso novo amigo na valise outrora dela. – Não seja egoísta!

Voltei apressada para o lugar onde deixara o baú, bem a tempo de ver dois garotos querendo arrastá-lo.

— Larguem agora mesmo minha bagagem! – gritei, furiosa.

A corrida para espantá-los valeu a pena, mas levou meu fôlego. Sentando-me sobre o baú, tentei me recuperar do choque de quase ter sido furtada pela segunda vez. Estava horrorizada imaginando se aquela cidade pequena era tão perigosa quanto Hamburgo, mas, para minha sorte, nada fora levado.

— Bela recepção o fazendeiro nos reservou, Docinho – disse, zangada. – Se ele trata todas as mulheres assim, não me espanta que precise buscar uma noiva em outro continente.

Eu estava com sede, mas isso podia esperar. Abri a valise para ver como meu novo amigo estava. Ele não parecia nada grato pelo bem que eu lhe fizera e bicava a valise por dentro sem piedade.

— Sinto muito, mas não posso deixar que continue levando uma vida de crimes com aquele sujeito.

* * *

Duas horas se passaram, e eu, sentada sobre a bagagem, bufei ao olhar, mais uma vez, o relógio de bolso. Eu já dera incontáveis voltas ao redor do baú enquanto minha mente me dizia para sair dali, só que ele era pesado demais para que pudesse arrastá-lo até um local mais aceitável.

O fluxo de pessoas diminuíra consideravelmente, e tive certeza de que aquele fazendeiro não apareceria e de que precisaria fazer algo por mim mesma. A decisão de fazer algo foi tomada ao perceber dois homens, de andar cambaleante, me observando não muito longe de onde estava.

Aquilo foi o suficiente para que um frio percorresse minha coluna. Segurando Docinho firme nos braços, eu me levantei, mas, dessa vez, determinada a fazer algo e satisfeita de que, ao menos, a braveza dela serviria para afugentar qualquer pessoa disposta a atacar uma pobre idosa.

— Não devia ter escutado Emma – murmurei com a voz embargada pela vontade de chorar de raiva, a qual já reprimia havia horas.

Uma coisa era certa: o fazendeiro não era um homem digno de crédito, e só uma estúpida aceitaria, de bom grado, alguém que a fizera esperar tanto em um lugar desconhecido. Será que ele não entendia que uma dama respeitável não circulava em um porto? Eu mesma ainda não pisara em um até iniciar aquela jornada maluca.

– A menos que ele não me tenha por uma moça de valor. – Ajustei o xale sobre os ombros, pronta para correr, se fosse preciso. Por sorte e graças ao clima mais ameno da região se comparado a Hamburgo no mês de novembro, eu ainda não congelara. – Onde eu estava com a cabeça?

Passos firmes e decididos em direção ao lugar onde eu estava chamaram minha atenção, e estremeci sem saber se era de frio ou de alívio. Talvez eu pudesse me encher de coragem e pedir informações.

As duas pessoas pareciam não ter me visto, o que não era de estranhar em razão da iluminação deficiente do local.

O homem alto, loiro e desalinhado segurava o braço de uma mulher de pequena estatura. Eles pareciam brigar, pois ela apontava o dedo indicador para ele enquanto andava. Quando se aproximaram, as vozes ficaram nítidas para mim.

– Tudo isso é sua culpa! – acusou a mulher de voz fraca e trêmula.

– Não tive culpa de a roda do coche ter quebrado.

– Não estou bem certa.

– É isso que recebo por passar horas atolado no barro arrumando nosso transporte?

Coloquei a mão sobre o coração e quase chorei de alívio ao me dar conta de que eles falavam em alemão. Estava disposta a implorar por ajuda, se fosse preciso, mesmo eles parecendo muito estranhos. Esperei que os dois se aproximassem de onde eu estava para abordá-los.

– Você deveria ter checado as condições do veículo antes de sair ou ter uma roda extra para o caso de algum imprevisto acontecer. Onde já se viu uma pessoa não estar preparada para uma eventualidade como essa? Se acontecer algo, a culpa será totalmente sua, e não vou conseguir perdoá-lo! – ela resmungou sem tomar fôlego.

Quase esqueci meu problema, fascinada em ver aquela discussão.

– Minha culpa? Será que a senhora já está ficando meio gagá?

– Olhe como fala comigo, seu menino atrevido! Faço já, já você se ajoelhar aqui para apanhar – ela o ameaçou, apontando a bengala preta como se fosse uma espada. – Sou sua avó, e, se digo que a culpa é sua, é porque é.

– Responda-me uma coisinha – Ele parou com as mãos na cintura, evidenciando uma musculatura definida por baixo do casaco. – Quem fez a loucura de colocar um anúncio em um jornal do outro lado do mundo só para arrumar uma esposa para o neto?

– Não importa quem foi! – ela resmungou, puxando-o pela manga. – O importante agora é que sua noiva está há horas nos esperando.

Pobre da moça que vai se casar com esse homem dominado pela avó.

Enquanto lamentava em pensamento pela sorte da senhorita, olhei ao redor e me dei conta de que eu era a única pessoa que ainda esperava, o que fazia de mim a provável *pobre moça*.

À medida que passavam por mim, sem notar minha presença, eu, no íntimo, perguntei-me se valia a pena abordá-los.

Decididamente, ele era bem diferente do que eu imaginara. No anúncio, estava claro que era um homem jovem, mas nunca me passara pela cabeça que o fazendeiro tivesse aquela aparência.

Passei os olhos por suas costas largas para me certificar do que dizia, mas observar seu corpo e seu andar não me ajudou a raciocinar direito. Ele trajava calça preta com botas de cano alto um tanto enlameadas, evidenciando o contorno das pernas torneadas. Na parte superior, um colete creme, aberto de forma casual, sobrepunha-se a uma camisa branca. Suas vestimentas me fizeram lembrar de alguns livros de anatomia que eu vira no escritório do meu pai e a ter pensamentos dos quais precisei fugir.

– Fique sabendo que isso é bem comum hoje. Tanto o filho de Judite como o neto de Anna arrumaram boas mulheres assim.

– O que não é comum é a *avó caduca* de um *homem adulto* prometer casamento a uma *desconhecida maluca* em seu nome, *sem que ele saiba*.

– Isso é apenas um detalhe. – Ela deu de ombros. – Tenho certeza de que ela é uma moça adorável.

Mal consegui acreditar ao ouvir o som da minha própria voz.

– Desculpe! O senhor por acaso é o senhor Flemming?

O calor da vergonha subiu por minha face ao vê-los parar e se virar para onde eu estava. E os segundos que permaneceram em silêncio me observando dos pés à cabeça me fizeram repensar minha atitude.

Sabia que isso era um erro. Deveria ter aproveitado a chance de me livrar dele. Mas o que poderia ter feito?, respondi a mim mesma com uma pergunta, torcendo para que não fosse ele.

– Olhando bem... ela parece um pouco mais velha do que imaginei – constatou a idosa, comprimindo os olhos para conseguir me ver melhor.

– Só pode ser ela, já que não tem mais vivalma aqui – ele disse, olhando-me dos pés à cabeça.

Docinho começou a rosnar, furiosa, com a aproximação deles, e precisei segurá-la com mais firmeza. Com o queixo caído, constatei que não havia mais esperança. Sem dúvida, aquele era o tal fazendeiro.

Um sorriso zombeteiro se espalhou pela face dele, que parecia não visitar uma navalha havia dias. Com o desconforto da situação, passei a mão pelos cabelos, esquecendo o talco, numa tentativa inútil de arrumá-los.

– Certo... certo... Talvez, após uma boa noite de descanso, roupas limpas e um banho caprichado, ela se pareça com uma *moça adorável*. – Senti-me como um cavalo sendo analisado pela idosa. – Não seja tão exigente com ela. Fiquei muito mais bonita depois que me casei com seu avô. O importante é que ela será uma boa dona de casa.

Arregalei os olhos. Não me casaria com aquele debochado e, menos ainda, seria sua serviçal particular!

– Vocês perceberam que ainda estou aqui? – Indaguei, aborrecida, com os braços cruzados.

– Ela tem um rato? – ele apontou para Docinho, e senti vontade de soltá-la para que pudesse se deliciar naquelas botas enlameadas e nos músculos da panturrilha dele. *Será que ele usa enchimento para as pernas parecerem assim tão fortes?* Não seria o primeiro caso. Emma me contara que lera, certa vez, no boletim de senhoras que alguns homens faziam isso.

– Esta é Docinho. O tamanho dela é uma característica da raça chihuahua – informei, revirando os olhos. – Não tenho culpa se o senhor é uma pessoa de conhecimentos limitados.

– *Oma*, ela me chamou de burro?

Como se não tivesse escutado, a idosa de cabelos brancos e roupas coloridas olhou para mim, coçou a nuca e disse:

– Minha filha, lamento por seu luto, mas acredito que deveria tirar essa roupa de abutre o quanto antes.

– Eu...

– Klaus, o que é isso branco que parece ter escorrido pela face dela? – ela me interrompeu.

Ele me olhou com uma das sobrancelhas loiras erguidas e sorriu, deixando à mostra um sorriso repleto de dentes perfeitos que combinavam com a barba de um loiro quase avermelhado.

Graças a Deus, ele ao menos tem dentes!

– Pare com isso, *oma*! Ela não está tão mal assim. Depois de lavar e pentear os cabelos, a moça até vai parecer mais bonitinha.

– Bonitinha?! Chega! Nunca fui tão ultrajada! – protestei e, apontando o dedo na direção dele, afirmei: – Acabei de perceber, para meu alívio e sorte, que o senhor não pode ser o senhor Flemming, pois não está usando um lenço vermelho no pescoço.

– Ah, agora entendi o porquê de a senhora insistir tanto para que eu usasse o lenço de Maximilian. – Ele, virado na direção da avó, balançava a cabeça em reprovação.

– Eu tinha me esquecido de que você não tem nenhum lenço dessa cor – ela justificou. – Francamente, Klaus, seu irmão jamais se importaria de você usar o lenço dele para encontrar a mulher de sua vida.

– Não mesmo. Ele apenas usaria isso para zombar de mim pelo resto da minha existência!

Levantei a voz, furiosa, esquecendo-me de que eles eram a única alternativa para eu sair daquele lugar deserto.

– Lamento que o senhor, mesmo sendo um homem feito, tenha sido enganado pela sua vovozinha. Infelizmente, ainda não tenho como devolver o dinheiro investido por ela em minha viagem. Contudo, gostaria de desobrigá-lo do compromisso com esta desconhecida maluca. – Respirei fundo e, vendo diante de mim a oportunidade de me livrar daquele compromisso, empinei ainda mais o nariz antes de completar: – Prometo que, se o senhor fizer o favor de deixar seu endereço, assim que arrumar um emprego pagarei minha dívida.

– E como a senhorita pretende sobreviver nesta cidade desconhecida? – ele questionou com a testa franzida e a mão no queixo. Decerto me achando maluca, e nisso eu não poderia contestá-lo.

– Isso não é da sua conta.

– Pois bem! Vamos, *oma*! Quero sair deste lugar, antes de ser atacado pelos selvagens. – Ele virou as costas e seguiu na direção pela qual vieram.

Selvagens? Estremeci. Eu ouvira, a bordo do navio, histórias de mulheres sequestradas pelos nativos da floresta.

– Volte aqui agora, Klaus! Não vamos a lugar algum sem a senhorita Neumann. – A idosa gesticulou com o braço, como se fosse um general, e ele parou, insatisfeito. – Chame já um carregador para pegar a bagagem dela. A pobrezinha está visivelmente abalada após uma viagem terrível dessas, sem falar no choque de saber que o futuro marido é um homem sem modos. A moça precisa ser alimentada, e rápido! Veja como está só pele e ossos! – A avó pegou minhas mãos entre as dela e disse com um sorriso angelical: – Eu me chamo Gertrudes Flemming, mas pode me chamar de *oma*, assim como todas as outras avós são chamadas em nossa terra natal. Você é muito bem-vinda entre nós. – Com palmadinhas na minha mão, continuou: – Não ligue para ele. O dia dele foi difícil, mas posso garantir que meu neto recebeu boa educação.

– Ela já disse que não deseja ir conosco – resmungou o homem, com os braços cruzados no mesmo lugar em que parara.

– Eu não disse nada disso – tive que admitir, pois o lugar, a cada minuto, parecia menos convidativo. – Não faça das suas minhas palavras – resmunguei em resposta, como uma dama jamais teria feito. – Senhora Flemming, acredito que seja melhor que eu encontre um lugar respeitável na cidade.

– Não seja tão severa com meu pequeno Klaus – ela falou baixo, mas não o suficiente.

– Não sou mais seu pequeno Klaus – ele reclamou antes de se afastar em busca dos carregadores.

– Sinto muito, mas vamos precisar encontrar um lugar aqui na cidade para pernoitar e só amanhã poderemos seguir viagem – avisou a senhora Flemming. – Mas garanto que será melhor para você descansar antes de continuarmos.

Resolvi não protestar mais, pois estava esgotada, precisando de uma boa refeição e de uma cama quente. Deixaria para esclarecer no dia seguinte que não iria com eles.

Durante o percurso até a hospedaria em uma carruagem de aluguel, já que a deles ainda estava no conserto, a velha senhora não parou de falar por um momento sequer. Mas isso não impediu que eu me atentasse à paisagem do caminho que percorremos. A cidade, com seus prédios baixos e fachadas ao estilo neoclássico, era encantadora e bem menor do que eu esperava, principalmente se comparada a Hamburgo, com seus edifícios de até cinco andares.

Lamentei que não pudesse ver, com a escuridão, os detalhes do palácio do governo, nem mesmo da Igreja católica, exceto pelas duas torres de sinos que badalaram no momento que passamos por lá em direção à Praça Paraíso.

Olhar para fora não impediu que eu notasse que estava sendo observada por ele, o que me causou certo desconforto. Queria arrancar da cara dele aquele ar de divertimento que evidenciava a presença de algumas rugas nos cantos dos olhos, marcando a face dourada pelo sol.

Minha pele queimava sob seu olhar, e, sem saber como agir, eu me remexi algumas vezes, na tentativa de acalmar as batidas audíveis do meu coração.

– Que *toc toc* é esse? – ele perguntou, e levei a mão ao peito, envergonhada que o som dos meus batimentos cardíacos tivesse chegado até ele.

– Não estou ouvindo nada – disse a *oma*, que tentava descansar com os olhos fechados.

– A senhora é meio surda. – A idosa arregalou os olhos, aborrecida. – A menos, é claro, que o assunto seja do seu interesse – ele complementou.

Toc... toc...

– Agora escutei. – Só quando ouvi o que ela disse compreendi que o barulho se tratava dos protestos do Pirata, não do agitar do meu coração.

– É um papagaio. – A idosa suspirou ao me ver abrir a valise para checar como ele estava. – Amo pássaros.

– *Dá o pé, louro!*

– Cuidado! – alertei ao ver a idosa aproximar o dedo do bico da ave, e, para meu espanto, em vez de bicar, o pássaro subiu na mão enluvada dela.

– Ele não é adorável, Klaus?

O neto resmungou algo ininteligível.

– O nome dele é Pirata – informei. Finalmente, eu escolhera um nome para meu novo amigo.

– Nome interessante – resmungou o homem.

– Eu o encontrei no porto, abandonado, e resolvi adotá-lo – menti para não dar ao fazendeiro mais motivos para me achar esquisita.

Eu não precisaria ser muito inteligente para perceber que ele não ficara nada satisfeito com a surpresinha da avó. Eu me perguntava se teria embarcado para o Novo Mundo se soubesse que o noivo não sabia da proposta. Foi afrontoso perceber que ele nem fazia questão de esconder o desagrado com minha presença, e o pior nisso era notar que eu me importara mais do que gostaria.

O fato de eu ter levado comigo Docinho e, ainda por cima, uma ave decerto só piorou a situação.

Azar o dele! Não vou a lugar nenhum sem os dois.

Contudo, tinha de admitir que aceitar sair do porto vazio com a avó e o neto fora a decisão mais sensata que eu já tivera desde a morte do meu pai.

– ... Dois anos atrás, ele quase ficou noivo de uma moça aqui de Porto Alegre, mas ela era muito frágil e acabou não resistindo a uma enfermidade. Que Deus a tenha! – Só então atentei para o que ela dizia. – A pobrezinha nunca teria conseguido parir uma criança sequer – a idosa completou.

Um sorriso malicioso nasceu nos lábios do senhor Flemming, que, me olhando, disse:

– Essa que a senhora me arrumou não parece ser assim tão resistente.

CAPÍTULO 13

— *Louro quer café! Louro quer café! Louro quer café!* — gritou a ave, sem misericórdia.

— Oh, por favor! Cale a boca, passarinho ingrato! — Cobri a cabeça com o travesseiro.

— *Au-au!* — Docinho ladrou em seguida, como se os dois tivessem armado um complô contra mim.

— Vocês venceram! — levantei-me, atirando longe o travesseiro. — A culpa é minha, porque deixo meu coração mole se comover com qualquer animalzinho abandonado. — Lavei o rosto com a água fria do jarro, com Docinho pulando aos meus pés. — Mas o que recebo em troca? — Olhei para ela depois de enxugar o rosto na toalha de algodão fino. — Ingratidão — respondi para mim mesma e, ignorando a animação de Docinho, resmunguei enquanto vestia um dos vestidos de luto que trouxera na bagagem. — Vocês não se compadecem desta pobre moça que mal conseguiu pregar os olhos?

Na noite anterior, ao darmos entrada na hospedaria, a *oma* Flemming solicitou um banho quente e que a refeição fosse levada no quarto para mim. Apesar do cansaço, só ao amanhecer eu fora vencida pela exaustão.

O banho quente foi divino e restaurou minha dignidade, mas pareceu não ter sido suficiente para me relaxar por completo. Ou será que a ansiedade fora a culpada de eu não poder desfrutar do sono reparador de que precisava para ter condições de enfrentar o olhar curioso daquele fazendeiro outra vez?

Desfrutar de uma banheira foi um luxo de que senti falta desde que deixei a Alemanha. Não foi nada fácil lavar o cabelo longo para tirar o talco e os nós que se formaram nos quase três meses sem o conforto de um verdadeiro banho.

Descobrir que o senhor Flemming não era o autor do anúncio havia me surpreendido sobremaneira. De todas as situações que imaginava poder encontrar na minha chegada, aquela fora, sem dúvida, inusitada. Eu me perguntava o que passara pela cabeça da avó dele ao acreditar que poderia obrigá-lo a se casar contra a vontade. Não que eu estivesse decepcionada com o fato de ele não querer se casar comigo. Ou estaria?

Não, não estava. Na verdade, o fazendeiro estaria me fazendo um favor ao retirar a proposta, pois isso seria ótimo para mim, que não ficaria em dívida com ele. Ao contrário, ele é que estaria em débito comigo por me fazer viajar para o Novo Mundo em vão.

Docinho não se mostrou exigente quando a moça da hospedaria nos trouxe a refeição no quarto e comeu sua porção sem estranhar, enquanto Pirata se deliciava com a fruta, de aparência e nome exóticos, que a moçoila garantiu ser parte do que ele costumava consumir. Segundo ela, o mamão, nome do alimento, também servia para consumo humano, mas não me senti motivada a experimentá-lo, apesar da insistência dela.

Aquela fatia alaranjada com pequenas sementes de aparência lisa e brilhantes sobre a superfície me pareceu algo perigoso. A garota se divertiu bastante quando fiz questão de retirar as pequenas esferas antes de alimentá-lo, por receio de que lhe fizessem mal.

Quanto ao meu jantar, com olhar cauteloso, aceitei, sem questionar, o que me fora servido: um pedaço de carne bovina assada, feijão preto com um caldo igualmente escuro, abóbora e batata-doce cozidas e um pó branco que quase me fez entalar chamado de farinha de mandioca.

Contudo, apesar da aparência e do sabor peculiar, aquela refeição fora a melhor que eu fizera nas últimas semanas. No entanto, horas depois, cheguei a me perguntar se não fora a comida, por ser um tanto pesada, a responsável por me fazer reviver a noite inteira cada palavra que a *oma* e o senhor Flemming disseram.

Só pela manhã me dei conta de que aquela deveria ser uma das melhores hospedarias da cidade e me levantei zangada comigo mesma por não ter conseguido aproveitar a cama confortável que estivera à minha disposição. Naquele instante, meu desejo era passar o dia deitada, olhando o tecido claro, salpicado de flores coloridas, que revestia as paredes.

Cansada ou não, gostaria também de poder conhecer a cidade e a cultura farta do lugar, já que, mesmo não me casando com o fazendeiro, eu viveria ali o resto dos meus dias. A empolgação pelo novo desapareceu rápido quando me lembrei de que a morte do meu pai e o medo do assassino dele foram o que me levou até lá. Além disso, era desolador pensar que nunca mais poderia pisar na terra onde nasci e rever pessoas e lugares que fizeram parte da minha vida.

O sol já nascera havia um tempo, e os raios que entravam através da cortina fina me convidavam a espiar o movimento da população e das carruagens e carroças cujas rodas levantavam uma leve camada de pó ao passar pelas ruas de terra batida, enquanto os pedestres caminhavam, sem pressa, nas calçadas.

O ar fresco da cidade era como um carinho no corpo e na alma. Em contraste com Hamburgo, com nuvens de fumaça e fuligem vindas das indústrias, Porto Alegre parecia-me uma cidade pura e limpa. Apesar de ser considerada a capital da província, era quase um modesto vilarejo diante da cidade portuária de onde eu viera.

A vista que tive da janela não fora a mais privilegiada, uma vez que o prédio não era alto, e, com isso, não tive visão maior do lugar. Contudo, pude observar que a rua de terra batida em que estávamos era larga e movimentada pela manhã. As pessoas circulavam a pé nas calçadas ou em carruagem aberta.

Notei que o andar de baixo da maior parte das edificações daquela rua tinha um comércio no andar térreo e senti vontade de conferir o que era vendido ali. Mas o desejo de explorar as redondezas foi reprimido por mim mesma. Aquilo não eram férias, e eu precisava encontrar um lugar para ficar assim que me despedisse dos Flemmings, pois aquela hospedaria estava longe do que eu poderia pagar. Pensar nas minhas possibilidades formava um embrulho no meu estômago e um tremor nas pernas, a ponto de eu desejar que aquela proposta de casamento não tivesse sido uma mentira.

Antes de ir ao encontro deles, analisei minha imagem refletida no espelho redondo que ficava acima da penteadeira. O vestido não era de todo ruim, ainda que fosse de um corte simples em tafetá preto.

Olhando meu reflexo, vi que aquela cor realmente não me favorecia. Mas, quanto a isso, nada poderia ser feito, pois, com a morte do meu pai, todas as minhas roupas foram tingidas. Todavia, era inegável que o modelo escolhido se assentava bem no meu corpo, ao contrário do vestido que usara ao chegar ali.

Recusando-me a aparecer diante do fazendeiro como uma mulher desafortunada e sem teto sobre a cabeça, penteei os cabelos, prendendo-os em um coque frouxo, porém elegante. Mesmo que essa fosse minha realidade, não queria aparecer despreparada para encontrar o colono que não me achava digna de ser sua esposa.

Ao descer, eu o encontrei na companhia da avó, na sala de refeições, desfrutando do desjejum.

Reprimindo um sorriso de satisfação, notei que eles não se preocuparam em disfarçar a surpresa e admiração ao me verem.

– Bom dia! – eu disse ao me aproximar. – Desculpem o atraso, mas não consegui despertar mais cedo.

– *Rrrrrr!*

Segurei com força a Docinho que rosnava na direção dele.

– Bom dia! – responderam os dois.

Agradeci, constrangida, por ele ter-se levantado da cadeira com um largo sorriso, até que eu me sentasse. Quase não pude acreditar que fosse um cavalheiro. Sua aparência melhorara significativamente, ainda que continuasse a usar a roupa do dia anterior. Os cabelos dourados estavam penteados com esmero, e o aspecto molhado, causado pela pomada para cabelos, produzia uma tonalidade mais escura que a verdadeira.

– Estou aprovado pela senhorita?

– Aprovado?

– Parece que a surpreendi com minha aparência tanto quanto a senhorita surpreendeu a nós. – Corei sem conseguir negar que olhava para as roupas dele ou, pior, "também para as roupas". – Nada como um bom banho para realizar um milagre. – O sorriso travesso me fez crer que ele não falava apenas de si mesmo. – Mas confesso para a senhorita que minha roupa não deve cheirar tão bem. – Senti o sangue colorir minha face ao imaginar como seria o cheiro masculino que a roupa dele carregava. – Usei um trapo que a funcionária da hospedaria me arrumou e água morna para remover a lama.

– O se... senhor parece mais alinhado – gaguejei ao pensar que ele precisou dormir com as roupas penduradas na janela a noite toda. – A senhora conseguiu descansar? – Puxei a cadeira para mais perto da *oma*, tentando apagar da mente qualquer imagem com aquele homem.

Docinho aproveitou para estreitar a amizade com a idosa e foi recompensada com algo para comer.

– Tão bem quanto uma velha. – Ela esticou-se para entregar um pedaço de pão para Docinho, que o aceitou de bom grado. – Ontem parecia difícil, mas você conseguiu dar uma boa melhorada na aparência, mocinha.

– Obrigada, *oma*.

– Mesmo que ainda esteja vestida de urubu, ao menos agora é um urubu bonito. – Sorri com o comentário, pois sabia que ela não desejava ser rude, mas, para ele, que escondia o riso por trás do guardanapo, reservei uma carranca.

– Lamento, mas não tenho outra cor na minha bagagem além do preto.

– Invejei Docinho, que podia rosnar abertamente para ele.

– Vejo que decidiu nos agraciar com a presença de sua besta-fera logo no café da manhã.

– Vejo que o senhor se esqueceu de que o nome dela é Docinho. – Virei-me na direção da *oma* e disse: – Sinto muito, mas estava receosa em deixá-la sozinha no quarto com o Pirata.

– Claro que a senhorita não poderia fazê-lo, ou esse rato selvagem transformaria o papagaio num luxuoso travesseiro de penas verdes – ele alfinetou.

– Os dois ainda estão se conhecendo.

– Klaus, deixe a senhorita Neumann comer em paz. Vou segurar sua Docinho para você poder comer.

– Obrigada, *oma*.

* * *

Depois de duas horas sentada na carruagem, compreendi a necessidade de termos pernoitado em Porto Alegre, antes de seguirmos viagem até a fazenda. O veículo era novo e confortável, com teto rebaixável e suspensão de molas, mas nem isso nem os bancos de couro impediram que eu sentisse o desconforto do trajeto.

Após o desjejum, eu já aceitara ir com eles para a fazenda. A *oma* explicou que as oportunidades de trabalho seriam limitadas para uma moça, em especial para aquelas, como eu, sem referências e conexões sociais. Além disso, falou que o fato de eu ser uma jovem de boa aparência, ter cultura diferente e dois animais de estimação reduziam as possibilidades para quase zero.

Não consegui perseverar na ideia de permanecer em Porto Alegre para encontrar um trabalho e, antes que a *oma* terminasse de expor todos os contras, eu já estava a ponto de implorar que ela me levasse com eles.

O senhor Flemming permanecera calado, sem afirmar que honraria o compromisso, mas também sem o negar. Eu, da mesma maneira, não consegui dizer a verdade sobre meu desejo de encontrar um trabalho em vez de me casar.

A avó dele, por mais direta que fosse nos comentários e até um tanto manipuladora, transmitia-me uma segurança que eu só sentira convivendo com *oma* Carlota, a avó de Erich.

A beleza selvagem que nos cercava arrancava-me suspiros a cada instante. Não foi apenas para desviar os pensamentos dos músculos do senhor Flemming, que conduzia a carruagem de costas para nós, que mantive os olhos grudados no lado de fora do veículo. Estava realmente fascinada. As árvores e as plantas eram de várias espécies, tantas que eu jamais tinha visto, nem mesmo na minha enciclopédia preferida. Eu tentava memorizar tudo, ciente de que seria impossível. Mas também certa de que jamais conseguiria me acostumar a ver aquela beleza exótica como algo banal.

A *oma* contou que, quando os primeiros grupos de imigrantes, dos quais ela fazia parte, chegaram à região, cada família de colono recebeu setenta e sete hectares de terras pantanosas e de mata virgem, nas quais, para se locomover, eles precisaram desbravar a densa floresta para a formação de estradas chamadas por eles de picadas.

– Precisamos fazer uma pausa, Klaus – ela avisou, cutucando as costas do neto com a bengala. – Ele balançou a cabeça em concordância e parou o veículo. Se eu fosse obrigada a citar uma qualidade daquele fazendeiro seria o respeito que tinha pela avó, e isso, por mais que eu não quisesse admitir, me agradara. – Minhas pernas estão me matando – ela reclamou, massageando uma das pernas com a mão. – Não tenho mais o vigor que tinha quando chegamos aqui.

– Imagino que não tenha sido fácil.

– Não mesmo.

Olhei ao redor, incrédula. Poderia ter sido aquela floresta ainda mais densa? A estrada em que estávamos era, literalmente, dentro da mata. Os sons eram diversos e vinham de todos os lados, e gelei.

Como seria estar ali à noite?

– A natureza estava praticamente intocada, com exceção de algumas velhas trilhas dos tropeiros – ela falou.

– Tropeiros?

– Sim, comerciantes cujo trabalho consiste em transportar montarias e alimentos como sal, vinagre e açúcar entre o Sul e o Sudeste do Império.

– Parece um ofício desafiador.

– Sim, é. Além de beleza e riqueza, estas terras também escondem perigos.

– A senhora está falando dos nativos? – perguntei, curiosa, enquanto descia do veículo.

– Não posso negar que já enfrentamos vários conflitos com eles. Acredito que tenham sido nosso maior desafio como colonos.

– Mas não consigo tirar a razão deles em atacar. Afinal, chegaram primeiro e, de repente, viram moradores estranhos querendo tomar posse de um lugar que antes era deles – disse o senhor Flemming.

– Faz sentido.

– Qual homem não estaria disposto a arriscar a vida para salvar suas terras e aqueles a quem ama? – ele fez uma pergunta retórica.

Eu não disse, mas conhecia vários nobres cavalheiros em Hamburgo que estavam mais preocupados consigo mesmos e com suas riquezas.

Fiquei em silêncio por um tempo, tentando imaginar como seria ser amada por alguém disposto a tudo por mim. É claro que meu pai fora essa segurança, mas, desde que ele partira, percebi quanto era difícil para uma mulher viver sozinha na sociedade.

Depois de esticar as pernas e de nos aliviar em meio aos densos arbustos, eu e *oma* nos sentamos num tronco caído para desfrutar de uma fruta exótica chamada ingá que o senhor Flemming acabara de colher para nós.

Ela tinha casca dura, de coloração verde-escura, com mais de dois palmos de comprimento, assemelhando-se a uma vagem gigante. Dentro de uma única fruta encontramos várias sementes envolvidas com a polpa de textura fibrosa, branca e adocicada. Eles falaram que era possível encontrar essa iguaria durante boa parte do ano.

O senhor Flemming abriu uma nova fruta e sentou-se ao meu lado, na outra ponta do tronco, oferecendo-me mais dela. Docinho rosnou, lembrando a mim de que não éramos simpatizantes dele. Todavia, ignorando o lembrete, aceitei a oferta, mas, quando fui colocar a fruta na boca com a mão, ele me pediu que parasse. Fiquei confusa até que ele mordeu uma pontinha da polpa e a puxou com os dentes para rasgar a pele branca, que soltou facilmente da semente.

Primeiro, fiquei sem fala, para, em seguida, engolir em seco ao contornar com os olhos a boca dele. *Teria beijado muitas mulheres? Por que um homem próspero e atraente precisaria buscar uma noiva tão longe?*

Talvez o fato de ele ser um homem de poucas palavras e meio antipático fosse a questão. Talvez afugentasse as mulheres assim como eu fizera com todos os possíveis pretendentes.

Sob o olhar dele, levei a fruta branca à boca, testando o que acabara de aprender, quando um grito assustador ecoou por toda a floresta. Arregalei os olhos e a boca ao mesmo tempo, mas a idosa, como se falasse do tempo, disse:

– São apenas alguns macacos. – Ela não parecia preocupada enquanto alimentava Pirata com a polpa da fruta.

Apenas alguns macacos? Eu nunca vira um exemplar daquele animal, exceto nos livros, mas nem por isso estava curiosa para encontrá-lo.

Contudo, o senhor Flemming, eu não sabia se para me tranquilizar ou para me apavorar, garantira que eles eram menos perigosos que uma cobra. Essa eu vira nas enciclopédias e nos laboratórios de pesquisa do trabalho do meu pai. Era mesmo perigosa.

Estremeci só de imaginar quais outras ameaças estariam escondidas naquela selva.

– Então, a senhora já viu um nativo de perto?

– Claro que sim – ela confirmou com a cabeça. – Alguns catequizados vivem em nossa comunidade. Mas a maior parte deles vive em meio à natureza.

Achando interessante o que ela dizia, tentei adentrar, com o olhar, a mata fechada.

– Mas então alguns deles não são perigosos?

– Eu não gostaria de encontrar um bugre desacompanhada.

– Ah!

– Os indígenas são muitos e moram bem perto daqui – sussurrou o senhor Flemming bem próximo ao meu ouvido.

Virei-me assustada para ele.

– O senhor está apenas tentando me amedrontar. – Levantei-me em um pulo ao ouvir o estalar de galhos em meio às árvores, bem perto de onde estávamos. – Não sou *covarda*.

– Por acaso a senhorita quis dizer covarde?

– Não. Como sou mulher, usei o feminino da palavra. – Revirei os olhos ao ouvi-lo rir.

– Não deboche da moça – disse a idosa, virando-se para mim. – Seu português é ótimo, e logo você falará perfeitamente.

– Como ela saberá se ninguém a corrigir?

Quanta bondade a dele!

– Ele fala a verdade no que diz respeito ao povo nativo da floresta, mas o estalado que você ouviu não foi um deles. – Ela se levantou sem pressa antes de completar: – Eles nunca são ouvidos ao andar pela floresta.

– Isso foi reconfortador – murmurei, com ironia.

– Vamos continuar a viagem. – Ele caminhou em direção à carruagem, e eu me apressei em segui-lo. Não estava com medo; preferia chamar de cautela. – Antes que os bugres apareçam.

– Ainda falta muito para chegarmos? – perguntei, esperançosa.

– Seis horas, sem contar nossas paradinhas.

– Seis horas?

– Poderia ter sido em menos tempo se tivéssemos vindo pelo rio dos Sinos – ele resmungou, já com as rédeas nas mãos.

– Por que viemos por aqui? – Eu me sentei, com Docinho no colo.

– Pergunte à *oma*.

CAPÍTULO 14

– Veja, senhorita Neumann! – A *oma* apontava para mim com uma mão e com a outra dava batidinhas em minha perna. – Este é seu novo lar!
Novo lar? Será que um dia voltarei a chamar assim um lugar?
Meus lábios se esticaram num sorriso sem graça. O certo teria sido eu esclarecer, desde o princípio, que não haveria matrimônio. Mas como eu poderia falar "não" para a simpática senhora que sonhava em casar o neto insuportavelmente bonito e implicante, o qual não demonstrava qualquer interesse em se casar comigo?
É claro que eu também não queria me casar com ele. Na verdade, nem tinha planos de me unir a alguém, até o dia em que encontrei aquele anúncio. A solteirice já era dada como certa, e eu estava conformada. Contudo, a morte do meu pai virou minha vida de pernas para o ar, arrancou-me do meu lugar seguro, e passei a não ter mais certeza de nada. Exceto que a *oma* transparecia bondade, e seu jeito peculiar me atraiu, tornando muito mais fácil aceitar a sugestão dela de que fosse com eles, e eu aceitei.
Descobrir que o senhor Flemming não tinha o menor interesse no compromisso deveria ter me aliviado, mas, em vez disso, me trouxe ansiedade.

Eu sabia da necessidade de seguir o plano que Emma e eu havíamos traçado. Contudo, a coragem que começara a me abandonar após a partida de Hamburgo desapareceu por completo desde que eu os encontrara.

Será por isso que fui facilmente convencida pela oma?

Olhei para onde ela apontava o indicador meio torto pela idade e li, em português, a placa que demarcava a entrada das terras deles que dizia: Fazenda Flemming.

O sorriso que iluminou o rosto da idosa evidenciou sua alegria em voltar para casa, e eu a invejei. Não era difícil entender por que ela gostava tanto do lugar. Havia ali um ar pitoresco extremamente agradável. Se comparado a Hamburgo, o lugar era de paz.

Como o senhor Flemming conduzia a carruagem de costas para nós, não pude ver se ele sentia a mesma felicidade que a avó em voltar para casa. Ele permanecera a maior parte da jornada em silêncio e, mesmo nas outras três paradas curtas que fizemos, só falou o essencial.

Isso foi bom para que eu tentasse colocar os pensamentos em ordem. Ainda que, no fundo, tenha ficado decepcionada. Em segredo, esperava saber mais sobre ele. Não que a avó tivesse parado de listar os atributos do neto durante o caminho, mas gostaria de tê-lo ouvido falar de si mesmo.

Tentei me desligar do que dizia a idosa e, algumas vezes, envergonhada, precisei pedir a ela que repetisse a pergunta. Minha mente estava longe, ou melhor: bem diante de mim. O senhor Flemming, sentado à nossa frente, fez com que, muitas vezes, eu tivesse deixado de apreciar o trajeto ao desviar o olhar para os músculos de suas costas largas.

Não deve ser saudável ter um corpo assim tão torneado. Ou será que é?

De qualquer forma, não era saudável para mim, que sentia um calor sufocante e não estava certa de que fosse em decorrência do clima.

Os campos a perder de vista estavam cobertos pelo milharal, que escondia parcialmente a casa. Os últimos raios de sol banhavam a casa branca de dois andares, que só ficou visível quando nos aproximamos dela. As paredes haviam sido construídas com vigas de madeira entrelaçada, e tijolos preenchiam os vãos no modelo enxaimel, comum em Hamburgo. Era evidente que a residência era nova e bem maior do que as que eu vira no caminho.

A varanda que contornava a frente da casa estava repleta de pessoas que acenavam à nossa espera. E uma jovem alta, aparentando a mesma idade que eu, de cabelos castanhos e olhos esverdeados expressivos, foi a primeira a descer a larga escada até nós.

Trajando uma saia partida no meio, ela andava com a confiança de uma rainha e a graça de uma *lady*. Eu, que nunca vira uma mulher vestindo calças, me esforcei para não deixar meu queixo cair.

– Já estávamos pensando em mandar o capitão Coutinho à procura de vocês. – A moça sorriu, animada.

– É claro que seria eu, não Inácio, o herói a ir resgatá-los – garantiu o homem de cabelo loiro-claro e desgrenhado que desceu correndo as escadas.

Suspeitei de que fosse Max, o irmão do meio, segundo os relatos intermináveis que a idosa fizera durante a viagem. Seus olhos eram de um tom mais forte de azul que os do senhor Flemming, mas, sem dúvida, a semelhança entre ele e o irmão mais velho era inegável.

– De última hora, tivemos que ir e voltar pela estrada, pois a *oma*, após anos, cismou que tem medo de barco.

– Medo de barco? – A moça que eu acreditava ser Greta, a irmã caçula, franziu a testa. – A senhora?

– Sempre tive.

A moça cobriu a boca com a mão para esconder o riso, e só dias mais tarde entendi que a *oma* atrasara a viagem tentando dar ao neto e a mim algum tempo de convivência antes de eu conhecer o restante da família.

Depois de ajudar a idosa a descer da carruagem, o senhor Flemming tentou fazer o mesmo por mim, mas Docinho avançou, deixando claro que não aceitaríamos a ajuda dele, mas ela deveria ter decidido por si mesma.

Minha descida foi meio desengonçada, e até perigosa, arriscaria a dizer. Por sorte, eu entregara Docinho à avó dele e a valise com Pirata ao seu irmão do meio. Com isso, quando as saias volumosas enroscaram em minhas pernas e fui projetada para a frente, agarrei-me, com as mãos livres, sem nenhuma elegância, ao senhor Flemming.

Os braços dele laçaram minha cintura, colando seu corpo ao meu. Lamentei que uma mulher precisasse usar luvas, para que pudesse ter sentido a pele desnuda do pescoço dele, quando me segurei.

Mesmo depois que meus pés estavam no chão, eu não sentia firmeza nas pernas, nem ele pareceu ter pressa em me soltar. Senti o hálito quente no alto da cabeça e escutei as batidas frenéticas de seu coração.

Ao me dar conta de que todos assistiam a tudo, soltei-me dos braços dele, sem, contudo, evitar que o rubor colorisse minha face.

– *Danke!* – agradeci rápido, sem nem mesmo olhá-lo, e após pegar Docinho no colo acompanhei os outros, deixando-o para trás. Ainda na varanda, fui apresentada a várias pessoas que eram amigos ou trabalhavam ali.

Docinho, com os dentes escancarados, parecia sorrir para o irmão do senhor Flemming. Quis alertá-lo de que não seria prudente chegar tão perto dela, mas, antes que falasse algo, ele foi presenteado com uma lambida ao acariciar a cabeça dela.

– Boa tarde, senhorita... – Ele piscou com um sorriso.

– Neu... Neumann – gaguejei ao ver a reação de Docinho, lembrando que meu pai fora o único homem a despertar nela uma atitude dócil. – Agnes Neumann – completei com um sorriso.

– Agnes – repetiu ele devagar, antes de beijar minha mão por cima da luva e de pegar Docinho dos meus braços, o que ela aceitou de bom grado. – Bonito nome.

– Senhorita Neumann para você. – Sob os protestos de Docinho, o senhor Flemming mais velho empurrou o irmão para longe de mim, com uma carranca. – Vá procurar algo para fazer. Consertou a porta do galinheiro? – Ele agitou o chapéu no ar, espantando o irmão.

– Prefiro continuar aqui – Max respondeu, dando-me um sorriso galanteador. – Como a senhorita pode ver, esse é meu irmão mais *velho* – deu ênfase na palavra. – Ou seja, não é tarde demais. Se a senhorita desejar, ainda poderá se casar com o irmão mais novo e mais bonito da família. – Ele levantou as sobrancelhas três vezes, antes de completar. – No caso, eu.

Discordei em segredo enquanto entrávamos na sala de estar. Os dois eram bonitos, altos e fortes, mas o mais novo carecia de um ingrediente que me fascinara no senhor Flemming: o tom de azul dos olhos dele era como um dia nublado, como dois blocos de gelo. O que trazia um toque de sobriedade à sua aparência, tornando-o uma versão mais interessante para mim que o irmão.

– E o mais cabeça-oca e bobalhão dos dois – disse a irmã. – Sou Greta, a mais inteligente dos irmãos Flemmings. Posso chamá-la de Agnes?

– É claro que pode – disse com um sorriso. – É um prazer conhecer você, Greta.

– Mas e eu, *Süße*? – Max questionou, chamando-me de doçura. Colocara a cabeça no vão da porta por um instante, enquanto seu corpo era puxado para fora da casa pelo irmão.

– Vamos ter uma conversinha. – Ouvi o senhor Flemming dizer ao irmão antes de saírem.

– Não se preocupe com Max – Greta falou ao perceber meu olhar grudado na porta mesmo depois que eles se foram. – A carência do Max vai passar rapidinho quando ele encontrar alguma de suas "conhecidas".

Um piano no canto da sala foi a primeira coisa que vi ao entrar na casa, próximo a um conjunto de sofá virado para uma pequena lareira de pedra que ficava no outro canto do cômodo. As paredes internas eram pintadas de branco, e tudo ali era, sem dúvida, extremamente confortável, mas sem extravagâncias.

– Oh!

– Não exagere, Greta – disse a *oma*. – Vamos sentar um pouquinho? Passei a viagem inteira sonhando em beber o café da Martha.

– Não entendo como alguém pode gostar de beber aquele líquido preto.

– A senhorita Flemming nunca conseguiu apreciar o sabor amargo e forte do café. – Eu me virei na direção da voz forte do belo homem preto que acabara de entrar falando em português.

– Que bom vê-lo aqui, capitão Coutinho – saudou a *oma* com alegria, também no idioma nativo. – Deixe-me apresentá-lo à noiva do meu Klaus, senhorita Agnes Neumann. – Ela apontou a bengala na minha direção. – Ela veio da Alemanha, mas fala português como uma portuguesa.

Apenas sorri constrangida, sem poder desmentir. Será que a mulher não percebia que o neto não estava disposto a aceitar o casamento arranjado por ela? Eu entendia a recusa do senhor Flemming em se casar com uma estranha, sendo que a ideia nem mesmo viera dele.

– Que notícia – ele fez uma pequena pausa, tentando encontrar a palavra certa – ... surpreendente! – Sorriu. – Seja bem-vinda, senhorita Neumann!

– Obrigada, capitão Coutinho.

– Como eu dizia, a senhorita Flemming nunca conseguiu apreciar o sabor marcante do café, mas creio que mudará de ideia ao provar da bebida feita com estes grãos que eu lhe trouxe de presente, senhora Flemming.

– Duvido, caro capitão. – Greta fez uma careta.

Ele sorriu, exibindo os dentes alvos que contrastavam com a pele, fazendo jus à beleza. O capitão entregou à *oma* um belo saco de papel, que ela fez questão de abrir para cheirar.

– Não me canso deste aroma maravilhoso!

– Fiz questão de lhe trazer essa prenda da minha viagem ao Sudeste – ele contou. – Fiquei encantado ao prová-lo.

– Agora o senhor me deixou ansiosa para degustar meu presente. – Olhei na direção de onde a *oma* esticava o pacote. – Adele, pode pedir a Martha que prepare um café fresco para todos nós?

Só então percebi a moça de cabelos castanhos que estava logo atrás do sofá, acompanhando, distraída, a conversa do capitão com Greta.

– Adele! – a *oma* chamou mais forte, ainda com o braço esticado para a moça. – O café.

– Si... sim, cla... claro. – A moça pegou o pacote. – Vo... vou pedir para mi... minha mãe fazer o seu me... melhor café – garantiu, antes de deixar a sala.

– Adele vive aqui com a mãe desde que o pai morreu na Revolução Farroupilha – contou a idosa, com olhar de tristeza. – Muitos dos nossos morreram nesse conflito, incluindo meu único filho, deixando-me sozinha para cuidar dos meus pequenos.

– Oh, *oma*! – A neta abraçou a avó. – Não fique assim.

– Mas agora eles já estão crescidos. – Ela mudou tão rápido da tristeza para a alegria que fiquei tonta. – E Klaus vai se casar.

Quando o café ficou pronto, Martha entrou na sala trazendo a bebida fumegante e espalhando seu aroma pelo ambiente.

– Obrigada, Martha! Hoje quero honrar a chegada de Agnes ao seio desta família. – A *oma* fez questão de me servir primeiro. – Agora, ela é uma de nós.

Quase não consegui murmurar um obrigada, por causa do entalo que sentia na garganta. As palavras dela entraram por meus ouvidos, mas deslizaram direto para o meu coração, fazendo-me sentir acolhida pela sinceridade latente que eu via em seus olhos cercados de rugas do tempo.

– A verdade é que Martha ajudou, e muito – contou a idosa, antes de bebericar sua bebida. – Não sei o que teria feito sem ela.

– Nem eu sei o que teria feito se a senhora não tivesse nos acolhido quando fiquei viúva e sozinha no mundo.

– Essa conversa está se tornando uma novela digna de um folhetim – reclamou Greta. – A verdade é que houve muitas perdas e poucos ganhos.

– Não são assim as guerras? – disse a *oma*.

– O no... nosso ca... capitão Coutinho é um he... herói – contou Adele, que já voltara para o mesmo lugar em que estava antes de ir solicitar o café.

– Garanto, senhorita Neumann, que a menina Adele está exagerando nos elogios – falou o capitão, com um sorriso triste. – As guerras são terríveis, e, no final, não há vencedores. Todos perdem: a família, a sociedade...

– O capitão está sendo modesto. – A *oma* levou o líquido escuro aos lábios antes de continuar em minha direção: – Como resultado de sua bravura, ele se tornou o responsável pela segurança de nossa colônia. – Ele baixou os olhos, e suspeitei de que o assunto o incomodava. A *oma*, também parecendo perceber, mudou de conversa: – O sabor é mesmo extraordinário.

– É de uma fazenda que está revolucionando o mercado não só pela qualidade do produto, como também por ter aberto sua senzala. Os proprietários alforriaram e empregaram todos os negros que viviam em suas terras.

– Isso, sim, é algo louvável e digno de que eu prove esse líquido estranho. – Greta pegou uma das xícaras e provou o café. – Pronto! – Ela fez uma careta. – Continuo achando amargo demais.

– Não ligue para ela, capitão. Amei meu presente e peço-lhe que, na próxima viagem até lá, não se esqueça de mim.

– Quem seria capaz de se esquecer da senhora, *oma*? – A voz do senhor Flemming causou em mim um leve sobressalto, e voltei o olhar para ele, que, com um sorriso, continuou falando: – Meu caro amigo Inácio, como é bom vê-lo!

– A alegria é minha em rever todos vocês depois de mais de um mês fora. – Eles se abraçaram. – Também fiquei feliz em conhecer sua bela noiva.

– Sim, foi uma surpresa *para todos*. – O senhor Flemming olhou para a avó, que bebeu um longo gole de café, escondendo o rosto por trás da xícara. – Não é verdade, *oma*?

– Sinto muito, mas gostaria de me recolher. – Levantando-me, dirigi a *oma* meu pedido. Não desejava ficar ali para ouvi-lo contar ao amigo que não estava disposto a se casar com uma desmiolada que, por impulso e levada pelo desespero, pulara em um navio para atravessar o oceano em direção ao desconhecido para ser rejeitada por um fazendeiro indelicado. – Estou *faxinada* em conhecê-lo, capitão, mas a viagem foi longa.

– Por acaso, a senhorita quis dizer fascinada? – Odiei ver o fazendeiro reprimir um sorriso depois de me corrigir.

– Foi isso mesmo que quis dizer – respondi, irritada.

– Não se zangue comigo, senhorita. Acho seu sotaque português extremamente *fascinante*.

– Não seja implicante, Klaus! – repreendeu a *oma*.

– Sua atitude infantil me lembra alguém da família – disse Greta, olhando para Max, que acabara de entrar.

– O que tenho com isso? – Ele levantou as duas mãos, como quem se entrega. – Já deixei claro que me caso com a senhorita Neumann de muito bom gosto.

– Parem de me envergonhar! – suplicou a idosa com os olhos fechados, colocando o dorso da mão sobre a testa. – Adele, traga meus sais, por favor. Acho que vou desmaiar.

– Sinto muito, senhorita Neumann – desculpou-se o senhor Flemming, olhando nos meus olhos. – Mas fui sincero ao dizer que seu sotaque é gracioso. Perdoe-me se pareceu irônico.

Ignorei, virando-lhe as costas.

– Greta, acompanhe Agnes até seu quarto – ordenou a *oma*, abrindo apenas um olho. – Ela vai dividi-lo com você.

– Comigo? – perguntou a jovem, confusa. – Por quê, se há tantos quartos na casa?

– Mas o que está acontecendo aqui hoje, meu Deus? – Ela voltou a fechar os olhos e gemeu antes de completar: – Martha, acho que meu fim está próximo.

– Vamos, Agnes! – Greta me puxou pelo braço. – Será bom mesmo ter alguém para conversar a noite toda.

– Não quero ser um incômodo – falei, sem graça.

– Acredite, você não será. – Ela piscou para mim antes de dizer alto: – Assim que a *oma* acabar de morrer, você vai se tornar minha pessoa favorita.

Reprimindo o riso, eu a segui em direção à escada, mas ainda deu tempo de ouvir a idosa quase moribunda dar o último comando.

– E vocês dois catem suas coisas, pois a partir de hoje vocês vão dormir no alojamento dos trabalhadores.

– Mas, *oma*... – Max protestou – ... não quero dormir perto do Klaus.

CAPÍTULO 15

Querida Emma,

Apesar de muito cansada pela longa viagem que só teve fim ontem, cheguei bem e fui recepcionada com alegria pela família Flemming. Contudo, como Willy deve ter-lhe informado, só consegui embarcar com a ajuda da senhorita Sauber, que estava viajando com os pais a caminho do Rio de Janeiro, capital do Império.

O Novo Mundo é bem mais diversificado e fascinante do que eu imaginava. Estou certa de que nem mesmo a senhorita Austen seria capaz de descrever, com exatidão, a diversidade, a alegria e as cores que vi aqui. Infelizmente, constatei que existe o lado escuro em tamanha beleza.

O comércio do tráfico de pessoas é gigantesco. Por toda parte, é possível encontrar homens, mulheres e crianças com a pele escura, algumas livres, mas, para meu espanto e tristeza, a maioria é escravizada. É de partir o coração. Você consegue imaginar algo assim?

Contudo, confesso que, entre todas as coisas, o que mais me surpreendeu foi a felicidade do povo. Eles são capazes de dançar e cantar com alegria, mesmo em meio às adversidades.

Uma noiva alemã por correspondência

Em relação ao senhor Flemming, ainda não tenho muito a lhe contar. Exceto que, para meu alívio, ele tem a dentição completa, e a aparência é bem melhor do que eu imaginava.
Espero que um dia possamos nos reencontrar para eu lhe contar tudo aquilo que, para mim, é difícil registrar numa simples carta.
Por favor, escreva-me com notícias suas e de sua avó.
Sinto sua falta.

Com amor,
Agnes Neumann

Descansei a pena sobre a escrivaninha para contemplar da janela à minha frente o sol da tarde que caía sobre o milharal, o qual já atingira o tamanho de um homem alto como o senhor Flemming.

Uma leve brisa soprou sobre a fina cortina da janela do quarto que eu dividia com Greta no segundo andar. Fechei os olhos para me deliciar com o afago refrescante do vento. O clima daquela terra era realmente agradável, e eu estava feliz por ter-me livrado do rigoroso inverno alemão.

Estava ansiosa para caminhar um pouco no ar fresco, mas ainda não saíra nem mesmo do quarto. Tentara me convencer de que o motivo era a necessidade de descansar da viagem. Contudo, no fundo, adiava o enfrentamento do meu futuro um tanto incerto.

Custara a pegar no sono pensando em minhas alternativas. *Seria realista meu desejo de encontrar um trabalho para viver uma vida independente, sendo eu uma mulher solteira? Como seria possível que a mesma sociedade que escravizava tantas pessoas pudesse permitir que uma mulher estrangeira desfrutasse dessa liberdade?*

Ao avaliar as vantagens e as desvantagens, o melhor caminho parecia ser o casamento com o senhor Flemming. Porém, apesar de eu estar disposta a considerar a ideia com olhar mais otimista, o noivo não tinha interesse de honrar o compromisso feito em nome dele.

Meus pensamentos subiam e desciam nos montes da ansiedade, enquanto meus olhos percorriam, com a mesma dinâmica, a camisa branca encharcada de suor, permitindo que, mesmo de longe, tivesse noção da força física que o senhor Flemming carregava nos músculos.

Imponente, ele conduzia o cavalo com uma única mão, enquanto com a outra dirigia os trabalhadores como um maestro, dando ordens aqui e ali, exibindo um lado diferente daquele que, no dia anterior, fora manipulado pela avó.

Não que eu não tivesse visto essa força interior em seu olhar e em seus movimentos, mas parecia que ali ele estava liberto para ser ele mesmo. Quase como se a natureza e ele fossem um só.

Foi só no instante em que ele levou a mão direita ao chapéu para me cumprimentar que despertei do meu devaneio. Abaixei a cabeça imediatamente, na esperança tola de que ele não tivesse me visto olhando-o da janela, mas tudo que consegui foi bater a cabeça na escrivaninha de madeira maciça, arrancando de mim um gemido de dor e vergonha.

Com a mão no local da dor e consciente de que ele me vira, vi-me obrigada a escorregar para o chão como manteiga esquecida ao sol. Arrastei-me até o centro do quarto, pois queria estar segura de que ele não poderia me ver quando ficasse de pé.

Foi só quando apoiei as mãos no chão para me levantar que vi vários pares de pés e, ao olhar para cima, me dei conta de que todas as mulheres, exceto Martha, me observavam, com os olhos arregalados, do vão da porta do quarto.

– *Moin!* – saudei com um sorriso amarelo.

– *Moin*, Agnes! – A *oma*, parecendo confusa, pegou Docinho no colo. – O que faz aí no chão?

Levantei-me tão rápido quanto possível para o decoro e, desamassando a saia preta com as mãos, inventei a primeira desculpa que me veio à cabeça:

– Estava procurando um dos lados do meu brinco.

– Mas você está usando o par completo. – Greta inclinou a cabeça para ver o outro lado.

Levei as mãos às orelhas antes de justificar com outra mentira:

– Era de outro conjunto.

– Ah! – disse a idosa, incrédula. – E o que aconteceu com sua testa?

Levei a mão ao local indicado, que latejava.

– Nada. – Forcei um sorriso.

– Você tem um pequeno galo – avisou a *oma*, apontando para minha cabeça. – Vou pegar o unguento de...

– Mas, *oma*, aquilo fede muito – protestou Greta com uma careta.

– O importante é que ajuda.

– Como ela vai chegar perto do Klaus fedendo igual a carniça?

– E quem disse que ela precisa chegar perto dele?

– A mesma pessoa que encomendou uma noiva? – Greta, com as mãos na cintura, torceu a boca antes de se virar para mim e perguntar: – Você sabe que não precisa fazer tudo o que ela diz, não é mesmo?

– Eu...

– Não seja uma menina insolente!

– Sou uma *mulher* de quase vinte e cinco anos – Greta revirou os olhos.

– Hum... – resmungou a *oma*.

– Viemos aqui com uma missão especial.

– É mesmo? – Eu estava intrigada, principalmente por elas terem feito uma trégua, mudando de assunto.

– Na verdade, Adele veio. – Greta puxou para a frente dela a filha da cozinheira, a qual, no dia anterior, parecia bem mais desinibida. – Sou apenas a assistente.

– Desembuche, menina! – disse a *oma*. – Essas jovens de hoje são tão corajosas para umas coisas, mas para outras... No meu tempo...

– *Oma*! Por favor.

– E... eu vou tirar as su... suas medidas – Adele gaguejou. – Para os novos ve... vestidos.

– Vestidos novos para mim? – ergui as sobrancelhas, mas, logo que passou a surpresa, me recompus e disse: – Agradeço, mas não tenho como pagar pela despesa.

A idosa baixou o jornal que estava lendo na poltrona próxima à janela e disse:

— Não seja tola. É um presente meu. Considere como o pedido de desculpas que Greta insiste em dizer que preciso lhe pedir — anunciou a idosa, sem levantar os olhos do folhetim. — Ainda que eu não acredite que precise me desculpar.

— *Oma!*

— Está bem, está bem — ela abaixou o folhetim, antes de completar: — Sinto muito, querida Agnes, por ter atraído você para este lado do mundo, para se casar com um dos dois melhores homens do universo.

— Desisto da senhora, *oma!*

— Isso não parece algo muito cristão, já que Deus...

— ... em sua infinita misericórdia, nunca desistiu de você — completou Greta, revirando os olhos com um sorriso travesso. — Ela sempre repete isso.

— Venha, Adele! — Greta puxou a jovenzinha. — Vamos tirar as medidas de Agnes.

— Si... sim.

— Adele tem mãos de fada para costurar.

— Obrigada, Adele! Minha habilidade com agulha e linha é extremamente *vergonhante*.

— A se... senhorita quis dizer ve... vergonhosa? — perguntou Adele, com cautela.

— Sim. — Rimos todas juntas.

As duas jovens mediram cada centímetro do meu corpo enquanto discutiam quais eram os melhores modelos. Pararam apenas para me perguntar se eu estava de acordo, após terem decidido praticamente tudo.

— Agnes, minha filha, está gostando? — Afirmei com a cabeça. — Não imaginei que fosse assim tão tímida.

— Eu apenas...

— *Oma*, como ela poderia dizer qualquer coisa se a senhora não deixa ninguém falar?

– Claro que a deixo falar! – protestou, injuriada, a idosa. – Atrapalhei você de falar, Agnes?

Continuando em silêncio, apenas sorri em resposta. Não estava com dificuldade de entender nenhuma delas. Ainda que todos naquela casa intercalassem várias vezes o idioma falado como se fosse uma grande salada, eu os entendia em ambas as línguas. Estava apenas admirando o conjunto formidável que aquelas pessoas faziam juntas como família. Essa parecia ser a palavra-chave. Não que eu não tivesse sido feliz com meu pai. Mas é que sempre fomos apenas nós dois. Ainda que rodeados de bons amigos, eu nunca sentira tanto calor humano, nem mesmo na casa da família Reis.

Será que essa atmosfera de união e alegria está relacionada ao lugar, à comida ou ao ar que eles respiram deste lado do oceano?, perguntei a mim mesma em silêncio.

– Ouçam isso! – disse a *oma* com o folhetim atual nas mãos.

– Peguei! – Max gritou, colocando apenas a cabeça dentro do quarto. – A senhora está lendo conteúdo impróprio para essas recatadas moças de família? – Max perguntou do vão da porta que fora esquecida semiaberta.

Assustada com a intromissão, agradeci silenciosamente por termos acabado as medidas, ainda que eu houvesse permanecido vestida o tempo todo.

– Seu menino travesso! – Percebi o esforço que a *oma* fazia para não rir. – Você as prefere alienadas?

– Depende. – Greta atirou-lhe um travesseiro ao ouvir a resposta, mas ele, sendo mais rápido, usou as duas mãos para se defender antes de, estreitando os olhos para ver melhor, me perguntar: – O que aconteceu na sua testa, Agnes?

– Senhorita Neumann para você! – lembrou Greta. – Ou vou contar ao Klaus. –Ela mostrou a língua a ele, antes de continuar: – Você não deveria estar aqui.

– Só vim avisar à minha *oma* preferida que não vou jantar em casa. – E saiu, antes mesmo de ouvir a pergunta da avó, que ficou no ar:

– Você já vai atrás de outro rabo de saia?

– Queridas, não me esperem acordadas! – Ele cantou alto a frase, já longe do quarto, para quem quisesse ouvir, completando com o som de sua gaita de boca.

– Acho que vou precisar colocar mais um anúncio no jornal diário de Hamburgo.

Todas nós rimos.

CAPÍTULO 16

No domingo, três dias depois de ter chegado à fazenda, precisei colocar em prática os dons que dera a entender que tinha.

– Oh, Agnes, você é mesmo um doce em assumir o preparo do jantar desta noite!

Dei um sorriso sem graça para a *oma*, que, após fazer um carinho na cabeça de Docinho, perguntou:

– Tem certeza de que não se importa em fazer tudo sozinha?

Importar eu me importava. *Mas como falaria isso sem assumir que mentira ser prendada? Onde eu estava com a cabeça ao fazer tal afirmação? Ah, sim, minha cabeça, ou a ausência dela, estava na angústia de não saber o que fazer da vida.* Aquele anúncio nunca deveria ter sido escrito, muito menos enviado.

Não vi problema em florear os talentos que não tinha, já que o homem afirmara ser um fazendeiro próspero. A culpa era dele, ou melhor, da avó, que estava procurando uma noiva para o neto.

É claro que imaginei que houvesse alguém para cuidar desse tipo de serviço e que, no máximo, eu precisaria supervisionar, e isso eu poderia fazer.

Os cuidados com a casa eram responsabilidade de Martha e da filha dela, Adele. As duas executavam tudo com o auxílio de duas moças que vinham a cada dois dias para ajudar, mas nenhuma delas estaria ali para me salvar.

– Pobre Martha, espero que amanhã ela acorde mais disposta – lamentou a *oma*, balançando a cabeça com pesar.

– Sinto muito também – afirmei enquanto acompanhava a idosa até a carruagem, que já esperava por ela. – Ela parecia tão bem na igreja hoje pela manhã – comentei, sentindo mais desespero que pesar pela enfermidade de Martha.

– São as terríveis enxaquecas. – Ela parou de andar e acariciou a cabeça de Docinho, que estava no meu colo, antes de completar: – Coisas da idade.

– Mas ela deve ter, no máximo, uns quarenta anos.

– É verdade. Martha era uma jovenzinha recém-casada em 1835, quando a Revolução Farroupilha começou.

– Foi na guerra que o esposo dela morreu?

– Sim, no mesmo dia que meu filho. – Ela deu um sorriso triste. – Mas isso já faz muito tempo. Logo depois, Martha veio com Adele, ainda muito pequena, morar conosco.

– Não deve ter sido fácil para ela.

– Não foi, mas ela tem Adele, que é sua alegria e de grande ajuda quando ela fica com essas enxaquecas terríveis. – A *oma* voltou a caminhar com o auxílio da bengala. – Ah, não se esqueça de colocar um prato a mais na mesa! Convidei nosso querido capitão Coutinho para jantar conosco nesta noite, como agradecimento por trazer Greta para casa.

– Ela costuma sempre ajudar o doutor Hillebrand nos atendimentos médicos?

– Sim. Ela certamente seria médica se tivesse nascido homem.

– São bastante injustas certas coisas – reclamei baixinho demais para ela escutar.

– Você vai encontrar tudo de que precisa na despensa.

Balancei a cabeça, concordando.

– A senhora pode ficar tranquila, que cuidarei de tudo – garanti, tentando convencer a mim mesma do que dizia.

– Eu não iria se essa reunião das mulheres que Judite organizou não fosse mesmo inadiável.

– Está tudo bem – afirmei com uma convicção que me faltava –, não se preocupe.

Estava tudo bem mesmo? É claro que não, mas ela não precisava saber, e eu só gritaria de desespero quando a carruagem estivesse a uma distância segura, para que eu não fosse ouvida por ninguém.

– Agnes! – A *oma* colocou a cabeça fora do coche, já em movimento, e gritou: – Você pode escolher qualquer uma das galinhas para abater. Mas cuidado com o galo João ao entrar no galinheiro. Às vezes, ele é um pouco arisco.

Matar uma galinha? Por um momento, pensei que não tivesse entendido direito o português, até que percebi que ela falara em alemão comigo.

Abater? Ela queria que eu matasse um ser vivo? Jamais matara um inseto! Não, isso não era verdade. Eu já havia assassinado alguns daqueles mosquitos gigantes e insuportáveis do Novo Mundo, mas com certeza nunca algo maior que aquilo.

Na realidade, havia também a possibilidade de eu ter matado o professor Cruz-credo. Porém, aquilo fora um acidente, sem contar que a culpa fora dele, por ter invadido meu quarto.

Dando alguns passos para trás, sentei-me na escada da varanda com Docinho no colo. Minha vontade era de aproveitar que ninguém ficara em casa depois da reunião dominical para fugir no primeiro navio que aparecesse, livrando-me, assim, daquela tarefa.

Eu não estava certa se conseguiria ao menos acender o fogo, quanto mais preparar uma refeição inteira, com direito a visita para o jantar.

A mensagem ministrada pelo pastor sobre Jacó, o enganador, ecoava em minha cabeça. Aquele homem usara mentiras para alcançar o que queria. Porém, como consequência disso, andou errante por muito tempo.

Aquilo falou profundamente ao meu coração, pois eu não queria cometer os mesmos erros que aquele patriarca bíblico. Eu não revelara minha falta de experiência com as panelas por imaginar que aquela habilidade jamais seria necessária. Minha intenção não era de prejudicar ninguém, nem imaginava que eu precisaria de novas mentiras para sustentar as anteriores.

Durante o culto, lágrimas de constrangimento quiseram brotar em meus olhos ao me dar conta de que teria sido melhor se eu tivesse contado tudo ao chegar. Mas as engoli. Não poderia chorar sentada no banco da escola da colônia, onde eram realizadas as reuniões dos luteranos.

Sentia os olhos curiosos de todos sobre mim, o que já era esperado em um vilarejo. Eu, além de ser recém-chegada da saudosa terra de onde os mais velhos vieram, fora apresentada como a noiva do senhor Flemming.

Ele passara o culto inteiro sentado ao meu lado, ainda que pouco tenha me dirigido a palavra desde minha primeira noite na fazenda. Mesmo sem querer admitir, aquilo me incomodou. Todavia, o bom nisso era que ele parara de implicar comigo. Por outro lado, seu galante irmão continuava o mesmo, arrancando de mim boas risadas. O que parecia deixar o senhor Flemming bastante aborrecido.

– Vamos, Docinho! – Levantei-me, determinada a deixar de lado os devaneios e vencer o primeiro desafio daquele dia. – Não deve ser tão difícil executar uma galinha.

Já na frente do galinheiro, olhei à minha volta, certificando-me de que realmente estava sozinha para resolver aquele problema.

– Melhor assim, Docinho. – Ela choramingou ao ser colocada no chão. – Vou poder fazer tudo no meu tempo.

Na verdade, eu não era tão inexperiente assim. No dia anterior, escapara para a cozinha para conversar com Martha. Não porque estivesse interessada em aprender, e não estava. Queria mesmo era fugir de algo pior: o bordado. Essa fora a melhor desculpa que eu encontrara para dar à *oma*.

Será que isso fez a oma *acreditar que eu gostava de cozinhar?*

– *Tchu, tchu, tchu.* – Usei meu melhor *galinhês* para chamá-las. – Boa tarde! Como as senhoras fazem parte da colônia, imagino que, em vez do tradicional *galinhês*, possamos falar em alemão. – Primeiro achei que estava louca, mas, quando todas elas se juntaram próximas à cerca em que eu estava, percebi que estava no caminho certo. – Olhe como elas são bonitinhas, Docinho. – Ela não me deu atenção e continuou latindo e correndo ao redor da cerca. – Lamento informar, mas vou precisar que uma de vocês se voluntarie para o jantar de hoje. Sei que pode parecer terrível. Porém, gostaria de deixar claro que esse sacrifício não será em vão. Afinal, nada é mais honroso que morrer por um propósito maior. – Ri de mim mesma ao terminar o discurso. Era patético. Nenhuma delas iria se oferecer em sacrifício para morrer pela minha causa. – Com licença! Com licença! – Abri o ferrolho, antes de continuar: – Como nenhuma de vocês se prontificou, vou precisar escolher por mim mesma. – Eu me espremi pela entrada para impedir que Docinho entrasse também. – Você fica do lado de fora enquanto vou buscar nossa comida.

Docinho não ficou feliz em ficar para trás, mas teve sorte, o que não aconteceu comigo. Mal tive tempo de me virar, quando uma ave possessa veio em minha direção com as asas abertas e o bico arreganhado, pronta para o ataque, como se não percebesse que eu tinha mais que o dobro de seu tamanho.

Algo que também esqueci no mesmo instante em que compreendi o que iria acontecer. Gritando antes mesmo de sentir as primeiras bicadas, corri como jamais fizera em toda a vida. As primeiras bicadas foram por cima da roupa, mas, ao correr, tropecei com o volume das saias, que se enroscaram em minhas próprias pernas, e o inevitável aconteceu: fui ao chão, e a ave atacou.

Como se não fosse ruim o suficiente cair naquele terreno úmido, fofo e remexido por elas, virei o bebedouro sobre minha melhor roupa de domingo. Mas isso não foi tudo, porque o arisco João pulou em cima da minha cabeça, tentando bicar meu rosto, que eu, por instinto, cobri com os braços. E foi onde recebi a maior parte da agressão.

Prostrada ao chão de modo nada digno, tomei uma decisão. Recusava-me a perder para um animal que nem sequer falava.

Respirei fundo e retirei do meu interior o grito mais feroz que poderia ter dado. Ao mesmo tempo, levantei-me agitando os braços, e o galo, espantado, fugiu.

– Ficou com medo, valentão? – provoquei, puxando para trás os cabelos que se soltaram, sem me importar com as mãos enlameadas. De queixo levantado e postura alinhada, virei-me para as espectadoras do nosso confronto e, apontando o dedo indicador, disse: – Se eu fosse vocês, avaliaria melhor o tipo de sujeito com o qual botaria meus ovos.

Saí do cercado sem nenhuma galinha, mas de cabeça erguida por não ter envergonhado minha espécie.

– Ela o chamou de arisco? – perguntei a Docinho. – Ele é uma peste!

Com passos duros, entrei pelos fundos da casa, decidida a tomar um bom banho para tirar aquele cheiro, ainda que duvidasse de que isso fosse possível.

Depois de perder tanto tempo com aquele selvagem, eu saíra de lá sem nenhuma galinha para depenar e sem saber o que cozinhar. Por um lado, até estava aliviada por não ter sacrificado nenhuma daquelas tontas coniventes e por ter-me livrado da trabalheira de retirar o interior delas. Vira Martha fazer aquilo no dia anterior, e fora algo desestimulador.

Enquanto passava pela cozinha deixando um rastro de lama, tive uma ideia genial que não poderia esperar. E, antes mesmo de tomar banho, abri a despensa, na esperança de encontrar algo que pudesse substituir o frango e fosse de fácil preparo. Ao abrir a porta e constatei que a sorte estava do meu lado, ainda que meu cheiro dissesse o contrário.

– Quem iria querer comer frango se pode comer esta maravilhosa carne-seca, Docinho? – Meu sorriso vitorioso pareceu animar Docinho, que começou a pular aos meus pés. – Concordo com você que a ideia é excelente!

Com alguma dificuldade, consegui acender meu primeiro fogo e dancei comemorando mais uma vitória enquanto caminhava para o banho.

Aquele fazendeiro vai cair aos meus pés! Não que o quisesse aos meus pés, mas, como diz minha querida Eva: "Um homem é pego pela barriga".

CAPÍTULO 17

Depois de ter passado quase uma hora tomando banho e desembaraçando o cabelo, eu teria ficado satisfeita com o resultado, não fossem as inúmeras marcas vermelhas espalhadas sobre minha pele descoberta.

Ao olhar no espelho, eu esquecera todos os meus princípios cristãos. Só queria vingança contra aquela ave abominável.

O pior era que minha humilhação seria pública, pois não havia como esconder aquelas marcas. A menos que alegasse algo contagioso, que não só me livraria de precisar fazer o jantar, como também justificaria que ficasse escondida por dias no quarto escuro.

Sabendo que não poderia fazer algo assim com a *oma* e por ter me lembrado de Jacó e não querer ser conhecida como Agnes, a enganadora, desci determinada a enfrentar o segundo desafio do dia, na esperança de alcançar melhor resultado que no obstáculo anterior.

Já na cozinha, minha raiva começou a diminuir conforme eu refogava os vegetais e a carne que encontrei na despensa em uma grande caçarola. Sem me esquecer, é claro, do sal e dos temperos.

– *Louro quer café! Louro quer café!*

Sorrindo, dei um pedaço de banana para meu amigo Pirata, que desde o dia seguinte à nossa chegada ganhara lugar especial na cozinha de Martha, que, apaixonada por ele, implorara por isso.

Voltei para as panelas, pois queria terminar antes que todos chegassem. Para uma pessoa sem talentos, eu me surpreendera com o preparo da mesa para o jantar. Escolhera o que eles tinham de melhor na casa. Usei alguns utensílios que a família trouxera do Velho Mundo com eles.

Era uma grande responsabilidade, mas a noite era especial e merecia. Afinal, fora a primeira vez que eu cozinhara, e sentia orgulho por ter conseguido.

Nem fora tão difícil como eu imaginara. Claro que devia meu sucesso ao caderno de receitas que encontrara na cozinha e à ideia de substituir os ingredientes que estavam faltando por outros disponíveis, como fora o caso do frango, que troquei pela carne-seca.

Percebi que, apesar do desentendimento com o João encrenqueiro, eu estava feliz. Era surpresa para mim que me sentisse assim em meio às panelas e aos temperos. Tudo naquela casa cheirava a aconchego. Cheirava a lar.

Enquanto mexia o cozimento com uma colher, imaginei-me como se fizesse parte da família. Isso me trouxe contentamento, até que me lembrei de que não fora o senhor Flemming quem publicara o anúncio e de que ele nem mesmo queria se casar.

– O cheiro está muito bom. – A voz dele me despertou dos meus devaneios, fazendo-me pular e, com o sobressalto, arremessar a colher, que, graças a ele ter-se abaixado a tempo, voou por cima de sua cabeça, sem o acertar.

– O senhor me assustou!

– Percebi. – Ele me devolveu a colher voadora, que salpicara o cozido avermelhado por todo lugar.

– Obrigada – agradeci com um sorriso. – O jantar está quase pronto – disse, constrangida (ou seria nervosa?) com sua presença.

Ele enxugou o suor na manga arregaçada da camisa azul-clara, e um sorriso marcou o canto de seus olhos com pequenas linhas. A pele clara atingira um tom mais avermelhado, denunciando que ele trabalhara intensamente ao ar livre.

Nenhum dos homens que eu conhecera em Hamburgo trabalhava com a força física. Eram homens estudiosos que, assim como meu pai, passavam os dias em meio a livros, cálculos e pesquisas. Isso lhes dava porte magro, como o do meu pai, ou roliço, que era o caso da maioria deles.

Tanto o senhor Flemming quanto o irmão, Max, tinham corpos que evidenciavam músculos esculpidos diariamente debaixo de sol. Eu podia jurar que a exposição ao ar livre também contribuíra para que os cabelos loiros do homem à minha frente fossem mesclados de mechas douradas que convidavam meus dedos ao toque.

Constrangida, desviei o olhar do rosto dele para o panelão.

– Estou faminto. – Ele se aproximou por trás de mim, tentando espiar a sopa.

– O que o senhor está fazendo? – Com a proximidade dele, meu coração parecia galopar.

– Quero provar. – Distraída com o som da respiração dele próxima à minha nuca, não percebi quando pegou a colher da minha mão, enfiando-a no caldo.

– Não! O senhor ainda não pode! – protestei.

Tarde demais, percebi que estava segurando o braço dele. Meus dedos desnudos haviam deslizado entre os pelos dourados que cobriam a pele bronzeada de seu braço. Puxei a mão, que queimava como se tivera tocado em brasa, e, sufocada, virei-me para sair em busca de ar. Mas tudo ficou pior quando me vi presa entre o fogão e o corpo dele. Ele não se mexia.

Será que só eu sentia aquele desconforto?

Engoli em seco, enquanto meus olhos subiam pelo peito dele em busca de seu olhar. A vontade que queimava minha pele era de que os lábios dele cobrissem os meus, e cheguei a fechar os olhos na expectativa daquele contato... de que, finalmente, provaria o sabor dos beijos dos quais lera no romance de Lady Lottie.

Mas, em vez disso, ele passou o dedo polegar sobre meu rosto. A aspereza do toque me fez estremecer, como se minhas pernas não pudessem mais suportar meu peso.

Abri a boca para pedir por seu socorro, mas não foi necessário. As mãos dele me sustentaram pela cintura. Mas aquilo não parecia ajudar. Pelo contrário.

– Se... senhor Flemming.

– Por que não? – perguntou ele com a voz rouca.

– Por que não? – repeti, confusa.

– Por que não posso provar? – Ele se afastou de mim, levando consigo um pouco da minha capacidade de pensar, e respondi a primeira coisa que me veio à cabeça.

– Não é o momento certo – justifiquei, sem ter certeza de que falávamos da mesma coisa.

– Vou tomar um banho rápido antes do jantar.

* * *

Querendo acompanhar cada reação, esperei que todos provassem o cozido antes que eu mesma comesse. Meu desejo era registrar na memória aquele momento especial em que fizera algo por conta própria. Mas minha falta de talento culinário foi revelada na expressão de cada um já na primeira colherada.

Greta, que estava sentada ao meu lado, descansou a colher na lateral do prato e, com um sorriso desconfiado, levou o lenço à boca; Max, do outro lado da mesa, esticou o pescoço, como se isso fosse ajudá-lo a engolir; capitão Coutinho, ao seu lado, remexeu-se na cadeira, enquanto a colher da *oma* parecia ter voltado para o prato tão cheia quanto saiu.

Com pavor, percebi que eles não estavam gostando, mas não entendi o que poderia estar errado.

Mesmo tendo seguido *quase* todas as instruções descritas na receita, não foi o suficiente para agradar a eles. Todos se distanciaram discretamente do prato, exceto o senhor Flemming, que, balançando a cabeça enquanto tomava mais uma colherada, comentou:

– Senhorita Neumann, obrigada pela sopa que fez com tanto capricho para nós.

– Obrigado, senhorita Neumann! – repetiram os outros, em seguida.

Meu constrangimento era tão grande que eu não sabia o que dizer ou fazer. Afundei a colher no prato para verificar o que havia de errado. Deveria ter experimentado antes de servir, em vez de copiar Martha, que nunca provava a comida enquanto cozinhava.

Ao experimentar o resultado de tanto esforço, senti vontade de sair correndo, levando aquele caldo grosso e extremamente salgado para longe deles. Mas, em vez disso, permaneci calada.

– Sinto muito não ter conseguido fazer algo tão bom quanto Martha.
– Desculpei-me por ter acabado de comprovar que o jantar fora um verdadeiro fracasso.

– Foi mesmo uma iguaria diferente da que estamos acostumados – Max disse com um sorriso travesso antes de gritar "ai!", como se algo houvesse lhe causado dor.

Os olhos de todos se arregalaram quando o senhor Flemming, depois de beber um copo bem cheio de água, se serviu de mais uma porção do cozido.

Ao olhar para ele, confusa, senti o sangue invadir minha face. *Por que ele está comendo isso?*

– Insisto, senhorita Neumann, que ensine a Martha essa sua receita.

Antes que pudesse responder ao senhor Flemming, uma agitação formou-se próximo da cabeceira, onde a *oma* se sentava. A idosa engasgara ao ouvir o pedido do neto, e todos correram para socorrê-la.

* * *

O jantar fora um fracasso, e, por fim, eu quase matara a matriarca da família. Tinha a impressão de que ela nem mesmo provara da comida, mas isso não impediu que lágrimas involuntárias de desespero escorressem por minha face. Para meu alívio, ela se recuperou rápido, e, assim que tive certeza disso, pedi licença e saí, antes mesmo que alguém falasse algo.

A humilhação fora completa, uma vez que, antes do jantar, eu precisara explicar o que a besta-fera do galinheiro fizera com minha pele.

Naquele dia, quase acreditei que encontrara meu talento. Estava feliz por conseguir sentir os aromas, cortar os legumes. Porém, mais uma vez, fui uma decepção. Deveria me conformar de que minha existência perdera o sentido no dia da morte do meu pai, de quem eu cuidava.

Sequei a face, de modo nada elegante, com a manga do vestido preto e, com a visão embaçada, coloquei a mão enluvada sobre o corrimão. Mas em vez do ferro frio o que senti foi o calor que emanava de uma mão quase duas vezes maior que a minha.

– Espere um pouco – ele pediu.

– Não posso.

– Por que não?

– Meu dia foi terrível – murmurei, com a voz embargada.

– Não duvido.

– E tudo começou por causa daquele galo *malífico*! – funguei.

O fazendeiro retirou minha mão do corrimão e me fez virar de frente para ele. Ali, no primeiro degrau da escada, quase fiquei da altura dele. Ele usou o próprio lenço para enxugar meu rosto antes de dizer:

– Se isso fizer a senhorita se sentir melhor, amanhã mesmo pedirei a Martha que sirva aquele galo "maléfico" no jantar.

– Te... tenho certeza de que comer a besta-fera do galinheiro iria nos dar uma tremenda *dissareia* – funguei.

Ele riu alto, e, sem me dar conta, o riso dele me contagiou.

– Falei errado mais uma vez?

– O correto é diarreia.

– Diarreia – repeti, franzindo a boca. – Essa palavra não é nada bonita.

– Também não é nada elegante de se dizer.

– Sim, eu sei. – Afastei-me um pouco dele, receosa de estar interpretando mal suas atitudes. – A verdade é que nem sempre sou uma dama elegante.

– Na maioria das vezes, não sou um cavalheiro.

– Sua atitude durante o desastroso jantar provou que é, sim. – Tive a impressão de tê-lo visto corar. – Só não entendo por que fez isso.

Deslizei as mãos úmidas e frias pela lateral do vestido, pois a distância não fora suficiente para que eu não sentisse o calor que vinha dele, como se flutuasse de mãos dadas com o cheiro de sua pele recém-lavada.

– Vi seu esforço e garanto que não teria feito melhor que a senhorita.

– Não sei o que lhe dizer para exprimir minha gratidão.

– Mas eu sei. – Meus olhos saltaram no ritmo frenético do meu coração. Apoiei a mão no corrimão da escada e engoli em seco ao tentar imaginar o que ele diria. – Quero lhe pedir algo um tanto ousado, mas importante.

– Ou... ousado?

Olhei dentro dos olhos dele, tentando ler o que me diziam. *Será que a respiração dele estava tão difícil quanto a minha? Quem sugara o ar à nossa volta?*

– Prometa que não vai permitir que o incidente de hoje a faça desistir de aprender a cozinhar.

– Quem lhe disse que não sei cozinhar?

– Não seria preciso que alguém falasse algo.

– Além do mais, por que deseja que eu cozinhe bem, se já deixou claro sua falta de interesse em se casar?

– Não fiz nada disso.

– Por que, então, foi necessário que sua *oma* colocasse um anúncio no jornal?

– Não tenho como responder a qualquer coisa se a senhorita não calar a boca.

– O senhor é um grosseiro!

– Há menos de cinco minutos, a senhorita falou que sou um cavalheiro.

– Eu estava enganada! – Com as duas mãos, levantei as saias, sem nenhuma elegância, até a altura dos tornozelos e subi a escada bufando.

Agora entendo o porquê de ele ainda estar sozinho.

CAPÍTULO 18

Uma semana depois do jantar catastrófico, eu estava decidida a ficar longe da cozinha, do galinheiro e do senhor Flemming. Ainda que para isso precisasse bordar o dia inteiro com a avó dele.

– Greta, você precisa atentar para que a cor da linha combine com o desenho que escolheu.

– *Oma*, a senhora ainda não entendeu que não tenho interesse nenhum em bordado?

Garanto que é bem melhor que o dia infernal que tive na cozinha.

A idosa me parabenizara por meu esforço de cozinhar e dissera que o importante fora eu ter tentado. Eu esperara que ela me confrontasse pela mentira que contara na carta, mas, para minha surpresa, ela agiu como se isso não importasse.

– Isso é algo para quem não tem o que fazer.

– Greta Flemming, você está insinuando que sou desocupada?

– Foi a senhora quem disse isso. – Greta deu um sorriso atrevido para a avó.

– Pois fique sabendo que, quando nossa família chegou aqui, todos, inclusive eu, derrubamos árvores, levantamos casas e aramos a terra, para que hoje você pudesse bordar como uma desocupada.

— Desculpe-me, *oma*, não queria chatear a senhora. — Greta abraçou o pescoço da avó, que estava sentada numa confortável cadeira de balanço, com Docinho aos pés. — Mas a senhora não pode obrigar a mim nem mesmo a pobre da Agnes a fazer isso.

— Como assim, obrigar? — A *oma* olhou para mim com a testa franzida.

— É verdade, Agnes?

Meu esforço em ficar fora da discussão não foi em vão. Graças ao senhor Flemming, que, com sua chegada, me salvou de precisar responder.

— O que as senhoras estão fazendo aqui em vez de aproveitar o lindo dia?

— *Rrrrrr!* — Docinho foi a primeira a responder, levantando-se de onde estava, mas ele a ignorou, então ela voltou a se deitar.

Baixei o olhar para o bastidor, tentando parecer concentrada, quando, na verdade, minha vontade era de continuar admirando-o.

Depois daquele desastroso jantar, ele se desculpara por não ter se expressado bem. Mas, desde então, não tivemos outra oportunidade de conversar a sós. Isso era lamentável, pois, apesar de não querer admitir, estar próxima dele e perceber seus olhares furtivos me faziam acreditar que eu era especial.

Durante os dias de distanciamento, refleti sobre o que ele dissera sobre eu não desistir de aprender a cozinhar. Só que eu não estava certa de querer reviver aquele dia tenebroso, no qual eu mesma me iludira fantasiando conquistar o respeito e a admiração de todos. Tudo na esperança de que, quando descobrissem minha mentira, eu tivesse vencido o desafio e provado meu valor. No entanto, quando pensei que havia conseguido, tudo deu errado.

— Estou aqui obrigando essas duas jovens a bordar, como duas desocupadas, os lenços para os convidados do aniversário de sua irmã.

— *Oma*, não seja tão dramática. — Greta revirou os olhos.

— Concorda com a minha irmã, senhorita Neumann? — ele perguntou com um sorriso que fez meu coração saltar como um cavalo selvagem. — Essa bondosa velhinha de cabelos brancos a está obrigando a bordar?

— Eu não diria...

– Afinal, todos nesta casa sabemos que a *oma* seria incapaz de fazer tal coisa – ele interrompeu, salvando-me mais uma vez.

– Não seja insolente você também! – Ela levantou a agulha que tinha nas mãos. – Pensa que só porque virou um varapau não corre o risco de eu espetar esta agulha não seu traseiro?

Senti o sangue colorir minha face, quando meus olhos, instintivamente, observaram a parte avantajada em questão.

– *Oma*! – Greta cobriu a boca com as mãos, de modo teatral. – A senhora falou o nome de uma das partes do corpo que disse serem proibidas?

– Saiam já daqui e me deixem em paz!

Greta não esperou uma segunda oportunidade, jogando de longe, na cesta de bordados, o bastidor no qual trabalhava. Porém, antes de sair, deu um beijo estalado na face enrugada da avó.

– Desta vez você se livrou, mas não conte com isso na próxima – A *oma* avisou, mas nem mesmo eu acreditei na ameaça.

O senhor Flemming aproximou-se de mim, ignorando os resmungos da avó, que, enquanto bordava, lembrava a si mesma quanto fizera pelos netos.

– O que a senhorita está bordando? – Espetei o dedo ao ouvir a pergunta e, por instinto, retirei a luva, levando o dedo à boca.

– O senhor não consegue notar que é um cachorro?

Puxei o bastidor na intenção de mostrar meu trabalho para ele, mas, ao perceber certa resistência, entendi que tinha um problema.

– Sim, claro – ele apontou para o bordado. – Aqui, vejo uma orelha.

– Isso é um rabo, senhor Flemming.

– Oh, agora posso ver melhor.

– O senhor não está falando a verdade – reclamei com um sorriso. – Ainda não lhe agradeci o apoio naquele jantar.

– Não é necessário.

– É, sim! Muito obrigada. Estou em dívida com o senhor.

Ele sorriu para mim e, ao notar que a avó dormia, levou o dedo indicador aos lábios, pedindo silêncio, e se aproximou antes de dizer:

– Se é assim, desejo cobrar o pagamento – ele falou baixo e bem próximo ao meu ouvido.

– Mas... mas o senhor acabou de dizer que não era preciso – protestei no mesmo tom.

– Mudei de ideia. – Ele tinha um sorriso atrevido que evidenciou, pela primeira vez, uma covinha na bochecha direita.

– Quanto o senhor deseja?

– Desejo que a senhorita largue esse bastidor e fuja comigo para um piquenique.

– Mas... – Puxei o bastidor para me abanar, porém mudei de ideia rapidamente.

– A senhorita mesmo admitiu que está em dívida comigo. – Ele piscou para mim com um sorriso encantador, e eu soube que não conseguiria negar o que pedia. – Vou pedir a Martha que prepare algo rápido para nós.

Ron! Ron! Ron!

– Mas e se chover? – Olhei para a *oma*, que roncava.

Ron! Ron! Ron!

– Veja! O dia está perfeito! – Ele apontou para a janela. – Sem uma única nuvem no céu, e esse barulho foi apenas o ronco da *oma*.

– Acontece que Docinho...

– É claro que o convite se estende a ela também.

– Acontece que a *oma*...

– Oh, por favor! Não seja tonta e aceite logo o convite do rapaz.

Olhei surpresa e envergonhada para a *oma*, que, apesar de ter falado, continuava com os olhos fechados.

– É que não posso ir agora – falei baixinho para ele.

– Por que não?

Ron! Ron! Ron!

– Promete que não vai rir? – Olhei para a *oma*, que voltara a roncar.

– Prometo. – Ele torceu a boca, tentando esconder o riso.

– Mas o senhor já está rindo – sussurrei.

– Não estou – ele garantiu. – Conte-me seu problema para que possa ajudá-la.

– Bordei minha saia.

– Acredito não ter entendido bem. – O senhor Flemming franziu a testa, confuso.

Quando levantei o bastidor que costurara na saia do vestido, ele se engasgou com o riso, e o calor da vergonha tomou conta da minha face, como se uma lareira acesa estivesse diante de mim.

– O senhor prometeu.

– Desculpe-me! Estou tentando. – Depois que conseguiu retomar o fôlego, ele pegou uma tesourinha no cesto de bordados e aproximou-se com uma cadeira. – Deixe-me ajudá-la. – Ao puxar o bastidor, ele levou consigo minha saia.

– Senhor Flemming! – Segurei seu braço para impedir que ele continuasse puxando meu vestido, mas, no mesmo instante, percebi que não fora uma boa ideia.

Nossos olhos se encontraram, mas eu não conseguia retirar a mão. Era como se estivesse grudada nele, como se o contato com a pele dele fosse meu lugar.

De olhos fechados, senti quando ele colocou a mão quente e sem luva sobre a minha. Talvez na intenção de se afastar, mas não foi isso que aconteceu. Em vez disso, ele continuou imóvel, prolongando o contato. Até que os lábios dele se abriram como para falar algo, mas, antes que tivesse a chance, um ronco mais forte que os anteriores nos despertou.

– Se... Senhor Flemming, isso é muito impróprio – sussurrei com a voz trêmula.

Ele se levantou na mesma hora, soltando o bastidor que ainda segurava, como se ele estivesse em brasas.

– Acho melhor... – Ele passou a mão direita pelos cabelos, desalinhando-os. – Acho melhor a senhorita trocar de vestido enquanto providencio nossa comida. – Ao dizer isso, saiu imediatamente, sem que eu tivesse chance de protestar.

CAPÍTULO 19

Quando Docinho e eu chegamos à varanda, o senhor Flemming já esperava por nós, mas não percebeu nossa aproximação. Estava sentado no banco de madeira à minha esquerda e mantinha o olhar perdido na direção do milharal.

Parei em silêncio no vão da porta aberta para olhá-lo melhor. Meu desejo secreto era estudar os traços de seu rosto parcialmente escondido pela posição. A barba fora aparada havia alguns dias, mas não eliminada. Ficava em mim a curiosidade de como seria o maxilar escondido nos pelos loiro-avermelhados.

Inconsciente, movi os dedos sobre o dorso de Docinho enquanto imaginava fazer o mesmo em busca de descobrir os contornos daquela face. Eu me perguntava se isso seria um estratagema para camuflar a idade, dando a ele aparência mais séria e reservada.

– Rrrrrr! – Docinho, acomodada no meu braço esquerdo, não compartilhava do mesmo desejo de contemplá-lo e denunciou nossa presença.

Ele se levantou com um sorriso cauteloso nos lábios. Vestia as mesmas roupas de antes, mas estava evidente que o cabelo fora penteado.

– A senhorita fica muito bem de azul. – Eu vestia, pela primeira vez, um dos vestidos que Adele fizera.

– Obrigada! – Alisei a saia enquanto descíamos a escada, feliz com o elogio. – Adele tem mesmo mãos de fada. Conseguiu costurar este vestido em apenas uma semana.

– Ele realçou sua beleza natural.

Engoli em seco e, sem saber o que dizer, aproximei-me das montarias. Minha intenção era de acariciar o cavalo castanho dele, mas o animal não pareceu confortável com o sorriso intimidador de Docinho.

– Esqueci de perguntar se a senhorita sabe montar.

– Um pouco.

– É o suficiente.

Ao terminar de amarrar uma cesta ao cavalo, o senhor Flemming esticou a mão em um convite para mim.

– Venha! Escolhi uma égua mansinha para a senhorita.

– Obrigada, senhor Flemming! Mas não acredito que seja experiente o bastante para segurar as rédeas e Docinho ao mesmo tempo.

– Já pensei nisso.

– Pensou?

– As mulheres nativas carregam suas crianças atadas ao corpo. – Ele mostrou um tecido de algodão branco dobrado que apanhara do banco no qual antes estava sentado.

– Atadas ao corpo? – Arregalei os olhos, sem conseguir imaginar como seria possível. – Com esse pano?

– A senhorita confia em mim?

Balancei a cabeça, afirmando sem muita convicção, mas cheia de curiosidade.

Ele colocou as mãos nos meus ombros e me virou de costas para ele.

– Segure a ferinha à frente do corpo.

Olhando sobre os ombros, vi quando um sorriso se insinuou no canto de sua boca. Obedeci.

– O senhor sabe o que está fazendo?

– É claro que não. – Ri da sinceridade dele. – Mas já vi algumas mulheres carregando os filhos amarrados nas costas ou na frente, como tentarei fazer com a senhorita.

Ele se aproximou de mim por trás, e fechei os olhos com seu abraço. Percebi, contudo, que ele passara o tecido de uma mão para a outra na minha frente. O pano envolveu Docinho no comprimento, deixando para fora somente a cabeça dela. Ela alternava as mordidas entre o algodão e meus dedos, que tentavam acalmá-la.

– Não estou certa de que seja uma boa ideia.

Ele passou uma ponta do tecido por baixo do meu braço direito; em seguida, passou a outra ponta sobre meu ombro esquerdo. Fui puxada de encontro ao corpo dele quando cruzou as duas pontas nas minhas costas, deslizando os dois braços, inesperadamente, por baixo dos meus, causando-me palpitações.

Senti sua respiração agitada próxima ao meu ouvido direito. Ele se inclinara por trás de mim, e senti as pernas fraquejar naquele abraço. Ele deveria parar, mas eu não queria que parasse.

Confusa, estava sem saber se aquilo durara segundos. Para mim, foram horas, e eu, de olhos ainda fechados, pude me perder na colônia recém-aplicada que emanava da pele dele.

Então, ele cruzou novamente o tecido na altura do meu estômago, causando-me novas palpitações.

– Senhorita Neumann – ele sussurrou com a voz um tanto rouca.

– Sim. – Abri os olhos com relutância.

– A senhorita precisa me ajudar.

– Ajudar?

– Sim. – Ele me soltou, e senti o vazio deixado por seu corpo, e minhas pernas precisaram sustentar sozinhas meu próprio peso. – A senhorita precisa dar mais um nó, para que fique firme.

Obedeci a ele ainda meio atordoada. Não precisava de um espelho para saber que minhas faces estavam coradas.

– Está confortável? – Só então me dera conta de que aquilo limitara os movimentos de Docinho, e ela se acalmara no meu peito.

– Que engenhoso – admiti, sem coragem de olhar nos olhos dele, por medo de que pudesse ver o que me fazia sentir, sem que quisesse.

– Deixe-me ajudá-la a subir na sua montaria. Estou ansioso para lhe mostrar meu lugar preferido.

Cavalgamos em passo calmo, sem que eu tivesse noção do tempo. Eu estava tão maravilhada com a natureza ao nosso redor que quase me esquecera de como me sentira havia pouco nos braços daquele homem que não me queria.

A cada momento, víamos algo novo e quase intocável diante dos olhos. Docinho pareceu gostar de ser carregada junto a mim e dormiu, como um bebê embalado pela mãe, ao longo do trajeto que fizemos.

Fiquei impressionada com o cuidado do senhor Flemming de pensar em um meio de levá-la conosco. Não teria sido problema para mim deixá-la com a *oma* durante nosso passeio. Todavia, eu não disse nada, pois achei gentil da parte dele ter-se importado em agradar a mim.

Já distante da casa, ele parou seu garanhão ao lado do milharal.

– Logo teremos nossa colheita.

– Como o senhor sabe o tempo certo para colhê-las?

– Quando os cabelos delas estão no tom de café e começam a se soltar. – Ele arrancou uma espiga e me mostrou o topo dela antes de descascá-la.

– Amei comer o bolo de milho da Martha – confessei.

– Então, a senhorita pode se alegrar, pois, além do bolo, trouxe biscoitos de milho que ela acabara de assar.

– Acredito que sejam deliciosos.

– E são. – Ele fez o som de beijos, direcionando sua montaria a andar, seguido pela minha, sem ser necessário que eu fizesse o mesmo. – De acordo com o grau de maturidade dos grãos, é possível fazer diversas receitas.

– Que interessante.

– Quando nosso povo chegou aqui, precisou aprender a aproveitar o que a nova terra lhes oferecia. Logo, passou a testar a mistura de massas como a mandioca, a abóbora e o milho para fazer suas receitas. – Pude ver nos olhos dele o orgulho e o amor que sentia por aquela comunidade. – Entre as minhas preferidas, está o pão de milho.

– Já provei, e é realmente divino.

Cavalgamos lado a lado, sem pressa, pelo centro da vila, que poderia facilmente ser confundida com algum vilarejo dos arredores de Hamburgo.

As casas eram feitas de madeira e tijolos. Algumas mais imponentes, já outras com simplicidade acolhedora. O lugar exalava a prosperidade que vinha do trabalho intenso de agricultores e artesãos da região. Entre as atividades econômicas oferecidas, nada parecia faltar.

Nas placas pintadas em madeira com tinta escura, pude ler, ora em português, ora em alemão, o que eles ofereciam. Alfaiates, marceneiros, serralheiros, fabricantes de carroças, e até mesmo uma fábrica de fósforos eu vi.

A população era, na maioria, de ascendência alemã, mas pude ver negros aqui e ali e até alguns poucos nativos. Várias pessoas nos saudaram, mas notei a pressa com que o senhor Flemming se despedia delas, até que conseguimos seguir nosso caminho.

Nada ali poderia ser definido como comum, e, para minha sorte, a todo instante, ele me contava fatos interessantes, e eu apenas os ouvia, fascinada.

A última parte do trajeto fizemos a pé, guiando nossa montaria até o local escolhido por ele, que era a margem do rio dos Sinos, no trecho em que era raso e possível ser atravessado a cavalo.

A calmaria das águas do rio contrastava com a agitação dentro de mim, que mais se assemelhava ao revoar das borboletas amarelas que sobrevoavam a singela praia na qual esticamos a toalha.

Será que o som da floresta associado à corrente do rio era a melodia que me inibia a falar? Ou seria o nervoso?

Sentamo-nos calados, lado a lado, apreciando tudo, como se a paisagem pudesse mudar a qualquer instante.

– Senhorita Neumann...

– Senhor Flemming...

Rimos ao nos dar conta de que falamos ao mesmo instante.

– Docinho parece gostar de viver aqui, em terras brasileiras. – Docinho inspecionava o local, demonstrando interesse especial pelas borboletas, cuja revoada coloria o ambiente de amarelo.

– É verdade.

– Ela sempre foi assim, arisca com as pessoas? – ele perguntou, curioso, quando Docinho começou a rosnar para algo que só ela enxergava. – Ou melhor, com *quase* todas as pessoas?

– Não sei. – Bati a mão no tecido que cobria o chão, chamando-a. – Ela já não era mais um filhotinho quando meu pai chegou a casa trazendo-a nos braços.

– Ele a encontrou na rua?

– Sim. Docinho estava muito magrinha e mal tinha forças para ficar de pé. Pensávamos que não sobreviveria.

– Sorte a dela ter encontrado vocês. – O senhor Flemming tentou passar a mão na cabeça dela, mas ela lhe mostrou os dentes, e ele recuou. – Um momento, pois tenho algo para você, Docinho. – Ele tirou da cesta que havíamos trazido um osso do tamanho da cabeça dela. Docinho primeiro olhou o fazendeiro com desconfiança, mas logo, desejosa da novidade, aproximou-se dele, abanando o rabo. – Isso é nosso acordo de paz? – Docinho pegou o osso oferecido e saiu rápido, como se tivesse medo de que ele mudasse de ideia. – Acho que isso pode ter sido um sim. – Ele piscou para mim com um sorriso astuto, enquanto a observávamos procurar um lugar para se deliciar com o presente.

– Obrigada! – O senhor Flemming, parecendo constrangido, mudou de assunto.

– Vamos ver o que Martha mandou para nós? – Sem esperar por uma resposta, ele retirou do cesto duas canecas, bolo, biscoitos, uma garrafa com um líquido avermelhado e uma panelinha com alça.

– Quanta fartura. – Eu observava, com curiosidade, os gravetos que ele começara a juntar. – O que é isso? – apontei para o amontoado de pequenas flores brancas, como se fossem uma porção de nuvens, que exalava um delicioso cheiro de manteiga derretida e milho tostado.

– O nome disso é pipoca – ele explicou, oferecendo para mim uma pequena porção, que peguei por curiosidade. – É muito gostosa, prove.

Ao colocar duas unidades na boca, não imaginava quanto era algo viciante saborear a textura macia e crocante, com leve toque de sal.

– É maravilhoso! – disse, com a boca cheia. – Como é feito?

– Colocando grãos de um milho especial, que tem a casca mais dura, em um tacho com óleo e sal. Depois de aquecidos, eles começam a estourar, transformando-se nessa deliciosa iguaria.

– Isso é incrível! – falei, maravilhada. – Meu pai teria ficado fascinado com essa sua descoberta.

– Não é minha – ele sorriu. – Aprendemos com os povos indígenas. Eles utilizam a pipoca tanto como alimento quanto em celebrações e rituais religiosos.

– Ah, entendi – disse antes de começar a tossir sem parar, a ponto de quase perder completamente o ar.

– Beba isso. Vai ajudar a desentalar a casquinha do milho que ficou presa na sua garganta. – Ele me ofereceu um pouco de água, que pegou na beira do rio.

– Obrigada!

Observei-o, calada, pegando uma boa quantidade de pequenos gravetos.

– Apesar de não ser inverno, quis trazer quentão para bebermos – ele justificou.

– O que tem nesse quentão? – Eu estava impressionada com a habilidade dele de montar uma fogueira próxima de nós e acender o fogo com o fósforo que tirara do bolso.

– É uma adaptação da receita de *Glühwein* que os pioneiros trouxeram consigo – ele explicou. – É uma mistura de água, vinho, gengibre, cravo, canela e açúcar.

– Parece deliciosa.

– Por mim, tomaria isso o ano inteiro.

– Estou ansiosa pela festa de aniversário de Greta.

– Você gosta de festas?

– Não gosto das festas que frequentava na corte de Hamburgo, mas confesso que estou curiosa para saber como são as comemorações aqui em São Leopoldo.

– Minha família vai garantir que a senhorita goste, para que não queira partir.

– Mas e o senhor?

– O que tem eu?

– O senhor mudou de ideia em relação à minha permanência aqui?

– Não me importo que a senhorita fique conosco.

– Isso significa que o senhor não se importaria caso seu irmão se case comigo? – perguntei com ousadia, mas sem olhar nos olhos dele, por medo de não conseguir esconder minha reação diante da resposta, independentemente de qual fosse.

– Meu irmão não é o homem certo para a senhorita – disse o senhor Flemming, sem nem sequer olhar para mim. Em vez disso, derramou, sem pressa, o líquido na panela, equilibrando-a sobre o fogo.

Permaneci em silêncio, tentando esconder meus pensamentos. Ele me confundia. Como era possível que em um momento ele fosse tão atencioso e no seguinte deixasse claro que eu não me qualificava nem mesmo para ser sua cunhada?

Teria sido melhor ele não ter me convidado para esse piquenique. O que passou por sua cabeça para me fazer um convite desses?

– A senhorita não costuma ser tão calada.

– Esta não é a primeira vez que o senhor me chama de tagarela – disse de forma seca, percebendo a surpresa dele com o tom da minha resposta.

– Sinto muito. Não quis ser indelicado. – Ele esticou o prato para mim, para que escolhesse algo. – Mas não acredito que eu tenha sido a única pessoa a lhe dizer isso.

– Talvez não tenha sido mesmo. – Dei um sorriso sem graça, antes de aceitar o bolo de milho. – Eu tentei, juro que tentei, mas não tive sucesso em tal empreitada – disse depois de engolir. – É delicioso.

– Não faça isso.

– Isso o quê? – perguntei, curiosa.

– Não mude. – Ele encheu a caneca, entregando-me em seguida. – Isso é uma das características que fazem com que a senhorita seja única.

– O senhor me deixa confusa. – Soprei a bebida antes de provar.

– Acredito, já que é assim que também me sinto.

– Aprecio muito *grühwein*, e seu quentão é tão saboroso quanto ele. – Tentei mudar de assunto.

– Fico contente que a senhorita tenha apreciado. – Senti uma leve palpitação quando ele olhou para mim sobre a caneca. – Dessa vez, usei um ingrediente especial.

– Foi o senhor quem fez?

– Por que a surpresa? – Um sorriso convencido iluminou a face dele. – A senhorita não sabe muitas coisas sobre mim.

– Agnes. – Acariciei a cabeça de Docinho, que se sentara nas minhas pernas em busca de algum farelo de bolo. – Me chame de Agnes.

– Não posso chamá-la assim na frente dos outros.

– Estamos sozinhos aqui. – Quando ele, com um sorriso maroto, levantou uma sobrancelha, enfiei um biscoito inteiro na boca ao perceber que pensara alto.

– *Você* gostou do biscoito de milho?

Cobrindo a boca cheia com a mão enluvada, afirmei com a cabeça.

Ele se recostou no tronco da árvore frondosa que fazia sombra para nós, e por alguns instantes ficamos em silêncio. Até que não aguentei mais. Precisava falar algo ou seria tomada pelos pensamentos que giravam em torno do motivo de estarmos ali.

Não que eu quisesse voltar. O lugar, os sons da natureza eram de pura paz. Mas, se era assim, por que me sentia inquieta? Olhei para ele. Seus olhos estavam fechados. *Como ele consegue ficar tão tranquilo?* Fechei os meus também, na esperança de alcançar a mesma calmaria. Mas não consegui.

– Por que permitiu que eu viesse para a fazenda com vocês?

– Como assim? Você mesma me acusou de ser um homem dominado pela minha avó. – Ele continuou com os olhos fechados, como se dormisse.

– Só até conhecê-los melhor. – Aproveitei para estudar as feições dele, tentando imaginar como ficaria sem aquela barba. *Seria possível ele ficar ainda mais bonito?* – A verdade é que o senhor ama tanto a *oma* que tem medo de contrariá-la.

– Ela se sacrificou muito por nós.

– Parece-me que o senhor também. – Ele abriu os olhos, e desviei os meus, sentindo a face corar.

– Minha família é minha responsabilidade, e tudo que fiz foi apenas minha obrigação.

– Seus irmãos já são adultos.

– Mas não se comportam como adultos.

– Quanto tempo faz que vocês perderam seus pais? – Tomei meu último gole do quentão, devolvendo a caneca à cesta. – Notei que ninguém fala deles.

– Minha mãe morreu quando eu tinha dez, Maximilian, seis, e Greta, um ano de idade.

– Não deve ter sido fácil para vocês. – Ele deu um sorriso triste. – Eu tinha um ano quando minha mãe morreu.

– Que bom que teve seu pai.

– Eu o amava muito – disse, com tristeza.

– Perdemos o nosso pouco tempo depois.

– Sinto muito. – Queria ter tocado a mão dele para consolá-lo, mas seria ousado demais da minha parte.

– Depois da morte de nossa mãe, meu pai vivia vagando pela casa e, quando a guerra começou, esqueceu que tinha filhos pequenos para cuidar. – Ele contraiu a mandíbula antes de continuar. – Acredito que no fundo ele queria morrer.

– Ele não voltou da guerra?

– Não. Foi morto em combate.

– Imagino como foi difícil para sua avó.

– Foi mesmo, mas não deixei que ela carregasse essa responsabilidade sozinha.

– Você era só uma criança.

– Deixei de ser no dia em que minha mãe morreu e me tornei o provedor da casa.

Eu podia ver a dor das lembranças na face dele e me envergonhei de tê-las provocado. Eu mesma sabia que um assunto delicado como aquele trazia tristeza.

– Lamento pela sua dor.

– Isso foi há muito tempo. – Ele deu de ombros.

– Nunca é tempo suficiente para esquecer quem perdemos.

– Resolvi me concentrar naqueles que ficaram.

– Você cuidou muito bem da sua família. Tenho certeza de que seus pais teriam muito orgulho de você. Do homem incrível que se tornou.

– Você acha? – Olhando nos meus olhos, ele colocou a mecha solta do meu cabelo atrás da orelha.

– Si... Sim, acho.

– Maximilian não quer assumir a parte dele nas plantações e vive sonhando acordado. – Ele virou a cabeça na direção do rio, mantendo o olhar sobre as águas, e voltei a respirar.

– Você já parou para escutar os sonhos dele?

– Não tenho tempo para as besteiras daquele garoto.

– Klaus. – Vi um brilho percorrer os olhos dele quando eu disse seu nome pela primeira vez. – Seu irmão já é um homem feito.

– Diga isso a ele.

– Da próxima vez, tente escutar o que ele tem a dizer.

– Que seja. – Ele cruzou os braços. – Já Greta não aceita qualquer sugestão minha ou da *oma* para pretendente. Em vez de arrumar um casamento, ela prefere seguir, para cima e para baixo, o doutor Hillebrand, para cuidar dos doentes.

– Talvez ela seja como você.

– Ela não é como eu.

– Não mesmo? – Ri da teimosia dele, e isso lhe chamou a atenção. – Quem ficou uma fera ao descobrir uma possível noiva arranjada?

Ele não respondeu de imediato.

– Isso é diferente. – Ele me olhou nos olhos, e senti um frio percorrer a espinha, como se soubesse o que ele diria. – Fui pego de surpresa, mas depois...

– De... depois? – perguntei com a voz um tanto trêmula.

Fechei os olhos quando ele se inclinou na minha direção. Seu hálito exalava vinho e canela, e entreabri a boca, à espera de degustá-lo. Contudo, em vez do calor dos lábios dele, o que senti foi uma ardência na ponta do dedo indicador, que, em segundos, foi substituída pela dor que me fez gritar.

Por instinto, fechei uma mão sobre a outra, gemendo. A dor não era insuportável, mas significativa. No entanto, ela não foi capaz de anular a emoção de estar nos braços de Klaus. Eu nunca havia sido carregada por um homem, mas sempre me imaginara em tal situação.

Eu sabia que não eram raros os casos de moças nos salões de baile que se atiravam aos pés dos cavalheiros, fingindo desmaios. Não fora meu caso, mas fechei os olhos para desfrutar daquele momento. Até que senti a água fria tentando invadir meu peito e roubar meu ar.

– O que você fez? – Tossindo, eu me debati no colo dele para que me largasse, e ele obedeceu. – Estamos encharcados! – reclamei enquanto lutava com minhas saias, que insistiam em boiar nas águas do rio.

– Você estava queimando – ele respondeu, sem parecer estar arrependido de ter corrido comigo como um louco para dentro da água.

– Só queimei a ponta do dedo ao tocar na brasa quente. – Levantando a mão esquerda, mostrei a ponta avermelhada do dedo indicador.

– Não importa. Venha e deixe tudo aí. Vamos voltar agora para casa.

CAPÍTULO 20

Duas semanas depois, a casa estava cheia e barulhenta. O dia inteiro, várias pessoas circularam, levando ou trazendo coisas, arrumando aqui ou ali.

Dezenas de lampiões foram preparados e espalhados em lugares estratégicos por uma boa área, que ia da varanda até o celeiro. Seriam acesos ao cair da noite, iluminando não apenas as mesas, como também o lugar reservado para a dança.

A *oma* garantira que somente cinquenta pessoas compareceriam. Isso por causa dos protestos de Greta, que exigiu que só as pessoas mais íntimas fossem convidadas para sua festa de aniversário. Contudo, Martha, depois de piscar para mim, confidenciou-me que, por precaução, a quantidade de comida seria dobrada.

A agitação do ambiente combinava com a euforia que acontecia no meu interior. Ainda que a queimadura do dedo já estivesse havia muito tempo curada, eu mal conseguia esquecer que Klaus arrastara a irmã para cuidar de mim como se minha vida dependesse disso.

Ele passara a ser cada vez mais atencioso comigo, quase não restando nenhum vestígio daquele homem implicante que eu conhecera ao chegar ali. No entanto, ainda me questionava sobre quais seriam as intenções dele a meu respeito. Pior que isso, inquietava-me não saber o que fazer. Mas algo era certo: não era justo que continuasse entre eles sem contribuir, de maneira significativa, para a família.

Mesmo sem ter nada proveitoso a oferecer e por mais que não quisesse admitir, eu não desejava partir. Queria me sentir parte deles e, às vezes, chegava a pensar que era.

– Você pode me ajudar, Agnes?

Greta estava radiante no novo vestido verde que Adele havia desenhado e costurado. Era a primeira vez que a via sem as calças largas, mas ela parecia ter nascido usando saias rodadas.

– Você está me parecendo muito feliz – comentei enquanto fechava os últimos botões.

– Ah, estou mesmo! – Ela girou em torno de si mesma. – Você também vai gostar.

– Acredito que sim.

– Você costumava ir a festas?

– Sim, mas nunca gostei dos bailes que frequentávamos. Eram repletos de pessoas movidas por interesses vazios e fofocas.

– Além de repletas de *glamour*.

– Sim, é verdade. – Dei de ombros. – Mas sempre saí delas me sentindo ainda mais solitária. Na maioria das vezes, ficava sentada olhando os casais dançarem.

– Aqui será diferente, pois as pessoas são simples e alegres. – Ela piscou. – Às vezes, pode até acontecer uma briga.

– Briga?

Docinho acordou com o amontoado de vozes de fora que chegavam até nós pela janela do quarto.

– Não se preocupe, isso é raro. Além disso, você não estará sozinha. – Ela me puxou para a frente do espelho e começou a abotoar o vestido que Adele fizera para mim em tafetá rosado. – Klaus dançará com você.

Baixei a cabeça, tentando esconder as bochechas coradas ao me imaginar dançando nos braços dele. Poucas foram as vezes que estivemos sozinhos depois do piquenique e, quando isso aconteceu, não passaram de breves momentos.

Sem notar, com o passar dos dias eu começara a sonhar acordada com um novo encontro, que acabou não ocorrendo.

– O que aconteceu com sua animação? – Levantei o olhar e vi que Greta me observava através do espelho. – Você não sabe dançar?

– Sim, eu sei – balancei a cabeça. – Mas não acredito que seu irmão...

– Não seja tola – ela me interrompeu. – Ele não vai tirar os olhos de você nesta noite. – Greta deu um sorriso travesso. – Se for preciso, darei uma ajudinha.

– Que tipo de ajuda?

– Coloco Max para dançar com você. – Ela piscou para mim. – Isso será motivação suficiente para que Klaus tome, finalmente, uma atitude.

– Não quero pressioná-lo a fazer algo que não quer.

– Ah, mas ele quer, sim. – Ela acariciou Docinho, que parecia achar que iria conosco para a festa. – Klaus está apaixonado por você. Ele só ainda não se deu conta disso.

– Não estou certa disso.

– Então você é a única que ainda não percebeu. – Ela revirou os olhos. – Todos aqui ficamos abismados quando ele entrou em casa correndo e gritando meu nome.

Corei só de me lembrar daquele dia que voltamos do piquenique. Ele me fizera atravessar a cidade, ensopada, descabelada e a galope, na mesma montaria que ele, trazendo o outro cavalo a reboque.

O tempo que passei colada ao corpo dele foi um martírio. A cada movimento da montaria, eu era jogada na direção dele. Com um braço, Klaus segurava firme as rédeas, mas com o outro enlaçara minha cintura, como se estivesse garantindo que eu não fugisse.

Consegui sentir a respiração dele alterada no alto da minha cabeça e o coração que saltava, tão acelerado quanto o meu, durante todo o caminho. Enquanto isso, nossas roupas encharcadas secavam lentamente com a ajuda do vento e do calor que emanava de nossos corpos.

Como se não houvesse limites para o meu constrangimento, ele, sem me dar chance de protestar, me carregou pela casa, na frente de todos, em busca da irmã. A ponto de quase matar a *oma*, que achava que eu tinha sido picada por uma cobra.

Passei dias sem querer sair do quarto, de tanta vergonha, imaginando o que o vilarejo inteiro estaria comentando.

– Venha, pois não queremos perder uma só dança. – Greta me despertou para o presente.

– Vá na frente, por favor – pedi. – Preciso de um minuto.

– Está bem, mas não demore.

Assim que ela se foi, eu, olhando através do espelho, valsei sozinha. Melhor dizendo, com Docinho, que corria desesperada atrás da barra do vestido, que fazia ondas, enquanto girava imaginando estar com Klaus ao som de Chopin lindamente tocado ao piano posto na varanda a pedido da *oma*. *Será que ele me convidaria mesmo para uma dança?*

Lembrei-me de como fora tocar a pele dele e da sensação de quase ter sido beijada. *Sua tonta!* Graças à minha distração, eu colocara o dedo sobre a brasa quente e acabara com a possibilidade de ser beijada pela primeira vez.

Todavia, talvez existisse a possibilidade de dançar com ele e senti-lo de novo, e pensar nisso encheu meu peito de expectativa.

Após o piquenique, eu passara dias me perguntando se teria gostado da experiência de sentir os lábios dele encostar nos meus, e, quanto mais pensava, mais tinha certeza de que adoraria.

Como fui capaz de colocar, logo naquele momento, a mão no fogo?

Ri ao me lembrar de como ele ficara nervoso, pegando-me no colo e enfiando-me no rio com roupa e tudo. Apesar da vergonha, não fiquei zangada; em vez disso, senti-me cuidada e especial.

Despertei das lembranças ao ouvir as primeiras notas da música de uma nova melodia e fui até a valise, em busca do presente de Greta. Depois de pensar, por dias, no que poderia lhe dar, lembrei-me do camafeu que trouxera comigo.

Era uma joia bonita e parecia valiosa, como era meu sentimento por aquela família que me acolhera em seu seio, sem esperar muito em troca.

Eu não tinha apego sentimental pelo camafeu, e seu valor monetário não se comparava à satisfação de retribuir, de alguma forma, o carinho e o cuidado recebidos.

– Quem sabe essa joia, que um dia foi significativa para alguém, possa ser objeto de novas memórias. Em vez de passar mais alguns longos anos escondido numa gaveta, o camafeu poderá trazer alegria à vida de Greta – justifiquei para Docinho, que não pareceu interessada.

Com carinho, enrolei a corrente de prata nos dedos antes de descer, deixando Docinho sozinha no quarto.

* * *

– Eu preferia que a festa tivesse sido na Sociedade de Canto Orpheus – reclamou a idosa.

– Não era necessário, *oma* – garantiu Max, piscando para mim.

– Você fala isso porque se esqueceu de reservar o lugar quando pedi.

– O que é a Sociedade Orpheus? – perguntei, curiosa, sentada do outro lado da *oma*.

– É um clube fundado no início do ano, e, desde então, os mais importantes eventos sociais da colônia são comemorados lá – explicou a *oma*.

– A senhora disse bem: *os eventos sociais mais importantes* – Max fez questão de frisar.

– Exato! Justamente por isso, o aniversário de minha única neta deveria estar sendo comemorado ali.

– Já me desculpei. – Ele revirou os olhos.

– Isso não muda o fato de que Judite, aquela velha irritante e fofoqueira, organizou um baile para a mesma data do aniversário de Greta só para me provocar.

– Estou achando a festa maravilhosa. – Tentei mudar de assunto ao ver o olhar de súplica de Max. – É, sem dúvida, a mais bonita à qual já fui.

– Estou achando que você não saía muito de casa em Hamburgo, minha jovem.

– A senhora não deve implicar tanto com Judite, pois o que realmente interessa é minha irmãzinha estar contente.

– Maximilian Flemming! – A *oma* franziu a boca, contrariada. – Você está me chamando de implicante? – Quando a *oma* levantou a bengala para fingir bater na cabeça dele, Max, para duelar com ela, empunhou um sabre imaginário, evidenciando uma cicatriz avermelhada e em alto-relevo no antebraço esquerdo, que fingi não ter notado. – Mas preciso admitir que você tem razão. – Arregalamos os olhos ao ouvir a *oma* admitir tal fraqueza. – Greta parece feliz, e isso é o que importa. – Ela acenou para a neta, que acabara de dançar com o capitão Coutinho e vinha em nossa direção.

Será que sou a única pessoa que percebe quanto o capitão é apaixonado por Greta?

– Agnes, por que ainda não está dançando? – Greta perguntou ao se aproximar de nós.

Com a pergunta da jovem, senti o sangue lentamente preencher minha face e o medo de que ela cumprisse o que dissera.

Temendo que todos notassem que meus olhos insistiam em querer localizar Klaus na esperança de que, ao me ver, ele me convidasse para dançar, forcei-me a olhar na direção da animada banda composta por um quarteto de gaita, violão, violoncelo e acordeom.

– Estamos esperando pelo Klaus, para rodopiar com ela no salão – avisou a *oma*, como se lesse meus pensamentos. – Sabe Deus onde esse menino se meteu.

– Há outro homem muito mais bonito e galante que pode rodopiar com a dama. – Max levantou as sobrancelhas três vezes enquanto me olhava.

– Também mais modesto, acredito – completei, tentando esconder o riso.

– Exatamente – ele confirmou, inclinando-se em uma mesura malfeita.

– Oh, por favor! Ignore o perigo que seus dedos do pé vão correr se você dançar com ele – avisou Greta, fazendo uma careta. – Vou amar ver a reação do Klaus.

– Obrigada, senhor Flemming, pelo convite...

– Oh, doçura, já somos íntimos o suficiente para que me chame apenas de Max.

– Maximilian Flemming, essa forma de falar pode ser mal interpretada!

– O que foi, *oma*? – ele resmungou. – A senhora mesma disse que Agnes já é da família.

Um nó se formou na minha garganta e, com esforço, tentei engoli-lo. *Da família? Sou um deles?* Meu desejo era questionar se aquilo era verdade ou só mais uma das brincadeiras galantes dele.

– Obrigada, Max! – agradeci, quando, na realidade, o que queria era receber aquele convite do irmão dele. – Estava esperando por Greta para entregar-lhe o presente.

– Você tem um presente para mim?

– Não é algo novo, mas é de coração. – Enfiei a mão no bolso do vestido, retirando dele o camafeu e depositando-o nas mãos delicadas de sua nova dona.

– Que presente maravilhoso! – Correndo os dedos sobre a superfície da joia, ela a examinou e, com um sorriso nos lábios, abriu o camafeu.

– Que mulher linda!

– Desculpe-me, acabei me esquecendo de retirar a pintura.

– Quem é ela?

– Greta, deixe-me ver! – A idosa cutucou a neta com a ponta da bengala.

– *Oma*, não seja uma velha irritante e fofoqueira – provocou Max baixinho ao seu ouvido, mas alto o bastante para nós três ouvirmos.

– Suma já daqui e vá procurar um rabo de saia para dançar!

Greta e eu rimos quando Max aproveitou a liberdade recém-adquirida e correu para longe da avó, que se pôs de pé, ameaçando-o com a bengala.

– Veja que lindo, *oma*!

– Quem é ela? – a avó perguntou, cheia de curiosidade.

– Não sei quem é. Acredito que possa ter sido alguma amiga da família. – Abaixei a cabeça para que elas não vissem em meus olhos que eu mentia. – Encontrei a joia após a morte do meu pai.

– Então, você ainda tem parentes?
– Infelizmente, não – neguei com a cabeça. – Só tinha um tio, que viveu algum tempo aqui no Brasil, mas ele e a esposa morreram de uma epidemia em um navio a caminho de Hamburgo, mas isso tudo aconteceu antes mesmo de eu nascer.
– Que triste! – a *oma* lamentou.
– Amei o presente. – Greta suspirou, olhando o camafeu. – Posso ficar também com a foto?
– Claro.
– Por que você quer a fotografia de uma mulher desconhecida?
Greta sorriu da pergunta da avó.
– Porque vejo coragem nos olhos dela.
– Coragem de quê? – A idosa franziu o rosto, tentando enxergar no camafeu, sobre as mãos da neta, o que ela dizia ver.
– Coragem de viver seu sonho. – Virando as costas para mim, Greta pediu: – Me ajude a colocar no pescoço?
– Ficou lindo em você.
– Obrigada, vou guardá-lo para sempre. – Ela me deu um abraço antes de sair me puxando. – Agora venha! – E depois completou: – *Oma*, a senhora vai ter que ficar sozinha, pois nós duas vamos procurar Klaus.

* * *

– Onde você estava? – reclamou Greta assim que encontramos Klaus. – Nós duas procuramos você por toda parte!
Por causa da grande quantidade de pessoas, que excedeu o número previsto por *oma*, tivemos dificuldade de encontrá-lo. Ele estava no celeiro, sentado em um banquinho, próximo à baia de seu garanhão. Tão logo nos viu, ele se levantou de um jeito cortês. O cabelo bem alinhado e a roupa elegante destoavam do lugar.
– Por que vocês duas estavam me procurando? – Ele me olhava com admiração, e me senti feliz em usar aquele vestido.

– A Agnes... – Meus olhos se arregalaram ao ouvir Greta pronunciar meu nome, e, com o coração palpitando, eu a interrompi antes que falasse algo constrangedor.

– Para tentar acalmar sua avó, que está inconformada com o baile que dona Judite organizou. – Essa foi a única desculpa que me veio à cabeça.

– O que eu poderia fazer nesse caso?

– Conversar com ela e, principalmente, falar do quanto a festa está incrível – sugeri.

– E por que não fizeram isso?

– Tentamos, mas ela pode precisar ouvir isso de seu preferido. – Greta fez uma careta divertida, mas ele não riu. – De qualquer modo, agora ela é responsabilidade sua.

– Jamais me esqueci de que sou responsável por ela e por *você*. – A expressão dele endureceu.

– Eu só estava brincando. – Ele deu de ombros. – Não sei por que está falando assim comigo – ela protestou. – Você sabia que hoje é meu aniversário? – Greta virou de costas para ele e piscou para mim, antes de sair rápido dali.

– Volte aqui, Greta!

Ela ignorou o chamado dele, e eu desconfiava de que fingira estar zangada para nos deixar a sós.

– Vou aproveitar meu aniversário, senhor Flemming!

– Klaus! – Toquei o braço dele para impedi-lo de segui-la. – Deixe-a ir.

– Não sou um irresponsável que coloca minhas vontades à frente da família.

– Claro que você não é. – Toquei de leve em seu braço. – Quem disse isso?

– Desculpe-me. Acredito que hoje eu não seja uma boa companhia.

Ele se escorou na baia do cavalo, mas continuou de frente para mim. Mesmo sabendo não ser apropriado, continuei ali. Queria escutá-lo e conhecer suas dores.

– O que o deixou tão zangado?

Ele me olhou por um tempo, como se pensasse se deveria ou não me contar.

– Como ela pode querer ir embora de casa se pode ter tudo aqui? – ele disse franzindo a boca, e meu coração apertou por vê-lo preocupado.

– Greta? – Apesar de perguntar, eu já imaginava sobre quem ele poderia estar falando. – Para onde ela deseja ir?

– Ela quer estudar medicina.

– As mulheres do Brasil podem estudar em uma universidade?

– Não, mas quem disse que ela me escuta? – Ele passou a mão pelos cabelos, deixando-os com um toque rebelde que o tornava ainda mais tentador. – Tenho feito tudo por eles. Tenho renunciado aos meus próprios sonhos para não me distrair dessa responsabilidade.

– Não acredito que sua família tenha pedido um sacrifício desses a você.

– Nem foi necessário, pois conheço as dificuldades de cada um deles.

– Sim, mas eles precisam aprender a fazer as próprias escolhas, e talvez este seja o momento de cuidarem da própria vida, e você, da sua.

– Não posso. – Ele afagou seu cavalo, que lhe cutucava o ombro.

– Por que não, se todos são adultos? Você se doou por anos em prol deles, mas quando foi que fez algo para si mesmo, algo que realmente queria?

– O que quero é a felicidade deles – ele respondeu, tentando encerrar o assunto.

Contudo, mesmo com receio de lhe causar desagrado, eu disse:

– Mas isso não depende de você; ao contrário, pode ser que sua superproteção os esteja impedindo de crescer e ter as próprias experiências.

– Não sei como ser diferente – ele confessou, e me surpreendi com isso. – Tenho medo de que sofram.

– Primeiro, deixe que errem. Você pode aconselhá-los, mas a escolha deve ser deles. O erro vai fazer com que amadureçam.

– E segundo? – Ele me olhava com curiosidade.

– Faça algo que você deseje realmente fazer, sem se importar com os outros ao redor.

– Isso soa a mim como egoísmo.

– A mim, como necessidade. – Eu me aproximei e passei a mão sobre a cabeça do animal. – Você precisa cuidar um pouco de si mesmo ou talvez não consiga ser o apoio que gostaria de ser para eles.

Os primeiros acordes de uma valsa chegaram até nós, e, sem que tivesse tempo de protestar, o que não era o caso, ele me arrastou pela mão a caminho da pista de dança.

– O que está fazendo? – perguntei baixinho, corada de vergonha. – Todos estão olhando.

– Só fiz o que você sugeriu. – Meu coração acelerou, mas não ofereci resistência. – Estou fazendo algo que quero, sem me importar com as outras pessoas.

– Não sugeri algo tão rude – reclamei. – Além disso, imaginei que aqui no Brasil as mulheres também fossem convidadas a dançar.

– Tem razão. – Ele parou no meio do salão.

– O que vai fazer agora?

Sem responder, ele largou minhas mãos e se afastou de mim, fazendo com que meu coração gelasse de decepção e tristeza.

Você deveria ter ficado calada uma vez na vida!

Contudo, antes que minha visão embaçasse com a humilhação pública, ele esticou a mão direita para mim e disse:

– A senhorita me daria a honra de compartilhar essa dança comigo?

Meu desejo foi chutar a canela dele por brincar com meu coração, mas desisti, levando em conta que meu sapato de tecido não seria páreo para a bota de cano alto que ele usava e, em vez disso, aceitei o convite.

O calor da mão dele pulsando sobre minha coluna deixou-me consciente de que eu não era imune à sua presença.

Ele me confundia. Em alguns momentos, seria capaz de jurar que ele tinha interesse em mim, mas, em outros, ele voltava a ser o homem reservado e de fortalezas intransponíveis.

– Você acha que há salvação para mim? – ele perguntou enquanto me conduzia em meio aos casais que também dançavam.

– Salvação? Não entendi.

– Você acredita que é possível eu me tornar um homem muito menos controlador?

– Tenho certeza de que sim.

Vi certo alívio refletido em seu semblante, como se um peso tivesse sido retirado de cima dele, e sua boca curvou-se em um sorriso genuíno.

Rodopiamos pela pista como se fôssemos os únicos, e nem vi o tempo passar. Klaus parecia ter sentido o mesmo, pois, sem se dar conta de que a música parara, continuou me segurando. Ele me olhava como se quisesse ler o que meus olhos diziam, e temi que descobrisse quanto eu desejava me perder em seu abraço.

– A valsa acabou – ele disse ao soltar minha mão, envergonhado.

– Estou com sede.

– Vou acompanhar você até a mesa dos refrescos.

Com nossa bebida em mãos, em silêncio, atravessamos a pista de dança com dificuldade e sem pressa na direção do poço de água que abastecia a fazenda inteira, localizado entre a casa e o alojamento. Sentamo-nos no banco colocado ali de frente para a pista de dança, para que os convidados pudessem descansar.

– A comemoração está sendo um sucesso – comentei por não aguentar mais a quietude que nos cercava em meio à agitação da festa.

– É o que parece – ele respondeu qualquer coisa, meio distraído, enquanto olhava os convidados. Até que, abruptamente, se virou para mim e disse: – A *oma* comentou comigo que você estava desolada por ter perdido sua presilha de cabelo.

– Ela pode ter exagerado um pouco. É claro que lamentei, mas o importante é que sobrevivi ao confronto com aquela ave temperamental.

Rimos.

– Contudo, eu me lembrei disso quando o senhor Müller, o joalheiro, me mostrou esta presilha. – Ele abriu a mão, e vi o acessório no centro dela.

– Que linda, Klaus! – Com os olhos arregalados, toquei a ponta dos dedos na peça prateada, cuja forma quase se assemelhava a um laço com algumas delicadas pedras reluzentes à luz dos lampiões.

– Você gostou?

– Sim, muito. – Mordi o lábio inferior, tentando encontrar as palavras corretas. – Mas temo que não possa aceitar o presente.

– Sei que parece um tanto impróprio, mas queria ajudar o senhor Müller, que me confidenciou estar passando por um período de dificuldades. – Meu coração se apertou em pensar no pobre homem precisando devolver a Klaus o dinheiro da venda. – Estou certo de que não estou lhe oferecendo nada constrangedor.

– Acontece que não é de bom-tom uma moça receber presentes de um cavalheiro.

– Ninguém precisa saber que fui eu que lhe dei.

Com os braços esticados e com delicadeza, ele prendeu a presilha nos meus cabelos. Fechei os olhos ao tê-lo tão próximo de mim. Podia ouvir e sentir sua respiração. Por um instante, eu me esqueci de onde estava. Naquele momento, éramos só nós dois.

Até que...

– Finalmente achei meu irmão e a moça mais bonita da festa. – Quase pulei de susto e constrangimento ao ouvir a voz de Max à nossa frente, com um sorriso malicioso. – O que estão fazendo aqui sozinhos?

– O que você quer, Maximilian?

– Credo! – Ele levantou as mãos em sua defesa. – Por favor, não matem o mensageiro.

– Max!

– O senhor Mayer enviou seu ajudante para nos chamar. Está precisando de nossa ajuda com um de seus bois que ficou preso num atoleiro.

– Mas estamos no meio da festa.

– Como você sempre diz: "primeiro a obrigação e depois a diversão".

Assim, para minha decepção, ele se foi.

– Não fique triste, Agnes. – Logo depois, à mesa dos refrescos, Martha me serviu uma limonada. – Com sorte, ele voltará em alguns minutos.

– Ele quem? – fingi-me de desentendida.

Ela, em vez de responder, riu alto.

– A festa está mesmo bonita. – Para meu alívio, Martha mudou de assunto. – Fazia tempo que não tínhamos um evento desses aqui na fazenda. Imagine só quando for o casamento de vocês dois!

Dessa vez, fui eu quem não respondeu. O que poderia dizer? Não cabia a mim fazer uma proposta, e Klaus não parecia ter pressa ou segurança do que queria. Quase passei a mão sobre o presente que ele me dera, mas rapidamente me lembrei de que Martha me observava com curiosidade.

– Está animada para o Natal?

– Natal?

– Sim, a festa do dia 25 de dezembro.

– Ah, sim. Amo o Natal, mas confesso que não estou animada.

– Por causa do pequeno Klaus? – Senti o rosto corar ao pensar que de pequeno ele não tinha nada.

– Não! – respondi rápido. – Não sei o que dar de presente à família.

– Eles não esperam nada.

– Mas preciso fazer algo.

– Deixe-me ver. – Ela coçou a nuca, pensativa. – Um bordado?

– Da última vez, costurei o bastidor na minha saia.

– É mesmo? – Ela riu. – O que sabe fazer bem?

– Nada – lamentei. – Não sei fazer nada.

– Não fique assim. Vamos encontrar algo.

– Acho impossível – disse, desanimada. – Além do mais, jamais conseguiria fazer algo em apenas uma semana.

– Ah, já tenho uma ótima ideia de presente para toda a família – ela disse com um sorriso largo e misterioso.

CAPÍTULO 21

De todos os meus vinte e sete anos, aquele seria meu primeiro Natal no verão. Até então, essa data fora sinônimo de frio e neve. Sem dúvida, havia algo encantador no inverno. Algo que contribuía para a criação de uma atmosfera especial, mas, ainda assim, duvidava de que fosse sentir falta de congelar os dedos fazendo bonecos de neve e, principalmente, dos dias curtos desse período.

Enquanto estava sentada na varanda da Fazenda Flemming, na noite de Natal, as vozes que vinham da sala onde todos estavam reunidos me levaram a me lembrar do meu pai e daqueles que eu amava. Pessoas que eu jamais voltaria a ver. Queria tanto que Emma estivesse ali comigo.

Apenas a consciência do meu egoísmo me conformou em não a ter perto de mim. *Como posso desejar algo assim, sabendo que lá ela estará, em breve, começando a própria família com o senhor Krause?* Naquele momento, minhas preces foram para que logo eu recebesse uma carta dela recheada de boas notícias.

Contudo, ainda que estivesse saudosa, não desejava voltar. Eu já amava aquela nova terra e seus habitantes. Amava a alegria diária que parecia ser proporcional à quantidade de luz solar que eles recebiam a cada novo amanhecer. Amava aquela família. Amava perceber que, mesmo vivendo em fartura, os Flemmings eram simples e amorosos com todos.

Olhando as estrelas, fiz meu pedido de Natal ao aniversariante do dia. Desejei ser parte dos Flemmings e retribuir o amor que vinham me oferecendo livremente.

– Por que você está aqui sozinha? – Klaus sentou-se ao meu lado, oferecendo-me uma das canecas que trouxera.

– Obrigada! – Aceitei o líquido quente que exalava o cheiro e o sabor do Natal. – É um pouco estranho beber quentão em pleno verão, mas confesso que gosto bastante.

Ele descansou sua bebida na perna direita, sem desviar o olhar, que parecia perdido no nada, e questionou:

– Você gostaria de ainda estar lá?

– Não estou arrependida – respondi, sem pressa –, caso seja essa a sua pergunta.

– Mas sente saudade de alguém em especial?

– Sinto.

Depois de tomar um gole de quentão, ele olhou para mim antes de dizer:

– Se quiser voltar...

– Não quero voltar.

– Mas...

– Meu retorno para Hamburgo não traria meu pai de volta, e minha amiga Emma logo terá a própria família para se dedicar.

Minha esperança era de que ele falasse o que eu ansiava por ouvir. Porém, em vez disso, ele permaneceu em silêncio, e isso me causou um aperto no peito, como se ele pudesse ser esmagado como o milho sendo passado pela moinha.

– Nunca fui a Hamburgo – ele rompeu o silêncio. – Sou muito diferente dos homens que você conheceu lá?

– É, sim.

– Isso é bom ou ruim? – ele perguntou com um sorriso sem graça.

– Você quer ouvir o que penso a seu respeito?

– Sim, quero – ele falou tão perto que pude sentir o cheiro de *Glühwein* que a boca dele exalava.

– Você, provavelmente, é o homem mais distinto que conheci.

– Estou cansado de ser o respeitável e honrado Klaus. – Ele se recostou novamente no banco, olhando para a frente, pensativo.

– Pensei que esse fosse seu maior objetivo.

– Refleti sobre o que você disse outro dia e decidi pensar mais em mim.

– Que bom!

– Quero ao menos o direito de fazer a principal escolha da minha vida: me casar com quem desejo, sem me importar com o que as pessoas esperam de mim. – Ele olhou diretamente nos meus olhos. – Você entende?

– Sim. – Assenti com a cabeça, um pouco nervosa. – Acredito que sim.

– Crianças, vocês deveriam estar aqui sozinhos?

Espantei-me ao ver que Max estava bem perto. Ao perceber meu constrangimento, com sorriso de irmão travesso, ele piscou para mim.

– Agora, não, Maximilian.

– Foi a *oma* que me mandou chamar vocês. – Ele levantou os dois braços, alegando inocência.

– Ele tem razão, vamos entrar – disse eu, escondendo a decepção por trás do melhor sorriso.

Toda a minha alegria foi engolida com o último gole de quentão, que desceu rasgando, exigindo que respirasse fundo para não deixar transparecer aos outros o que eu sentia, estragando o Natal de todos.

Seguimos Max até a sala onde uma roda fora formada próxima à árvore de Natal, com várias cadeiras. Todos se voltaram para nós sem esconder a curiosidade, que, provavelmente, eu alimentava com a decepção que não conseguia esconder.

Belo momento para perceber a verdade.

Ao me cortejar, ele apenas obedecera ao que era esperado dele, como sempre. Eu estava enganando a mim mesma por semanas.

Como fora tola achando que ele estava interessado em mim?

Eu não o culpava por desejar escolher a mulher com quem envelheceria. Não era essa umas de nossas revoltas nos círculos sociais? Éramos fantoche nas mãos de pessoas que escolhiam com quem passaríamos o resto de nossos dias. Sendo que muitos desses acordos eram como o nosso: aconteciam sem que os noivos nunca tivessem se visto na vida.

– Agnes! – Várias vozes me chamaram ao mesmo tempo, despertando-me.

– Sim?

– Este é o presente de nossa família para você. – A *oma* esticou um embrulho que tinha nas mãos.

– Não era necessário – sussurrei, constrangida com a surpresa.

– Claro que era! – A *oma* me abraçou com força e, antes que me afastasse, segurando minha mão, ela disse ao meu ouvido: – Você é o nosso melhor presente!

Sem conseguir segurar a emoção, virei-me de costas para esconder as lágrimas que serpenteavam pela minha face. Até que senti o calor de um novo e inesperado abraço.

– Você é uma de nós... – Greta me virou para abraçá-la melhor, e quase fiquei presa na corrente do camafeu, que, para minha alegria, ela carregava consigo desde seu aniversário, evidenciando quanto gostara do presente, emocionando-me ainda mais. – ... e amamos você.

Por alguns instantes, permaneci em seu abraço até estar recuperada da emoção e do constrangimento por ter chorado na frente de todos como se fosse criança.

Greta me puxou para que eu me sentasse ao seu lado no exato momento em que Martha entrou na sala carregando nos braços meu presente para a família, chamando a atenção de todos.

– O que você tem aí, Martha? – A *oma* não fez questão de esconder a curiosidade.

Martha colocou sobre a mesa de centro um tabuleiro retangular com um bolo raso, com cobertura dourada e crocante, de aspecto esfarelado.

– Vamos, Agnes. – Martha me chamou, fazendo sinal com a cabeça. – Levante-se e diga a eles.

Não tive escolha. Ainda constrangida com a cena que fizera minutos antes, liberei o sorriso mais franco que consegui arrancar do coração, pois era o mínimo que aquelas pessoas cheias de amor mereciam.

– A Martha...

– Eu, não. – Ela negou com a cabeça. – Você.

– Meu presente de Natal para vocês é um *Streuselkuchen*, meu bolo preferido – contei com a voz meio trêmula.

– Amo *Streuselkuchen* – disse a *oma*.

– A boa notícia é que fiz tudo com a ajuda da Martha, ou seja, a senhora não precisa ter medo.

Enquanto todos riam, fui espremida pelo abraço das mulheres da família, uma após a outra.

Assim que elas me soltaram, percebi a aproximação de Max, como se ele fosse o próximo. Mas, antes que chegasse mais perto, ele foi empurrado, e quem ficou diante de mim foi Klaus, que, em vez de me abraçar, segurou minha mão por mais tempo que o necessário e disse:

– Feliz Natal, senhorita Neumann.

– Feliz Natal, senhor Flemming.

Sentei-me imediatamente, notando que todos que, instantes atrás, estavam em silêncio passaram a falar ao mesmo tempo.

– Obrigada. Amamos o presente. – A *oma* chamou minha atenção.

– Fico feliz que tenham gostado – disse com um sorriso emocionado.

– Prometo que dessa vez a senhora não vai se engasgar.

– Oh, criança! – Ela riu. – Esse também é meu bolo preferido, principalmente quando é feito de banana. Aqui na colônia, após a adaptação dos ingredientes que não estavam disponíveis, passamos a chamá-lo de cuca.

Ainda que fosse interessante ouvir mais sobre a história da imigração, minha atenção estava voltada para as emoções que eu andava sentindo por Klaus e para a possibilidade de aquela afeição não ser recíproca.

CAPÍTULO 22

O último dia do ano havia chegado. Olhando mais uma vez a presilha, eu me dei conta da inquietação que sentia sempre que me via diante de Klaus. Para não sofrer, eu lembrava a mim mesma de que ele era um homem gentil e de que o presente não passara de uma cortesia. Essa justificativa fazia todo sentido, pois, ainda que algumas vezes sentisse o olhar furtivo dele sobre mim, desde o Natal ele parecia me evitar.

Sentada diante do espelho do quarto, vestida em um tafetá verde-escuro para comemorar a passagem do ano e com a presilha nas mãos, desejei ser corajosa o suficiente para enfrentar os ditos da sociedade e perguntar a ele o que aquilo significava.

– Você acha que deveria ou não usar o presente dele?

Sem me atentar para a resposta de Docinho, continuei parada em frente ao espelho do quarto, imaginando o que poderia dizer caso alguém, naquela noite, perguntasse se eu encontrara minha presilha.

Não queria falar mais uma mentira para eles. Desde minha chegada, só recebera amor e aceitação. Não era justo que pagasse inventando algo, mesmo que pudesse ser, a meu ver, inofensivo.

Pensei um pouco sobre isso, até que cheguei à conclusão de que Klaus estava certo. Eu não estava fazendo algo ofensivo e, se fosse necessário, apenas diria que fora presente de alguém querido.

Decidida, prendi a pequena joia no alto da cabeça e sorri com o resultado gracioso dela em meus cabelos.

Respirando fundo, alisei as saias do vestido e me vesti de coragem para reencontrá-lo. Só de pensar que ele estava no andar de baixo com o restante da família, meu coração bateu descompassado, e minhas mãos suaram frio.

Será que ele vai notar que estou usando seu presente?

Não precisei esperar muito para saber. Ele já me aguardava ao pé da escada, e esforcei-me para que minhas pernas firmassem na descida em vez de me jogarem traiçoeiramente nos braços fortes dele, como era meu real desejo.

– A presilha ficou linda em você – ele disse antes mesmo que eu alcançasse o último degrau.

– Obrigada! – sorri, constrangida. – Ela é linda, mas confesso que cogitei devolvê-la.

– Fico feliz em ver que mudou de ideia.

– Eu não tinha nada para lhe dar – disse, olhando para a mão que ele me estendia.

– Não esperei nada em troca. – Coloquei a mão fria e úmida sobre a dele, na esperança de que não notasse meu nervosismo. – Venha! Os outros estão nos aguardando para o jantar.

A mesa comprida fora posta com esmero. Sobre a toalha alva, um lindo conjunto de porcelana pintado à mão com hortênsias, minhas flores prediletas, marcava cada lugar. No centro dela, um leitão assado com batatas e vagem na manteiga me fez lembrar que estava faminta.

Depois de cumprimentar a todos, sentei-me no lugar de costume, à frente de Klaus, e aproveitei para olhá-lo, uma vez que ele estava em uma animada conversa com o capitão Coutinho. Klaus era, sem dúvida, um homem especial. Seu sorriso trazia leveza ao rosto dourado marcado pelo trabalho intenso e por preocupações diárias. Porém, o mais importante é que ele parecia feliz.

Como se percebesse que estava sendo analisado, ele olhou para mim. Mas não sustentei o olhar, constrangida por ser pega em flagrante.

O jantar foi agradável e regado a boas histórias que a *oma* nos contou sobre como os primeiros imigrantes foram recrutados pelo major Schaeffer, que percorreu todo o território alemão convencendo as pessoas a se mudarem para terras brasileiras, oferecendo-lhes várias vantagens em nome do imperador Dom Pedro I, como passagem de navio, setenta e oito hectares de terra para habitação e plantio, salário por um ano, além de alguns poucos animais.

Grande parte dos imigrantes era de homens solteiros selecionados para permanecerem no Rio de Janeiro a fim de servirem como soldados. Já as famílias foram trazidas para Porto Alegre e, em seguida, acomodadas na antiga Feitoria do Linho Cânhamo, muito antes Fazenda da Coroa. Ali permaneciam até que recebessem seu lote. Contudo, por causa de problemas de demarcação, chegaram a ocupar, por meses, aquele lugar.

A *oma* contou que, apesar das dificuldades iniciais enfrentadas pelos colonos, a comunidade prosperou a ponto de ter sido capaz de abastecer Porto Alegre com alimentos durante os nove anos da Revolução Farroupilha.

– Parabéns, Martha! – disse a *oma*. – Você se superou na preparação dessas batatas-inglesas.

– Elas es... estavam mesmo ape... apetitosas, não é verdade, ca... pitão? – disse Adele, com um sorriso tímido.

– Obrigada, mas o crédito não é apenas meu. – Antes que Martha terminasse de falar, senti o sangue colorir minha face de vermelho. – A Agnes me ajudou bastante, e o cardápio foi sugestão dela.

– Sente saudade das comidas de sua terra, senhorita Neumann? – perguntou o capitão.

– A verdade é que sim, capitão Coutinho, mas tenho me adaptado bem às opções que o Brasil nos oferece. Sem contar que as frutas daqui são fantásticas.

– Noto quanto seu português tem melhorado a cada vez que a vejo.
– Pare de bajular a moça, Inácio! – Max esticou-se para o lado como se fosse cochichar. – Antes que o senhor receba um vento contrário vindo de estibordo.
– Maximilian Flemming! – repreendeu a *oma*, que escutava melhor do que gostava de admitir. – Não provoque seu irmão.
– Sinto-me envaidecida, capitão – agradeci, ignorando o comentário de Max, ainda que minhas bochechas rosadas mostrassem a verdade.
– Conte-nos, Inácio – Klaus interrompeu –, quando pretende viajar outra vez para São Paulo?
– Ainda não tenho planos.
– Não se esqueça de nos avisar, capitão – pediu a *oma*. – Necessito de mais daquele café fabuloso com o qual o senhor nos presenteou.
– Como poderia me esquecer da senhora?
– Capitão, o senhor passará pela corte na viagem a São Paulo? – perguntou Greta.
– Ainda não sei, senhorita Flemming – ele respondeu, olhando de soslaio para Klaus.
– Caso o senhor...
– É melhor você tirar essa ideia da cabeça – disse Klaus, com firmeza.
– Que ideia? – Greta empinou o nariz na direção do irmão. – Agora você lê pensamentos?
– Não preciso fazê-lo para saber quais são os seus – Klaus respondeu firme, encarando-a, mas sem alterar o tom de voz.
– *Oma*!? – Greta chamou pela avó como se implorasse por ajuda.
– Até mesmo as asas dos pássaros em cativeiro crescem, meu caro irmão – comentou Max, sem desviar o olhar de seu pedaço de carne e sem o costumeiro sorriso.
– Não vou permitir que vocês estraguem nossa confraternização – interferiu a *oma*, levantando-se de seu lugar. Com um sorriso instantâneo na direção do capitão, disse: – Acredito que já podemos nos encaminhar para a sala de estar, capitão.

* * *

O restante da noite transcorreu sem nova discussão entre os irmãos. Todos pareciam já ter esquecido o desentendimento ou, ao menos, o adiado para outro dia. O que não parecia ser o caso de Klaus, que, em pé e com os braços cruzados, olhava, pensativo, para fora da janela.

Eu fingia desfrutar do som de *Nocturne Nº2*, de Chopin, entoado pela *oma* ao piano e acompanhado pela gaita de boca de Max, mas a verdade era que observava Klaus.

Mas eu não era a única que tinha outros interesses. Adele insistia em ser notada pelo capitão Coutinho, enquanto ele só tinha olhos para Greta, que conversava animadamente com Martha, que se abanava freneticamente, tentando espantar o calor.

Criando coragem, aproximei-me de Klaus, sendo seguida por Docinho. Ao chegar perto dele, a ousadia me abandonou, e fiquei em silêncio, torcendo, em vão, para que ele não notasse minha presença.

– Cansada de acompanhar a *performance* de meu irmão?

– É impressão minha ou você está com ciúme dele?

– A senhorita parece um tanto convencida ou será apenas impressão minha? – ele me alfinetou com uma pergunta.

– Por que voltou a ser implicante comigo?

– Sinto muito. – Ele passou a mão pelo cabelo levemente umedecido pelo suor, desalinhando-o, deixando sua aparência menos austera. – Você não fez nada, ao menos em parte.

– Isso me tranquiliza bastante. – Um sorriso ameaçou nascer no canto de seus lábios, atraindo meu olhar, e imaginei, mais uma vez, como seria ser beijada por ele.

– Você aceita passear comigo? – O convite inusitado me fez despertar dos devaneios e disfarçar o interesse na boca dele. Olhei para os outros, avaliando se seria de bom-tom sair, deixando-os sem avisar. – Não vamos longe.

– Preciso ao menos avisar a *oma*.

– Garanto que não é necessário. – Ele colocou uma das mãos na frente da boca, como se contasse um segredo. – Olhe como ela finge que não está vendo, mas enxerga tudo.

– Se é assim – cobri o riso com a mão, antes de concordar –, vamos.

O céu estava limpo como enfeitado para uma noite especial, cuja lua minguante e as estrelas eram seus acessórios indispensáveis.

Caminhamos na direção do poço de água com Docinho correndo à nossa frente. Nossos passos sobre a terra seca e o canto dos grilos eram o único som que nos envolvia, até que não aguentei o silêncio e disse:

– Obrigada pelo convite. Lá dentro estava mesmo muito quente. – Sem saber o que dizer, falei sobre o tempo, como a maioria das pessoas em Hamburgo costumava fazer na mesma situação. – Ainda acho estranho que o verão seja a estação do fim do ano. – Ele me olhou parecendo interessado, mas não disse nada. – Você sabia que em Hamburgo, no período do inverno, amanhece depois das oito da manhã e escurece por volta das quatro da tarde? – Aproximei-me do poço e me segurei firme para olhar dentro dele. – Muitas vezes, é desanimador ficar a maior parte do tempo em casa – comentei, lembrando-me de como, com frequência, era deprimente aquela época.

– Agnes...

– É claro que, para compensar, no verão amanhece às cinco da manhã e anoitece às onze horas da noite. Consegue acreditar?

– Agnes! – Ele segurou meu braço, e só então me dei conta de que tentava dizer algo; assim, olhei para ele com um sorriso envergonhado. – Por que você nunca se casou?

– Eu... Eu... Eu acho que estudei demais.

– Ninguém estuda demais – ele protestou olhando-me nos olhos, mas desviei para o poço, como se pudesse enxergar algo naquele buraco escuro. – O conhecimento nos torna pessoas melhores.

– Acredito nisso. Meu pai foi meu grande incentivador, e, graças a isso, estudei um pouco de matemática, física e até química. Porém, quanto mais aprendia, mais distante ficava de me tornar uma pretendente aceitável para qualquer cavalheiro. Afinal, o que os homens desejam é uma mulher calada, prendada, dócil e até um pouco tonta.

– É difícil compreender por que a maioria das pessoas pensa dessa maneira – ele disse.

Levantei os olhos para ele antes de continuar:

– Sem contar que, como você pode notar, os talentos femininos não são minhas melhores virtudes.

– Você se saiu muito bem com o jantar de hoje. – Ele se encostou no poço, quase se sentando nele.

– Melhor que o primeiro?

– Nada poderá superar aquela refeição... – ele fez uma pausa antes de completar com um sorriso travesso que o tornava muito parecido com o irmão – ... em nossa memória. – Rimos juntos, mas logo ele voltou para o tema anterior. – Acredito que a sociedade tenha medo do resultado poderoso da soma do conhecimento adquirido com a paixão que cada mulher carrega.

– Faz sentido – concordei com um sorriso triste. – E como resultado acabamos sozinhas num mundo onde não podemos ser donas de nossas próprias vontades.

– Não sei o que lhe dizer. – Ele franziu os lábios antes de continuar: – Eu me preocupo com Greta e suas ideias excêntricas.

– Sua preocupação é por ela usar calças?

– Isso e a falta de interesse dela em se casar para ter segurança nesta sociedade injusta, mas na qual somos obrigados a viver.

– Mas ela tem você e Max.

– Quem pode garantir que estarei sempre aqui? Já Maximilian... – Ele não completou a frase.

– Você vai precisar confiar que tudo que você e sua avó ensinaram a Greta está enraizado no coração dela e, em breve, brotará.

– É difícil para mim.

– Pode ser que a confiança seja a rega de que essa planta precisa para crescer.

— Meu pai apoiava minha mãe em seus sonhos. — Pude ver nos olhos azuis dele o momento em que a sombra da preocupação foi substituída pela tristeza. — Ela acreditava que um dia crianças brancas, negras e nativas poderiam estudar juntas.

— Ela foi professora?

— Até o dia em que estávamos voltando para nossa primeira casa depois do culto e notamos que estava em chamas. — Klaus sustentava o olhar na direção da casa, como se estivesse revendo aquilo que eles viveram, e meu coração se compadeceu com a dor dele, quase palpável. — Minha mãe nem esperou que a carroça parasse para pular e correr em direção às chamas. Meu pai tentou impedi-la, mas não conseguiu alcançá-la.

— Ela entrou no fogo por causa do Max?

— Não. — Ele me olhou, confuso. — Por que está perguntando isso?

— Vi uma marca semelhante a uma queimadura no braço dele.

— Isso foi culpa minha.

— Como assim?

— Minha mãe correu para dentro da casa prestes a desabar, na esperança de salvar os livros que usaria para ensinar as crianças negras e indígenas.

Imaginei como deveria ter sido difícil para a mãe dele ter visto seu sonho, o propósito de sua vida, ser consumido pelo fogo.

— Greta, que era apenas um bebê, berrava de fome no colo de nossa avó. A *oma* precisou assistir a tudo isso enquanto acalentava um bebê e tentava manter as outras duas crianças na carroça. — Engoli em seco e coloquei a mão sobre a dele enquanto ele revivia tudo outra vez. — Mas ela não conseguiu. Eu era um garoto de dez anos e bem mais forte que ela e, mesmo em meio às súplicas, pulei da carroça para ajudar meu pai. — Klaus ficou em silêncio por um instante, antes de me olhar e prosseguir: — Meu pai gritou furioso, mandando-me de volta para a carroça, e mesmo a contragosto obedeci.

Apertei a mão sobre a dele. Apesar da curiosidade, minha vontade era que ele parasse, pois não queria que sofresse ao reviver o passado. Contudo, no íntimo, entendi que ele precisava externar tudo aquilo e, diante disso, reprimi a vontade de chorar.

– Caminhei contrariado para a carroça, até que vi a *oma* gritar chamando Max, que tinha apenas seis anos. Ele havia entrado na casa seguindo nosso pai, e, sem pensar duas vezes, corri atrás dele.

Cobri a boca com a mão, que, em seguida, deslizou por meu pescoço, até encontrar descanso sobre meu peito agitado, aguardando ouvi-lo terminar de narrar.

– Logo que entrei na casa, meu pai estava caído inconsciente no chão, enquanto as chamas lambiam a madeira por todos os lados. Uma viga havia se soltado e atingido a cabeça dele. O pequeno Maximilian foi valente e me ajudou a arrastar nosso pai para fora, ao som dos gritos de desespero de nossa *oma*. Mas, quando me virei para voltar à procura de nossa mãe, a casa não existia mais.

As lágrimas que lutara para segurar correram livres por meu rosto ao ver os olhos vermelhos e o olhar perdido daquele homem que já tão jovem mostrara seu valor e sua coragem.

– Eu estava em choque. Imóvel, contemplando o estalar da madeira e a fumaça preta que roubava de nós nossa mãe. Fiquei assim até que os gritos de minha avó me despertaram. Max estava queimando ao meu lado. Parecia não notar que a manga de sua camisa estava em chamas. Por instinto, corri com ele no colo até o bebedouro do nosso gado, onde o mergulhei na água, e ele chorou.

Eu via que algumas lágrimas escorriam pela face dele, e eu, usando meu lenço, tentei enxugá-las, mas ele não aceitou. Queria continuar falando.

– Meu pai nunca mais foi o mesmo e, um ano depois, foi para a guerra, e Max sofreu por um bom tempo por eu não ter conseguido protegê-lo e cuidar dele.

– Nada disso foi sua culpa.

Eu o agarrei pela blusa, na altura do peito, sem me importar com o decoro, puxando-o para um abraço. Pude sentir o tremor que abalou seu corpo, e, abraçados, escorregamos até o chão. Escorados no poço, choramos juntos, até que a dor que ele sentia aliviou.

Ele levantou a cabeça, que antes molhava meu colo, e, constrangido, disse:
– Perdoe-me.
– Não é necessário. – Toquei sua face. – Obrigada por confiar em mim.
– Eu nunca havia falado sobre isso com ninguém.
– Nem mesmo com seu amigo capitão?
– Nós dois nunca falamos de nossas dores – ele confessou.
– Entendo. – Contorci a boca.
– Estraguei seu vestido.
– São apenas lágrimas. Acredite em mim, João encrenqueiro fez pior com o outro vestido.
– Vamos comê-lo – ele prometeu, levantando-se.
– Oh, não precisa – garanti com um sorriso, já que minha raiva daquela ave maluca já tinha quase passado. – Não costumo comer meus inimigos.

Ele esticou a mão para me ajudar a levantar, e eu aceitei.
– Não chorei, não – ele revelou enquanto movia o pé, brincando com Docinho.
– Ah, mas meu vestido diz outra coisa – falei com um sorriso, na esperança de alegrá-lo.
– Nunca chorei depois daquele dia.
– Nunca chorou? – Meu queixo caiu com a revelação.
– Obrigado!
– Por ter feito você chorar?
– Não. Por ter me ajudado a lavar a alma.

Ele tocou minha face, enxugando o restante das lágrimas que eu também derramara. Fechei os olhos ao sentir o calor da mão dele sobre minha pele levemente úmida. Não percebi que prendera a respiração até que o ar me faltou e inspirei o cheiro da colônia masculina, e o hálito quente dele percorreu meu rosto desde o alto da cabeça.

Imaginei como seria se os lábios dele seguissem os rastros das minhas lágrimas, como se, em vez de salgadas, elas fossem doces. Como seria sentir o peso dos lábios dele sobre os meus, exigindo algo que nem eu mesma conhecia, até que seu gosto invadisse minha boca?

Abri os lábios em um convite mudo para que ele os penetrasse, ensinando-me o que eu desconhecia, as sensações que apenas imaginava existir. Minhas pernas perderam a firmeza, e, se não fossem os braços dele, que se estreitaram junto ao corpo, eu teria voltado para o chão. Mas, em vez de capturar meus lábios assim que me firmei, ele se afastou, e lamentei, em segredo, o vazio deixado com a distância.

– Sinto muito. – Ele passou a mão pelos cabelos.

– Sente? – perguntei com a voz falha.

– Você sempre repete o que as pessoas falam? – Ele pareceu irritado, e fiquei confusa por não entender o porquê.

– Não sei.

– Vamos entrar – disse ele de costas para mim, sem me esperar.

– Mas, Klaus... – Desisti. Ele já estava bem à minha frente.

CAPÍTULO 23

Quase um mês depois, eu ainda suspirava ao me lembrar daquela noite em que nós dois quase nos beijamos.

Durante o caminho de volta para casa, ambos permanecemos em silêncio, e notei quando ele diminuiu o ritmo dos passos assim que chegamos à varanda. Já não aguentava mais me perguntar onde eu errara. A cada passo, repetia mentalmente a necessidade de entender, de uma vez por todas, que algumas mulheres haviam nascido para viver sozinhas, e, pelo visto, eu era uma delas.

No entanto, assim que nos juntamos ao grupo, a confusão que eu sentia deu lugar à frustração. E, por fim, precisei passar o restante da noite, a virada do ano, fingindo para ele e sua família que tudo estava bem, o que só aumentou minha angústia.

No dia seguinte, recebi, por meio da *oma*, a notícia de que Klaus havia partido para outra colônia, que ficava a algumas horas de distância de São Leopoldo. Segundo ela, ele partira para ajudar os moradores dali a abrir novas picadas. Esses caminhos, abertos a facão no meio da mata, eram essenciais para o deslocamento dos colonos e de suas montarias.

Por mais que tentasse, não conseguia entender aquele homem. Para mim, ele apenas encontrara uma boa desculpa para se afastar depois de ter me iludido com promessas mudas que não desejava cumprir. A maior prova disso era que deixara Max, pela primeira vez, à frente da fazenda, até sua volta. Não apenas eu, mas todos da casa estavam surpresos com a atitude dele.

Não queria admitir nem para mim mesma, mas, a cada dia que passava sem que ele retornasse nem tivéssemos notícias dele, minha aflição crescia, fato que busquei ocultar, com esmero, da família dele.

Ouvir deles que vários conflitos haviam acontecido com os nativos desde a chegada dos imigrantes não me ajudou nessa missão. Cheguei a pensar que fora essa a causa do incêndio que matara a mãe dele. Porém, diante de minha curiosidade, certo dia, Martha me confidenciou que fora uma fatalidade, resultado de uma vela acesa esquecida.

Tentando ocupar o tempo e a mente, eu passava as tardes sentada na varanda com o livro *O príncipe e a encrencada* que Emma me dera antes de minha viagem.

Eu precisava admitir, estava começando a gostar da escrita leve e engraçada de Lady Lottie. Mas, principalmente, por ela me distrair durante os dias de espera.

A história de Emily, contada pela autora, passava-se na Prússia do início do século XIX. Nela, a jovem dama da baixa nobreza que ficou famosa por roubar um ganso da cozinha da condessa de Hannover é convencida pelo pai a acompanhá-lo para uma temporada no castelo de Königsberg, a convite do imperador da Prússia.

O pai tinha esperança de que a filha encontrasse ali não apenas a proteção da coroa, mas também um marido. A jovem, com sua ingenuidade e falta de modos, acabava se colocando em diversas situações embaraçosas, mas o que ninguém esperava era que se apaixonasse por Frederico, já que, em razão dos escândalos, ela era considerada inadequada para ser a futura Imperatriz da Prússia.

Fechando o livro, notei que o céu estava nublado e até um pouco mais escuro que de costume. Parecia uma promessa declarada para aliviar o calor daquele fim de tarde. De dentro da casa, eu ouvia as vozes das mulheres que falavam ora em alemão, ora em português, ora numa mistura dos dois idiomas.

Recostada no banco da varanda, com a cabeça de Docinho no colo, abri o livro novamente e permaneci distraída com a leitura, até que um som de galope, mesmo distante, invadiu meus ouvidos, atingindo de forma certeira meu coração, que disparou como se eu estivesse correndo pela estrada que levava o recém-chegado à casa dos Flemmings.

Ainda que desejasse não demonstrar minha ansiedade, não resisti. Levantei-me segurando Docinho com uma mão e o livro fechado com a outra, na altura do peito, com apenas um dedo marcando o lugar da última leitura. Todavia, meu semblante esmoreceu quando vi que quem estava chegando era o valoroso capitão Coutinho em seu garanhão malhado, não aquele por quem meu coração disparava.

– *Rrrrrr!* – rosnou Docinho.

– Boa tarde, senhorita Neumann! – Ainda montado no cavalo, o cavaleiro retirou o chapéu com uma mão para me saudar. – Docinho.

– Boa tarde, capitão! – Forcei um sorriso caloroso para esconder a decepção. – O senhor nos traz notícias do senhor Flemming?

– Ca... capitão! – Adele saiu correndo da casa para saudar o visitante com algo que mais pareceu um suspiro.

– Adele! – Martha gritou de longe, chamando a filha.

– Saudações, senhorita Becker! Como tem passado? – saudou a moça o capitão, já desmontando.

– Es... estou bem, o... obrigada – Adele respondeu sorridente, torcendo o avental, e, antes de voltar correndo para a cozinha, disse: – E... eu preciso ir.

– Adele, você poderia levar Docinho, por favor?

A moça confirmou com a cabeça antes de levar com ela minha amiga insatisfeita.

– Lamento, mas não sei nada dele – o capitão informou enquanto amarrava o cavalo.

– Compreendo. – Eu o acompanhei até a sala, onde ele foi saudado pela *oma*.

– Que alegria vê-lo hoje aqui, capitão Coutinho.

– Obrigada, senhora Flemming! – Ele se sentou no lugar indicado depois de olhar ao redor. – A senhorita Flemming tem passado bem?

– Greta? – A *Oma* arregalou os olhos, espantada. – O doutor Hillebrand disse que ela não está bem?

– Não! – Ele levantou a mão espalmada para acalmá-la, e mordi os lábios para esconder o riso. – De modo algum.

Eu não conseguia acreditar que uma mulher observadora e perspicaz como a *oma* não tivesse percebido ainda o interesse do capitão pela neta. Por mais que ele desejasse esconder, não estava tendo sucesso. Ao menos, não para mim.

Lamentei por ele, que carregava sentimentos por alguém que dificilmente estaria ao seu alcance. Não que a família não fosse recebê-lo com alegria, mas por causa da sociedade, que não aceitava o casamento entre brancos e negros.

– Fico aliviada – a *oma* suspirou. – Greta saiu com o doutor Hillebrand para atender Lisa Marie, esposa de John Kreiss, o sapateiro, pois ela entrou em trabalho de parto. – Ele balançou a cabeça em afirmação. – Conte-nos, capitão. – Ela esticou o tronco para poder ouvi-lo melhor. – Que novidades o senhor tem para nós?

– As mesmas coisas de sempre: uma briga aqui, uma discussão ali. – Com um sorriso, ele aceitou o café servido por Martha, que decerto segurara Adele na cozinha, antes de continuar: – Acredito que a única coisa um tanto curiosa seja o aparecimento de um homem que, apesar de ser branco e ter olhos azuis, não se parece nada com um alemão.

Um frio percorreu minha espinha, como se fosse um mau presságio.

– Ora, capitão, nem todo alemão tem essas características – informou a *oma*.

– Só que eu o vi falar em alemão com o senhor Braun, o ferreiro, que depois me contou que o tal desconhecido fala essa língua com fluência.

– Curioso – disse a idosa com a mão no queixo.

– Ele estava procurando por uma moça loira que veio de Hamburgo. É claro que todos rimos dele, já que seria mais fácil ele perguntar qual moça aqui não é loira nem veio de Hamburgo.

– Interessante. – Ouvi a *oma* dizer, enquanto me esforçava para evitar a trepidação da minha xícara de café no pires.

– Imagine se eu lhe contar que, além do alemão, o português dele também é fluente.

Ajustei a posição na cadeira mais uma vez, antes de descansar a porcelana na mesa de centro. Quase sorri de alívio ao me lembrar de que o professor Cruz, caso ainda estivesse vivo, não tinha como me achar, e, para minha sorte, a *oma* mudou de assunto ao perguntar ao capitão se ele sabia do paradeiro do neto.

– Lamento, senhora Flemming, mas não tenho notícias de Klaus.

– Ele não deve demorar.

Coloquei a mão sobre a dela para passar-lhe a tranquilidade que eu não tinha.

– Acredito que não, mas, se souber de alguém indo naquela direção, pedirei notícias – ele garantiu.

– Seria muita gentileza sua – a *oma* agradeceu com um sorriso largo.

– Contudo – disse o capitão, atraindo nossa atenção –, quando o agente postal ficou sabendo que eu vinha visitar as senhoras, pediu-me que entregasse esta carta à senhorita Neumann.

A alegria que invadiu meu peito ao ver o envelope me fez esquecer minhas preocupações. Eufórica, peguei a carta e, depois de agradecer, rasguei o lacre que me separava das notícias de minha amada amiga. Esquecendo os bons modos, baixei os olhos e li em silêncio.

Querida Agnes,

Sua carta me trouxe alívio ao saber que você chegou bem, pois eu estava apreensiva, orando por notícias suas.

Desculpe-me o egoísmo, mas tudo de que gostaria neste momento era que você ainda estivesse aqui comigo.

Infelizmente, não tenho boas-novas de Hamburgo para você. É com extremo pesar que informo que minha amada oma já não está entre nós. Ela encontrou refrigério para suas dores nos braços de nosso Criador.

Não gostaria de preocupar você. Todavia, preciso admitir que você estava certa em relação ao professor Cruz. Ele está bem vivo e é bem pior do que você supunha.

Duas semanas após sua partida, ele fez uma visita à minha casa no intuito de falar com você e não ficou nada satisfeito quando eu lhe disse que não sabia onde você estava. Espero que Deus me perdoe por ter falado essa mentira.

Eu mal podia acreditar que era o mesmo senhor elegante que cortejava você. O professor foi mesmo inconveniente. Mas, para minha sorte, o senhor Krause chegou na hora, e isso acabou por afugentá-lo.

O problema é que, no dia seguinte, eu me dei conta de que a carta que você me enviou havia desaparecido de onde a deixei, e só posso pensar que ele a roubou. Sinto muitíssimo! Espero que ele não crie problemas a você. Para meu alívio, eu havia anotado seu endereço em meu diário – eu bem lhe disse que ter diários era uma boa ideia.

Contudo, preciso contar uma última notícia triste. O senhor Krause rompeu nosso relacionamento, e nem tive tempo de lamentar o fim, por causa do estado delicado da oma, cuja enfermidade exigiu ainda mais cuidados, antes de ter sua vida ceifada.

Já meu tio-avô ficou bem mais insatisfeito que eu. Decerto, porque agora, com o fim do quase noivado, ele perdeu a chance de se livrar de ser o responsável por mim.

Desculpe-me a longa carta e, por favor, não demore a mandar notícias suas.

P.S. O professor Cruz disse que você tem algo que lhe pertence. Você sabe do que se trata?

Com amor,
Emma Weber

CAPÍTULO 24

– Pelo visto, as notícias não são nada boas. – Levantei os olhos ao ouvir a voz da *oma*, que parecia preocupada comigo.

– Sim – respondi com um sorriso triste. – A carta é da minha amiga Emma me avisando do falecimento da avó dela.

– Sinto muito.

Eu também sentia por Emma e, mais ainda, pela necessidade de esconder a verdade daquelas pessoas que acreditavam em mim sem reservas.

– Meus sentimentos, senhorita Neumann – falou o capitão, lembrando-me de que ele também estava ali. – Se eu puder ajudá-la em algo...

Meio atordoada, respondi ao capitão com algo que nem eu mesma entendera.

Reli toda a carta, com a informação que o capitão nos trouxera pulsando em minha mente. Parecia impossível, mas sabia, em meu coração, que era ele. O professor Cruz atravessara o oceano atrás de mim.

O papel em minhas mãos começou a tremer como se estivesse ligado às minhas pernas.

Uma coisa era certa: eu precisava fugir. Colocara Emma em perigo, expondo-a ao provável assassino de meu pai. Não poderia fazer o mesmo com a família Flemming. Comecei a pensar em como faria para atraí-lo para longe daquela casa.

Não sabia o que o professor Cruz queria de mim, mas estava convicta do que eu ansiava: justiça.

Todavia, havia me esquecido de um fator importante: eu era uma mulher vivendo num mundo masculino, regido por leis que os próprios homens haviam criado. Como poderia fazer com que o professor Cruz fosse julgado e pagasse por ter matado meu pai se eu não conseguia sequer encontrar um modo de sobreviver sem o amparo daquela família que me acolhera?

Lamentei amargamente por ter começado essa nova etapa da minha vida baseada em mentiras. A culpa pesou sobre mim, pois meu desejo era pedir o socorro deles. Era poder me lançar nos braços de Klaus e pedir que me protegesse.

Suspirei pesarosa ao perceber quão tola fui por quase esquecer que ele próprio fugira de mim.

Não. Eu precisava descobrir por mim mesma o que fazer, mas primeiro responderia à carta de Emma.

– Marthaaaa! – O grito da idosa ecoou pela casa, despertando-me. – Traga um copo de água com açúcar antes que a menina desmaie.

– Estou bem, *oma* – tentei convencê-la.

– Claro que sim, mas beba um gole dessa água. – Obedeci, aceitando, com os olhos cheios de lágrimas de remorso, o copo que Martha me ofereceu.

Quanto mais amorosos eles eram comigo, pior me sentia.

– Preciso ir ao meu quarto. – Eu me levantei, devolvendo o copo vazio, antes de me virar para o capitão. – O senhor poderia fazer a gentileza de aguardar eu responder à carta da minha amiga e despachá-la para mim?

– Sim, é claro – ele disse. – Com muito gosto.

Imediatamente, subi as escadas o mais rápido que o decoro me permitiu, seguida de Docinho, que, de alguma forma, parecia ter-se livrado da vigilância de Martha.

Uma noiva alemã por correspondência

Querida Emma,
Sinta-se abraçada por mim. Não é egoísmo desejar que eu estivesse aí, pois é junto de você que eu desejava estar neste momento. Não sei o que fazer...

Afastei a pena do papel. Não poderia escrever aquilo. Não poderia colocar sobre Emma mais um peso, mais uma preocupação, pois ela se culparia ao saber que aquele assassino estava me procurando.

Amassei o papel, atirando-o em direção ao cesto, mas ele não alcançou seu objetivo e, antes de atingir o alvo, caiu e foi abocanhado pela fera que o aguardava. E, com tristeza, escrevi mais uma mentira.

Querida Emma,
Sinta-se abraçada por mim. Não é egoísmo desejar que eu estivesse aí, pois é junto de você que eu desejava estar neste momento. Li agora há pouco sua carta e, sinceramente, não sei o que lhe dizer, além de lhe enviar os meus mais profundos sentimentos pelo falecimento de sua avó.

Lamento por todas as dificuldades que você tem enfrentado e, principalmente, por não poder lhe oferecer meu consolo.

Em relação ao senhor Krause, estou chocada. Sinto-me aliviada que você não esteja sofrendo tanto por causa dele. Preciso confessar que ele me surpreendeu muitíssimo com essa atitude desprezível ao abandoná-la no momento mais difícil de sua vida, mas ouso dizer que foi ele quem mais perdeu.

Quanto ao professor Cruz, não fiquei espantada com a falta de caráter dele, o que só veio mesmo reforçar minha certeza de que é ele o verdadeiro assassino de meu pai.

Não se preocupe comigo, pois tenho sido bem cuidada por toda a família Flemming. Assim que a data do casamento for definida, eu a avisarei.

Perdão por esta carta tão breve. Contudo, prometo que logo escreverei uma contando os detalhes de como tem sido viver no Novo Mundo. Cuide-se.

Com amor,
Agnes Neumann

* * *

– Capitão Coutinho, desculpe-me tê-lo feito esperar tanto – disse ao entregar a carta lacrada a ele, que já aguardava por mim na varanda.

– Não se preocupe – ele disse, levantando-se do banco em que me esperava.

– Onde está a *oma*? – perguntei, ao me dar conta de que ele estava sozinho.

– A *oma* estava cansada, e insisti para que fosse descansar antes do jantar da família.

– Fez bem – disse com um sorriso. – Obrigada!

– Senhorita Neumann, desculpe-me a franqueza. – Com os olhos arregalados, engoli em seco, e ele continuou: – Tenho-lhe observado desde que chegou.

– Capitão...

– Por favor, escute-me – ele me interrompeu, e tateei o encosto do banco em busca do apoio que minhas pernas negavam. – Esta família significa muito para mim. Até mais do que eles possam imaginar. – Ele caminhou até o início da escada, mas, em vez de descer, virou-se para mim. – Sem dúvida, eu seria capaz de matar qualquer um para protegê-los.

– Eu...

– Sabe, senhorita, o contrário disso também é verdadeiro. – Ele colocou o chapéu antes de completar: – Eu faria qualquer coisa para proteger aqueles que lhes fazem bem. – Ele me olhou nos olhos como se pudesse ver através de mim. Eu estava confusa sobre o que dizer, mas estava certa de que ele suspeitava de mim. – Talvez a senhorita conheça alguém que esteja precisando de ajuda.

Ele sabia que eu estava mentindo, e pior: sabia disso havia muito tempo. Como eu poderia lhe negar a verdade se ela gritava dentro de mim, querendo escapar?

Desde o início, o capitão me pareceu um homem confiável. Era tão reservado quanto o próprio Klaus e não me parecia alguém sem caráter ou violento, apesar de a cicatriz funda que exibia na testa, pouco acima da sobrancelha esquerda, insinuar algo diferente. Só que, em vez de aproveitar a chance de tirar o peso que carregava dos ombros, dividindo-o com alguém, contei apenas parte da verdade a ele. Isto era o que mais me doía: continuar mentindo mesmo depois de ter encontrado em São Leopoldo um lugar de recomeço, onde me sentia segura e acolhida.

– Nem sei por onde começar.

– Talvez pudesse começar sentando-se um pouco.

– Obrigada! – obedeci a ele antes de começar mais uma meia-verdade. – Sabe o homem que o senhor mencionou?

– O que tem ele?

– Acredito que esteja à minha procura.

– Conte-me algo que eu ainda não saiba.

– Meu pai, que era professor na mesma instituição em que esse homem trabalha, parecia ter a intenção de me casar com ele, por isso acredito que possa lhe ter feito promessas nesse sentido a meu respeito.

– Isso não explica o porquê de a senhorita estar se escondendo.

– Acontece que, desde a morte do meu pai, ele vem me perseguindo, mas não quero me casar com ele.

– Por que não? – O capitão franziu a testa até que as sobrancelhas formassem uma linha reta. – Ele me pareceu um homem bem-apessoado que, além de ser letrado, tem posses.

– O senhor não notou mais nada nele?

– Como o quê?

– Ele é um homem misterioso e acredito que seja agressivo. Ouvi dizer que chegou a invadir o quarto de uma dama em Hamburgo, atacando-a.

– Isso é mesmo imperdoável. – Ele balançou a cabeça concordando, mas não consegui ter certeza se acreditara ou não em mim. – Achei-o impaciente.

– Como lhe disse, ele não aceita fácil um "não".

– Isso é verdade – ele concordou, e suspirei aliviada.

– Capitão, não posso provar a periculosidade daquele homem, mas, por favor, acredite em mim quando afirmo que meu desejo é que nada de ruim aconteça com esta família.

– Não posso prender um homem sem provas.

– Infelizmente, vivemos em um mundo cujas regras beneficiam apenas os homens – lamentei com um sorriso triste.

– Os homens brancos – ele fez questão de frisar.

– Sim, é verdade. Um mundo cheio de injustiças. – Balancei a cabeça, desolada. – O senhor acha que uma mulher deveria ser obrigada a se casar com um homem pelo qual sente desprezo? – Por alguns instantes, ele ficou calado, apenas me observando. – Por favor, me ajude – pedi.

– Vou ter uma conversa com o sujeito.

– Acredito que ele já sabe onde estou.

– Pois vai esquecer bem rápido.

CAPÍTULO 25

– Vamos, Agnes, depressa! – gritou Greta à minha frente para se fazer ouvir entre o estrondo de um trovão e outro.
– Estou sendo o mais ágil que posso – resmunguei, enquanto tentava acompanhá-la.
As saias de tafetá se enroscavam em minhas pernas, impedindo-me de andar mais rápido e com a mesma liberdade que ela, vestida com calças. Era lamentável que estivesse fazendo isso com um de meus vestidos novos. Aquele azul-claro, como os olhos de Klaus, jamais voltaria a ser o mesmo.
Greta levava uma lâmpada de querosene à frente, iluminando nosso caminho até o alojamento dos homens. Não era nada apropriado que duas moças solteiras entrassem naquele lugar. Porém, não havia escolha, já que um dos homens estava gravemente ferido e necessitava de socorro.
Minhas botinas se atolavam aqui e ali em uma poça de lama deixada pela chuva intensa que acabara de nos dar uma pequena trégua, mas ameaçava causar algumas inundações na região do rio dos Sinos.
– Foi justamente por isso que abri mão dessas vestimentas limitantes – ela disse enquanto andava sem nem mesmo se virar para trás. – Imagine só você caindo de um barco. Nunca sobreviveria.

– Preciso admitir que já pensei nisso. Ainda que acredite não ser segura de mim o bastante para vestir calças.

Apavorada com o que nos aguardava, eu suplicava, no íntimo, que Greta soubesse realmente o que fazer. Eu não era uma daquelas pessoas que desmaiavam com sangue. Todavia, precisava admitir que nunca vira algo mais grave que dedos furados por agulhas de costura.

Foi por acaso que o garoto de recados da fazenda nos encontrou em casa. Nossa intenção era ter ido com a *oma* visitar a senhora Judite, a fofoqueira, como era conhecida. Porém, no último instante, Greta e eu decidimos que jogar cartas seria muito mais emocionante que ouvir a conversa das duas idosas.

Minha esperança, até o último momento, era de que Max, que fora levar a *oma* à casa da amiga, chegasse a qualquer hora. Acreditávamos na possibilidade de ele cruzar com o garoto de recados que, após nos avisar, fora buscar o médico da vila.

– Alguma vez você cuidou de uma fratura? – perguntei, receosa com a resposta que receberia.

– Ainda não tive essa sorte. Mas estudei tudo sobre o assunto nos livros do doutor Hillebrand.

Com os olhos arregalados, notei que ela não estava brincando.

– Sorte?

– Sim, preciso estar no lugar certo, na hora certa.

– Que horror!

– Horror seria se quebrasse os ossos para depois consertar. Você não concorda?

– Greta! – exclamei chocada enquanto desatolava o pé direito. – Eu não conhecia esse seu lado macabro.

Ela riu, achando divertida minha reação.

– Sempre sonhei em estudar medicina.

– Mas as universidades não aceitam mulheres.

– Uma tremenda injustiça, já que, desde a Antiguidade, o cuidado dos doentes ficava em nossas mãos. Quem foi que determinou que os homens são mais capazes disso que nós, mulheres? – Ela mesmo respondeu à pergunta. – Os próprios homens.

– Você tem razão.

Coloquei a mão livre sobre o ventre, na tentativa de aliviar o frio que senti na boca do estômago ao ouvir, antes mesmo de chegar ao alojamento, os gritos de dor do pobre homem que caíra do telhado ao tentar repará-lo.

Isso foi o suficiente para me motivar a andar mais rápido e com cuidado redobrado para não escorregar nas poças de lama, por medo de sujar os tecidos que carregava e seriam usados como curativos.

Greta levava uma valise pequena, que chamava de *Maxila*, e a denominava sua melhor amiga. Ela me garantira que dentro dela estava o essencial para cuidar de alguém.

Quando chegamos, o cenário era pior do que, a princípio, eu imaginava. Greta, talvez, pensasse o contrário. Seu olhar concentrado, quase maravilhado, mostrava isso.

Para minha sorte e alívio, não faltaram mãos úteis para ajudá-la. De todos os talentos dos quais um dia pensei poder ter, os cuidados médicos, sem dúvida, nunca fizeram parte deles.

A sensação de desmaio obrigou-me a me sentar a uma boa distância. Porém, após alguns minutos, recusei-me a ficar sentada enquanto todos trabalhavam para ajudar o ferido, e, pegando um lampião, corri de volta para casa, na intenção de levar algo para todos beberem.

Um chuvisco fino e insistente caiu sobre mim por todo o trajeto até a casa, obrigando-me a, muitas vezes, fechar os olhos enquanto andava rápido.

Antes de chegar a casa, notei a aproximação de um cavaleiro, e meu coração acelerou ao pensar que pudesse ser Klaus voltando daquela longa viagem, ou até mesmo Max, mas, para minha decepção, era o capitão Coutinho com seu garboso garanhão malhado.

– *Uooh!* – Ele parou o cavalo próximo a mim e desmontou, apressado.
– Senhorita Neumann! O que faz aqui fora na chuva?

– Houve um acidente.

– Oh, a senhorita Flemming...

– Greta está no alojamento cuidando de um homem ferido até o médico chegar – esclareci ao perceber o olhar assustado dele. – Vim fazer um café para eles.

– Vou até ela para o caso de poder ajudá-la. – Ele montou no cavalo com destreza, quase não me dando chance de falar.

– Capitão, posso lhe perguntar algo antes de ir até lá? – Ele balançou a cabeça, afirmando. Seu olhar, contudo, estava na direção do alojamento. – O senhor tem notícias daquele homem?

– Vim justamente para tranquilizá-la.

– Tranquilizar?

– Sim, já resolvi o problema.

– O se... senhor...? – não consegui completar a frase.

– Se dei cabo da vida do infeliz? – Ele sorriu, mas o riso não chegou aos seus olhos cheios de preocupação com Greta. – Não, mas pode ser que ele esteja com alguma dificuldade de respirar. O importante é que o coloquei ontem mesmo numa sumaca para Porto Alegre.

– Fico aliviada.

– No entanto, ele me disse algo que pode lhe interessar. – Com os olhos arregalados, permaneci em silêncio, aguardando que o capitão continuasse. – Ele disse que a senhorita tem algo que lhe pertence. Se isso for verdade, sugiro que entregue a ele, ou ele não desistirá até conseguir o que deseja.

– Não sei o que ele quer. – Era a primeira verdade que contava sobre aqueles acontecimentos.

– Então, não há com o que se preocupar.

– Obrigada, capitão – agradeci, desejando poder, finalmente, relaxar. – Não tenho palavras para lhe agradecer.

– Apenas faça esta família feliz. – Ele tocou a frente do chapéu. – Faça meu amigo feliz.

– Isso não depende de mim, capitão.

– Ele só precisa de um tempo para admitir o que já está claro para todos.
– E o que seria isso? – Eu estava curiosa e quase me arrependi de questioná-lo ao ver um sorriso relutante.
– Ele está apaixonado pela senhorita.
– Apaixonado?
– A senhorita sempre repete as palavras? – Ele partiu antes de ouvir a resposta.
– Acho que sim.

* * *

Pela primeira vez, eu estava me sentindo realmente útil. Estava orgulhosa de mim mesma por ter preparado o café para levar ao alojamento, apenas com a luz trépida e fumacenta do lampião e a companhia de Docinho, que rondava meus pés.
– *Louro quer biscoito! Louro quer biscoito!* – exigiu a ave sobre a mesa da cozinha. Os passos de vaivém faziam um irritante som de arranhado, causado pelo atrito das unhas dele sobre a superfície de madeira.
Aproveitei a ideia do Pirata para separar alguns biscoitos que eu ajudara Martha a preparar e, como agradecimento, dei-lhe uma fruta ao devolvê-lo ao poleiro. Já quase de saída, lembrei-me de separar um pouco de canja para o acidentado, para o caso de ele sentir fome e conseguir comer.
O problema é que, diante de meu anseio em ajudar, eu me esquecera de algo primordial. Como levaria tudo aquilo até eles?
Enquanto pensava em uma solução, ouvi a porta bater e Docinho correr para a entrada da casa. Suspirei de alívio: minha ajuda acabara de chegar.
– Max! – chamei, com um sorriso de alívio nos lábios por não precisar fazer o transporte da comida sozinha. – Você pode vir aqui na cozinha, por favor?
Não ouvi a resposta dele, mas, sim, o som de passos lentos, e os rosnados de Docinho continuavam vindo da entrada casa. Devolvi para a

mesa a bandeja que tinha nas mãos. Com isso, acabei esbarrando em uma xícara vazia sobre ela. A porcelana que caiu aos meus pés espalhou seus pedacinhos por toda parte.

– *Pirata! Pega, Pirata!* – gritou o papagaio, andando de um lado para outro no poleiro.

– Max, por favor, não brinque comigo. – Abaixada, comecei a juntar, apressada, os cacos da porcelana, mantendo o olhar na porta. Foi inútil fazer aquilo no escuro. Contudo, só me dei conta disso ao sentir ardência e dor no dedo indicador. Quando o ergui na direção do lampião, o sangue fresco pingou no vestido que um dia fora azul-claro. – Isso não tem graça, Max! – disse com a voz trêmula pela brincadeira dele. – Cortei o dedo por sua causa.

Um arrepio de pavor percorreu meu corpo, e fiz silêncio ao me dar conta de que Docinho nunca latia para Max. Ela o amava.

Encolhida debaixo da mesa, ouvindo um resmungar incompreensível do invasor, tentei avaliar o que poderia usar para me defender e se teria tempo suficiente de chegar até a porta de trás antes que ele me alcançasse.

Fazendo apenas sinais com as mãos, chamei Docinho, que corria da sala para a cozinha, num vaivém, mas ela me ignorou. Estiquei-me um pouco para fora da mesa, decidida a puxar Docinho na próxima vez que ela se aproximasse. Com sorte, poderíamos fugir sem que o bandido percebesse.

Consegui puxá-la, prendendo-a ao meu corpo, e, com a mão esquerda, segurei o focinho dela para que fizesse silêncio. Nesse momento, a porta da frente se fechou em um baque que me fez estremecer, e, temendo não ter mais tempo para correr, prendendo Docinho, arrastei-me de volta ao esconderijo.

Mentalmente, culpava-me por não ter ficado no alojamento como qualquer mulher normal teria feito ou por ter demorado tanto a sair, mas sabia que jamais conseguiria abandonar Docinho diante do perigo.

As tábuas do assoalho rangeram, denunciando que passos lentos e firmes seguiam em nossa direção. Docinho começou a se agitar no meu colo, também percebendo isso, e quase não consegui mais segurá-la.

– *Pega ladrão! Pega ladrão!* – gritou Pirata, para meu desespero.

Eram visíveis, de onde eu estava, as sombras das botas de cano longo do invasor e como seus passos eram cautelosos. Estava certa de que ele podia ouvir as batidas do meu coração, que queria saltar pela boca. Isso, em vez de afugentá-lo como eu gostaria, apenas o encheu de audácia. Ele avançou até nós levantando, de uma só vez, a toalha que cobria a mesa, fazendo os biscoitos que estavam na travessa voar de encontro aos cacos de porcelana. Com os olhos arregalados, eu o vi me encarando e, sem aguentar mais, chorei.

Chorei, em um misto de alívio e felicidade, antes de soltar Docinho e me atirar nos braços dele. Reconheceria aquele cheiro ainda que meus olhos estivessem vendados, fazendo meu coração bombear como um lunático. Não mais de medo. Sabia que estava segura por estar no lugar que ansiava por dias a fio.

– Klaus – sorri em meio às lágrimas, sem nenhum constrangimento, e Docinho, depois de pegar o presente que ele lhe oferecia, pulou do meu colo e se afastou para roer seu osso.

Ele me estreitou nos braços, sem se importar com nada à nossa volta. Olhei mais uma vez em seus olhos, como se para confirmar que eram aqueles olhos cor de gelo que encontraria diante de mim.

– O que você estava fazendo no escuro, sozinha e debaixo da mesa? – Ele afastou o rosto do meu, e quase gemi em protesto. Só então me dei conta de que ele descansava a arma no chão, ao nosso lado, sem me tirar do colo. – Fale comigo, Agnes – ele pediu, segurando meu rosto com as duas mãos. – Onde estão todos?

– Pensei que fosse morrer.

Não era tolice, e eu sabia. Pensei que, dessa vez, não escaparia do assassino de meu pai.

– Não diga tolices, você está segura. – Ele olhou à nossa volta como se avaliasse o lugar. – Achei estranho quando Docinho parou de latir.

– Eu a segurei porque pensei que você fosse um invasor.

– Percebi. Sinto muito ter assustado você. – Ele deu um sorriso torto. – Estou certo de que Maximilian anda lhe contando muitas histórias sobre os bugres comedores de gente. – Ele beijou o topo da minha cabeça – Onde estão os outros?

– Max foi levar a *oma* na casa da senhora Judite, e Greta está no alojamento dos homens, socorrendo um ferido.

– Por que não está lá com ela?

– Como não estava ajudando em nada, decidi fazer um café para eles.

– Estão vamos levar o banquete que você preparou e tentar ajudar no que for preciso.

CAPÍTULO 26

– Que noite! – suspirei alto assim que nos sentamos no banco e nas cadeiras da varanda.

O capitão foi o único que aceitou nosso convite para ir até a casa da família beber algo. Já o doutor Hillebrand, sabendo que precisaria visitar logo cedo a senhora Kreiss, que morava a certa distância, preferiu ir para casa descansar.

Docinho, notando nossa presença, começou a grunhir, impaciente, junto à entrada da casa, não me restando outra opção que não abrir a porta para que saísse. Ela ficara em casa a contragosto e, ao se ver em liberdade, em vez de ser grata, rosnou, exibindo os dentinhos afiados, atacou a bainha do meu vestido e só então correu para longe, a fim de desfrutar da libertação.

– Senhorita Flemming, preciso confessar que estou ainda mais impressionado com a senhorita. – O capitão, ainda em pé, colocou no banco, ao meu lado, a valise que insistira em carregar para Greta.

– Obrigada, capitão, mas confesso que fiquei aliviada com a chegada do doutor Hillebrand.

– Ele mesmo garantiu que a senhorita fez um trabalho excelente na perna daquele homem.

Greta passou a mão pelo cabelo desalinhado. Era visível seu cansaço, mas, ainda assim, ela carregava na face, corada pelo constrangimento, um sorriso de satisfação.

– Aceite o elogio, pois ele é merecido – disse Max, abraçando a irmã. – Nossos pais estariam orgulhosos de você, assim como estou, e sei que a *oma* também ficará.

– Não sei como você consegue lidar com uma situação como aquela – confessei. – Quase desmaiei ao ver o estado do pobre homem.

– Não sei explicar – falou ela, um pouco emocionada. – Só sei que nasci para ajudar as pessoas.

– Você tem ajudado – disse Klaus, lançando um sorriso carinhoso para a irmã, que viu nisso um sinal de abertura para abordá-lo.

– Quero fazer muito mais, Klaus. – Ela se inclinou na direção dele enquanto falava. – *Preciso* fazer mais, e o doutor Hillebrand contou...

– Agora não é o momento de discutir isso, Margareta.

– Não me chame assim!

– Esse é seu nome. – O olhar dele pareceu inexpressivo, porém tenso. – O melhor que pode fazer agora é subir para trocar essa roupa ensanguentada antes que a *oma* chegue e vire sua próxima paciente.

– Você não entende! – ela acusou, indignada.

– Quem parece não entender é você – ele disse secamente, mas vi uma sombra de culpa em seu olhar. – Não fui eu quem fez as regras.

Cheia de ressentimento, Greta pegou a valise e entrou na casa sem sequer se despedir do capitão Coutinho, batendo a porta atrás de si.

O capitão levantou-se sem pensar, como se desejasse segui-la, mas, ao se dar conta do que fizera e de que todos nós o olhávamos, ele se sentou novamente.

– Acho que o senhor deveria tê-la deixado falar – protestei com ousadia, desviando do capitão o olhar desconfiado dos dois irmãos, mas, ao ver o olhar duro de Klaus sobre mim, mordi o lábio inferior, como se isso houvesse me enchido de coragem, antes de prosseguir. – Acredito que o mínimo que Greta poderia ter recebido hoje era o direito de contar à família o sonho que arde em seu coração.

– Outra vez, parece que sou desumano.

– Desumano, não. É evidente que o senhor deseja apenas o bem de sua família – justifiquei.

– Que bom saber.

– Contudo, o senhor é extremamente controlador. – Com o canto dos olhos, vi que Max mordia os lábios para reprimir o riso. Só que não fui a única, e ele apenas deu de ombros para o olhar zangado do irmão mais velho.

– Não é a primeira vez que a senhorita me fala tal coisa.

– Talvez por eu ser a única que não tem receio de lhe mostrar o ponto que o senhor poderia ajustar em sua vida. – Dei de ombros. – Para seu próprio bem.

– A senhorita julga ser um poço de experiência, não é mesmo?

– O senhor sabe que não, mas acompanhei de perto como o tio-avô de minha amiga Emma controla os passos dela e como isso lhe causa tristeza.

– Decerto porque ele se preocupa com ela, já que, pelo visto, é o responsável pelo bem-estar e pela segurança dela, assim como sou o da minha irmã.

Fiquei calada e sem argumentos, tendo em vista que, se tivesse um irmão que pudesse ser um amparo para mim, não estaria do outro lado do mundo esperando que um homem estranho me aceitasse como esposa.

– A senhorita cresceu entre acadêmicos, não é mesmo?

– De fato.

– Quantas mulheres a senhorita viu entre eles?

– Nenhuma.

– Klaus! – chamou o capitão, mas, em vez de responder, ele apenas levantou a mão espalmada para que o amigo esperasse.

– E quantas mulheres viu no ofício da medicina?

– Nenhuma – respondi com relutância.

– Apenas quero evitar que ela sofra a humilhação de ser rejeitada.

– Desculpe-me, meu amigo – interrompeu o capitão Coutinho. – Este pode estar sendo seu erro. Deixe que a senhorita Flemming veja por si mesma que não é possível.

Klaus ficou calado, como se refletisse.

– Vou ver se ela precisa de ajuda. – Levantei-me aborrecida comigo mesma por não ter conseguido argumentar mais em favor de Greta. – Volto logo – avisei.

Ele deveria sentir orgulho da irmã. Ela era uma mulher admirável. Quisera eu ser tão convicta a respeito de algum talento que tivesse, caso possuísse algum.

No escuro, tateei o corrimão da escada que me levaria ao segundo andar. Diante da conversa acalorada, eu havia me esquecido de pegar uma lamparina.

Subi devagar, por medo de ser a próxima a ter a perna emendada, refletindo sobre nossa conversa, se é que aquilo poderia ser considerado uma conversa.

Entendi o lado de Klaus, mas apoiaria minha nova amiga. Não era justo que Greta fosse impedida de ao menos tentar alcançar o propósito que ardia tão forte em seu coração. Saber que poderia ser útil à sociedade era o motivo que a fazia acordar todos os dias, e eu a invejava por isso. Ela não poderia ser parada. Não sem antes tentar, e eu a ajudaria no que fosse preciso.

– Não grite! – escutei um sussurro que me fez estremecer.

Tentei apurar os ouvidos para descobrir de onde vinha aquele som. O barulho de algo como porcelana rachando em contato com o chão fez subir um frio por minha espinha. Isso e os resmungos incompreensíveis que ouvia com dificuldade me fizeram viajar ao passado, ao que vivera em Hamburgo.

Um tremor percorreu meu corpo, e precisei me apoiar na parede ao perceber que minhas pernas não me sustentavam mais. Eu sabia que era ele. Ele atacava de novo com a mesma estratégia. Só que, dessa vez, a vítima era Greta. A irmã querida do homem que eu enganava com meus segredos. Mais uma vez, eu era a culpada por colocar pessoas em risco.

Eu não sabia o que fazer, só que precisava agir rápido para impedir que minha enganação trouxesse mais tristeza àquela família, que me recebera e aceitara de braços abertos, ainda que eu não tivesse nada a oferecer. Não tinha tempo para chamar os homens na varanda. Nem mesmo gritar. Isso só alertaria o criminoso e colocaria em risco a vida de Greta.

Depois de respirar fundo, reuni toda a coragem que encontrei em mim e entrei no quarto que dividíamos.

Eu estava certa. Lá estava ele lutando para segurá-la. Estava despido da máscara, achando que estaria seguro de ser reconhecido ali, tão longe de Hamburgo, no breu daquela noite sem lua e no quarto iluminado apenas por um toco de vela que ameaçava apagar a cada sopro que recebia da janela aberta.

O professor Cruz estava, como da última vez, vestido de escuridão, como era sua essência, realçando a pele branca. Uma mão firme e coberta de pelos escuros como os cabelos de sua cabeça segurava a cintura de Greta, colando o corpo dela ao seu, como se os dois fossem apenas um. A outra mão estava pressionada sobre a boca dela, para que não gritasse.

O olhar dele era intenso e estava rodeado de uma marca escura, que estava certa ser consequência do encontro com o capitão Coutinho. Quase sorri de satisfação ao imaginá-lo recebendo a coça que havia muito tempo merecia. Ele me olhava como se quisesse sugar minha alma ou apagar minha vida, como fizera com meu pai.

– Nunca me enganei de que era o senhor. – Avancei alguns passos com cautela e quase me desequilibrei ao pisar em um livro caído no chão. – Eu já sentia que o senhor não era confiável.

– Não me diga. – A voz forte e quase rouca dele estava carregada de indiferença.

– Ah, digo, sim. O senhor pode ter enganado o incompetente do senhor Grimm, mas não a mim.

– Vejo que a senhorita continua falando demais. – Ele sorriu desdenhoso, acentuando a pequena cova na bochecha que dava um charme diabólico ao seu rosto magro.

– Largue minha amiga agora mesmo!

– Assim que pegar os papéis que me pertencem.

– Eu já lhe disse que não tenho nada que é seu! – Fechei a mão ao lado do corpo, tentando me controlar. – O senhor é louco!

– Pouco me importa o que a senhorita pensa de mim. Só me entregue o que vim buscar – ele disse enquanto, arrastando Greta com dificuldade, se aproximava da janela para facilitar a fuga.

Tive pouco tempo para reagir quando ele gritou ao ser mordido por Greta. Tanto ele como eu fomos pegos de surpresa. Ela, aproveitando o momento de distração que o choque e a dor provocaram nele, escorregou para o chão, dando-me, assim, a oportunidade de usar a primeira coisa que encontrei por perto para acertá-lo.

O som do encontro da capa dura da minha Bíblia com a lateral da cabeça dele foi alto, mas não o bastante para derrubá-lo, e ele avançou na minha direção, meio cambaleante, rosnando de raiva e com as mãos em garra. Desviei dele, fazendo-o vir atrás de mim e para longe de Greta, que correu para fora do quarto.

– Não adianta correr.

O professor Cruz passou por cima da cama para pular em cima de mim, mas eu estava preparada para ele com os dois pés fincados no chão e as mãos em punho.

Bash! O queixo dele encontrou meu gancho de direita, e, ao som dos dentes se chocando, ele caiu. Não pelo meu soco, que o atingira em cheio, mas por ter batido a cabeça na mesa de cabeceira, resultando em um corte próximo à sobrancelha esquerda.

– Espero ter danificado esses dentes perfeitos que o senhor carrega – disse, aproximando-me com cuidado dele, que estava estendido de bruços. – Fique tranquilo, professor, dentes faltosos vão combinar melhor com sua nova profissão: bandido!

Em vão, tentei, com o pé, mover o corpo dele para deixá-lo de frente. Abaixei-me para checar a pulsação e me certificar, dessa vez, se ele estava vivo. O rosto bonito, as roupas alinhadas e o refrescante perfume cítrico dele eram a combinação perfeita para enganar qualquer mocinha ingênua que não soubesse de sua maldade e falta de escrúpulos. Para meu alívio, ele estava vivo, mas desacordado.

– Bem-feito! Espero que o senhor fique com uma cicatriz horrorosa para exibir aos novos colegas na prisão! – Sorri satisfeita, pois finalmente ele pagaria pelo que fizera ao meu pai.

O quarto ficou pequeno quando os homens da casa que haviam sido alertados por Greta entraram correndo com as armas em punho.

– Podem baixar as armas – avisei.

– Você está bem? – Klaus me levantou, puxando-me para longe do criminoso, e me abraçou forte. – Esse imprestável machucou você? – ele perguntou e, sem esperar a resposta, examinou-me dos pés à cabeça, causando um rubor generalizado em mim.

– Minha mão está dolorida, mas acho que não é nada grave – tentei tranquilizá-lo ao mesmo tempo que tirava Docinho de cima do professor Cruz. Ainda que minha vontade fosse deixar que ela destruísse o restante daquele rosto arrogante.

– Greta, é melhor que você avalie o punho de Agnes – pediu Klaus, nervoso.

Greta aproximou-se imediatamente.

– Não é preciso se preocupar. – Movimentei os dedos, mostrando que a mão estava bem, apesar de um pouco vermelha e dolorida.

– Não está quebrada – disse Greta.

Como se não acreditasse na irmã, ele avaliou minha mão por si mesmo.

– Não tem nada que possa passar para melhorar esse vermelho? – ele perguntou, mas, ao se dar conta de que a irmã não estava mais ali, retirou o colete que vestia e enrolou meu punho com ele.

Enquanto isso, vi quando Greta, como em um romance digno de Lady Lottie, rasgou um pedaço da própria roupa para conter o sangramento do professor Cruz.

– Ele está sangrando. Rápido, alguém pegue minha valise em cima da cômoda. – Ela deu o comando, mas nenhum de nós parecia ter pressa. Até que o capitão a atendeu.

– Agnes, querida, você o atacou com a Bíblia? – Max estava agachado juntando as partes do livro sagrado que se espalharam após nosso confronto.

Dando de ombros e com sorriso triste, respondi:

– Como diria meu pai: "Foi o peso da Palavra".

– É por isso que não gosto de livros – disse Max em meio a uma risada sem graça. – Eles são mesmo perigosos.

– Levante-se, Greta. – Klaus esticou a mão para a irmã, na intenção de ajudá-la. – Vamos esperar a *oma* lá embaixo para deixar Inácio trabalhar em paz.

– Não vou abandonar um ferido. – Indignada, ela se desviou da mão do irmão.

– Ele é um bandido! – Klaus lembrou a ela, zangado.

– Não, ele é uma pessoa que precisa ser socorrida. – Ela continuou cuidando do homem, que fora virado de frente pelo capitão. – Além do mais, o doutor Hillebrand está muito cansado e ainda terá que viajar logo cedo.

– Klaus! – Toquei o braço dele em uma súplica muda.

– Está certo – ele concordou, mas, antes que eu suspirasse de alívio, avisou: – Nesse caso, ficarei aqui.

– Pode ir, meu amigo, ela ficará segura – garantiu o capitão. – Vou amarrar agora mesmo o sujeitinho.

Klaus aceitou, balançando a cabeça a contragosto, e virou-se para mim.

– Vamos, Agnes?

Concordei, aceitando a mão que Klaus me oferecera. Ao segui-lo, usei todo o peso do corpo para pisar nos dedos do professor e, ao ouvi-lo soltar um fraco gemido, disse:

– Vejam só – falei com inocência forçada –, ele não morreu.

Antes mesmo de cruzarmos o vão da porta, Klaus abaixou-se, pegando o livro que quase me fizera tropeçar ao entrar no quarto.

– O diário é seu? – Ele estendeu para mim o objeto trabalhado em couro.

– Não. – Acariciando a cabeça de Docinho em meio às suas mordidinhas, ri ao me imaginar escrevendo um diário. – Emma já insistiu algumas vezes, mas, sinceramente, não tenho paciência. Além do mais, imagine só eu tendo que reviver este momento lamentável nas páginas de um caderno tão bonito.

– Greta – ele chamou a irmã com carinho, quase como um pedido de desculpas. – Vou deixar seu diário aqui sobre a mesa.

– Ah, sim, obrigada – ela agradeceu, mas, voltando a atenção para o ferido, disse: – Acabei derrubando-o em meio à confusão.

– Não se demore. – Klaus tocou o ombro da irmã, ajoelhada ao lado do criminoso. – Quero você longe desse homem o mais rápido possível.

– Pode ficar tranquilo, comandante – disse Max, piscando para nós. – Ficarei aqui com Inácio.

Klaus bufou em resposta.

CAPÍTULO 27

– Você tem certeza de que não prefere beber um copo de água? – ele perguntou pela décima vez.

– Não, Klaus – neguei com um sorriso. – Estou bem.

– Como está sua mão? – ele perguntou novamente.

– Ótima. Ainda estou um pouco trêmula.

– Então vamos nos sentar na varanda para o caso de a *oma* chegar antes de levarmos o bandido para o Sistema de Correção.

– Levarmos? – Arregalei os olhos com a informação. – Você pretende ir junto?

– Sem dúvida nenhuma. – Ele se sentou ao meu lado no banco. – Aquele homem, além de invadir minha casa, ameaçou minha família.

Engoli em seco. Meu desejo era que um pouco daquele cuidado fosse direcionado a mim. Em vez disso, ele me desprezaria por descobrir que fora eu a responsável pelo risco que todos eles correram.

– Acho que não é uma boa ideia você ir falar com ele – disse na esperança de dissuadi-lo. Ele precisava saber a verdade por mim, não pela boca do professorzinho. O problema é que eu não sabia como e por onde começar. Precisava de um pouco mais de tempo.

– Não se preocupe. O importante é que agora vocês estão seguras – ele disse, tirando-me do meu devaneio.

Eu, porém, não estava tão certa quanto à minha segurança. A montanha de mentiras que contara desde o princípio me perseguia e estava prestes a me engolir. *Como fui tola o bastante para achar que poderia esconder a verdade para sempre sem que ela brotasse das profundezas da terra para me engolir?*

Meu coração continuou acelerado, e a angústia me sufocava. Meu desejo era de poder voltar atrás para apagar as mentiras que escrevera nas páginas da minha vida. Mas não podia.

Revelar tudo naquele momento seria devastador. *Como vou justificar os motivos que me fizeram enganá-los?* Eu não conseguia convencer nem a mim mesma com os tais argumentos.

Klaus colocou a mão quente sobre a minha, e olhei em seus olhos. Olhos azuis daquele com quem gostaria de ter a chance de construir uma história. Todavia, não era possível.

– Não fique tão pensativa. – Ele passou o dedo suavemente sobre minha testa, onde rugas de preocupação haviam se formado, e só então me dei conta de que a estava franzindo.

– Não é fácil.

– Entendo. – O mesmo dedo deslizou pela lateral do meu rosto, deixando um traço de fogo por onde passava, e eu já não estava mais certa se meu desconforto era pelos acontecimentos ou pela presença dele. – Então, vamos falar de outra coisa enquanto esperamos.

– Outra coisa?

– Sim. – Um sorriso um tanto convencido iluminou a face dele. – Você poderia começar me dizendo se sentiu minha falta.

– Só se você me contar por que demorou tanto para voltar – provoquei, surpresa com minha própria ousadia.

– Ah, agora vejo que está melhorando – ele disse, referindo-se ao nervoso que passei com o professor Cruz. Forcei um sorriso ao lembrar que ele ainda estava no quarto e tinha o poder de me desmascarar. – Essa viagem foi fundamental para que eu olhasse para dentro de mim e entendesse o que sinto e o que desejo para o restante dos meus dias. – Klaus disse olhando nos meus olhos, e senti um entalo. – Mas não foi fácil.

– Acredito. Nunca imaginei que você conseguiria passar tanto tempo longe da fazenda, deixando tudo sob a responsabilidade de Max.

– Como não? – Ele arregalou os olhos. – Isso foi ideia sua.

– Ideia minha?

– Você disse que eu não deveria continuar sendo tão controlador e superprotetor. – Ele me deixou desconcertada. – Viu só? Estou me esforçando.

– Eu não disse isso.

– Não com essas palavras. – Ele deu de ombros.

– Usei o tempo longe daqui para refletir sobre suas palavras e cheguei à conclusão de que você está certa.

– Eu, certa? – Foi terrível ouvir aquilo. A maior mentirosa que já cruzara o oceano era quem dava conselhos de como ser uma pessoa melhor?

– Sou grato a você por ter me mostrado essa minha fraqueza – ele continuou sem saber que suas palavras aravam o solo do meu coração como se o preparando para receber os próximos plantios. – Você falou o que todos notavam, menos eu. A verdade que todos queriam dizer, mas só você teve coragem de me revelar.

A verdade? Justo eu que só proferira mentiras e meias-verdades desde que chegara? Eu não podia mais. Naquele momento, sem conseguir sustentar o olhar dele, tomei a decisão mais difícil: após contar tudo a ele, eu partiria para sempre.

Se conseguisse usar o restante do dinheiro que trouxera comigo para voltar a Hamburgo, poderia servir de algum apoio a Emma, que estava sozinha. Pensando nisso, mas sem saber por onde começar, apenas disse o que ardia dentro de mim:

– Não sou o modelo de virtudes que você acredita que eu seja.

– Não sou tolo a esse ponto. – Ele deu um sorriso atrevido antes de dizer: – Ouso dizer que você, além de bem atrevida, é perigosa. – Ele piscou para mim ao ver meus olhos arregalados. – Você viu o tamanho do homem que derrubou?

Ignorei a brincadeira, sabendo que, em poucos minutos, ele, provavelmente, me odiaria.

– A verdade que carrego é que não carrego verdade nenhuma. – Engoli em seco, respirando fundo para impedir que as lágrimas, que embaçavam minha visão, escorressem. – Tudo o que disse desde que cheguei foram mentiras – confessei olhando para minhas mãos, que contorciam o tecido da saia sem misericórdia.

– Do que você está falando?

– Não sou uma mulher prendada – confessei, e a umidade marcou minha face.

– Isso eu já notei – ele disse em tom de brincadeira, secando meu rosto com o lenço que cheirava a sândalo. Com isso, minha vontade de chorar só aumentou. Sentiria saudade daquela fragrância.

– Também menti quando disse não saber o motivo de ainda estar solteira. – Funguei antes de continuar: – Quem iria querer se casar com uma mulher que não sabe fazer nada?

– Conheço ao menos dois homens.

Não tinha certeza se ouvira bem. Então, continuei, antes de perder a coragem:

– Mas isso não é tudo.

– Estou curioso. – Um leve sorriso ameaçava brotar no canto da boca dele, como se aquilo fosse divertido.

– Meu pai não morreu. – Consegui que ele me olhasse sem aquele ar de brincadeira.

– Não morreu?

– Não – neguei com a cabeça. – Foi assassinado por aquele homem que está no quarto. – O semblante dele mudou. Vi quando uma sombra endureceu seu olhar. Ele contraiu a mandíbula, e antes que conseguisse falar, continuei: – Eu deveria ter contado, mas fui covarde. Quando saí de Hamburgo, acreditei que havia deixado tudo para trás e que poderia recomeçar do zero.

– Parece que não conseguiu deixar tudo para trás.

– Respondi ao anúncio em meio à angústia, no dia do enterro do meu pai. Mas, assim que terminei de escrever, percebi que era loucura e desisti. Só que nossa governanta postou a carta por engano, e, quando a resposta chegou, eu estava desesperada. – Ele olhava o vazio que parecia existir à sua frente. – Eu havia acabado de ser despejada e iria dormir a primeira noite na casa de Emma, quando o professor Cruz...

– Professor Cruz? – Ele olhou para mim, incrédulo. – Você o conhece? Por que não contou à polícia de Hamburgo?

– Não seria tão fácil. Era a palavra de um renomado professor contra a de uma solteirona. Não havia provas. A polícia acreditava em tentativa de roubo. Além disso, eu nem sabia se ele estava vivo ou não.

Minhas pálpebras baixaram-se de constrangimento, como se eu me despisse diante dele, e era isso mesmo que acontecia. Eu me despia das mentiras e da máscara de boa moça que usava.

– O professor invadiu o quarto que eu ocupava em minha primeira noite na casa de Emma e, durante nosso confronto, acabou caindo da janela do segundo andar. Pensei tê-lo matado, mas a verdade é que não tinha certeza disso.

– Como alguém pode não ter certeza se matou ou não alguém?

– O corpo desapareceu.

– Como pudemos constatar, ele não está nada morto. – Nervoso, ele passou a mão pelo cabelo. – Por que não me contou isso antes?

– Não é simples chegar aqui e dizer: "Prazer, eu me chamo Agnes e acredito ter assassinado um homem".

– Imagino que não seja fácil mesmo.

– Contudo, isso não justifica minha atitude. Arrependo-me profundamente de ter mentido a todos vocês – continuei com a voz falha e os lábios trêmulos. – Lamento ter colocado sua família em risco.

– Nossa família – ele corrigiu depois de me envolver nos braços, e não consegui mais conter o choro.

Klaus secou minha face. Não com seu lenço, como da outra vez. Ele as secou com o calor de seus lábios, que deslizavam os caminhos que outrora estavam úmidos, percorrendo o rastro salgado que o levou aos meus lábios, os quais entreabri para recebê-lo livremente.

Os dedos dele invadiram os cabelos da minha nuca, atraindo-me para ele, impedindo que me afastasse, como temendo o distanciamento que eu estava longe de desejar, mas que logo aconteceu. Sua boca abandonou a minha, e protestei com um suspiro, enquanto ele, distribuindo pequenos beijos pelo meu rosto e com a voz rouca, disse:

– Precisamos sair daqui e beber algo.

CAPÍTULO 28

De mãos dadas, deixei-me ser conduzida por ele até a cozinha, seguidos de perto por Docinho, nossos dedos entrelaçados em uma promessa muda do futuro que nos aguardava.

Caminhamos assim, até que vimos Max na sala de estar, sentado no chão próximo à mesinha de centro, de costas para a entrada. Antes mesmo de Docinho anunciar nossa presença, Klaus soltou minha mão e, avançando na direção do irmão, disse:

– Você não prometeu que ficaria no quarto dando apoio ao Coutinho?

– Como se Inácio, com aquele tamanho, precisasse do apoio de alguém.

Reprimindo um sorriso, aproximei-me deles, sem deixar de dar razão a Max. O porte avantajado do capitão Coutinho era, no mínimo, intimidador.

– O que está fazendo? – Klaus perguntou, curioso, atraindo minha atenção para o que Max fazia.

– Esta é a minha Bíblia – apontei para o livro que ele tinha sobre a mesa, junto a um pote repleto de um líquido esbranquiçado e grosso, que presumi ser uma espécie de cola.

– Eu sei – ele disse sem desviar os olhos do que fazia. – Estou apenas cuidando de sua arma de guerra.

– Ela está destruída – lamentei. – Era tudo que eu tinha da minha mãe. Senti culpa por ter me zangado com meu pai por ter demorado tanto a entregá-la a mim. Ele estava coberto de razão: eu não era nada cuidadosa. Fazia pouco tempo que estava comigo e já estava rasgada.

– Sinto muito pela recordação de sua mãe ter sido danificada – ele continuou inabalável com o que fazia, apesar de ter Docinho saltando em suas pernas, querendo colo. – Consegui juntar todos os pedaços e vou consertar para você.

Fiquei emocionada com o cuidado dele em querer me agradar e, colocando a mão em seu ombro, agradeci:

– Obrigada, Max! Isso significa muito para mim. – Max me olhou, mas não vi a costumeira alegria em seus olhos.

– Vamos subir para ver se Coutinho e Greta precisam de ajuda.

– Mas você queria beber algo.

Klaus não pareceu gostar de ser lembrado.

– Mudei de ideia.

– Você vem conosco, Max? – perguntei.

– Acho que vou ficar aqui com minha amiga para colar a Palavra. – Ele pegou Docinho no colo, e ela agradeceu, lambendo freneticamente o rosto dele.

– Desde quando você se importa com livros?

Max levantou os olhos na direção do irmão, e tive certeza de que não havia ali nenhum sinal de divertimento.

Em vez de responder, Max continuou organizando os pedaços da Bíblia.

– Cuidado, Max! Docinho está comendo as folhas soltas – avisei com um grito.

Com muita calma, ele esticou a mão na frente dela, e, para meu espanto, ela abriu a boca, sem qualquer dificuldade, para ele pegar o papel.

– Parece ser uma carta. – Max entregou um envelope lacrado para mim enquanto desdobrava alguns papéis que acabara de achar dentro da capa que se soltara. – Era isso que você estava querendo, Docinho?

– *Au-au!* – ela respondeu com um latido.

– Essa é a segunda vez que Docinho ataca minha Bíblia – reclamei.
– Talvez ela tenha farejado algo diferente dentro da capa, desde a primeira vez. – Max coçou o queixo, pensativo.
– É possível – comentou Klaus.
– O que temos aí? – perguntei com os olhos arregalados para os papéis que Max desdobrara.
– Sou um cavalheiro, e um cavalheiro não lê a correspondência de uma dama. – Ele esticou o braço, entregando-me o que encontrara.
– Nunca imaginei que pudesse haver algo escondido dentro dela.

Olhei para o envelope e senti um entalo ao ler meu nome escrito nele com a caligrafia firme e inconfundível do meu pai. Procurei um lugar para me apoiar e, prontamente, senti as mãos de Klaus pousadas em minha cintura, como se tivesse percebido a fraqueza de minhas pernas, ajudando-me a me sentar no sofá.

– Essa carta é para mim?
– Sim. – Klaus assentiu com a cabeça, em sinal de apoio. – Tem seu nome.
– É do meu pai. – Mesmo com a visão embaçada, virei-me para Klaus.
– Vamos ver o que ele diz aí? – Klaus disse, curioso.

Com os dedos trêmulos, quebrei o lacre de cera vermelha. Estava grata pela presença dos dois ali ou certamente postergaria aquele momento. Sem fazer ideia do que estava escrito, li em voz alta:

Querida Agnes,
Se você está lendo esta carta, é porque minhas suspeitas se confirmaram. Por isso, leia-a com a máxima atenção.
Deixei escondidos com esta mensagem papéis importantíssimos que nosso amigo Erich Reis me enviou para análise. A descoberta que ele fez e chamou de Telefono é genial e promete mudar o mundo em que vivemos. Porém, tudo me leva a crer que alguém pretende roubá-la, e estou prestes a descobrir quem é, ou melhor, estava, tendo em vista que você está lendo agora o que escrevi.

> Lamento ter mentido a você quanto a esta Bíblia ter sido de sua mãe. Porém, acreditei que seria a melhor forma para que o experimento ficasse em segurança.
> Preciso que entregue tudo nas mãos do Erich, mas tenha cuidado. Não conte para ninguém nem confie em ninguém para fazer a entrega.
> Amo você.
> Com amor, papai

Debrucei-me sobre o braço do sofá e chorei. Chorei pela morte do meu pai outra vez. Chorei por ele não ter confiado em mim e me contado a verdade. Chorei porque a única lembrança da mãe que jamais conheci era uma grande mentira. Chorei porque tinha nas mãos a prova de que ele fora realmente assassinado.

Klaus ajoelhou-se à minha frente, mas ele e Max continuaram em silêncio. Docinho, percebendo nossa tristeza, pulou do colo de Max para o meu e começou a me dar pequenas mordidinhas, que só aumentaram minha saudade, lembrando-me das inúmeras vezes que vira meu pai debruçado sobre seus projetos com ela nas pernas.

Recordei-me de como amava estar com meu pai, mesmo enquanto ele trabalhava, e do orgulho que sentia ao assistir, escondida, às aulas que ministrava aos rapazes. Lembrei-me de seus valiosos conselhos e de sua devoção ao ensino e às pesquisas, dos livros rabiscados, dos nossos domingos na igreja e dos versículos que, muitas vezes, ele repetia para mim.

De repente, atentei-me para algo estranho e, franzindo a testa, disse em voz alta:

– Se a Bíblia não era da minha mãe, então não foi ela quem grifou os versículos.

– Que versículos? – Klaus perguntou.

– Duas passagens que foram grifadas. Mas acredito que meu pai apenas começou a marcá-los de maneira aleatória, para que eu os memorizasse. – Sorri ao me lembrar do meu pai sempre os repetindo para mim. – Ele sempre insistiu nisso para que eu soubesse o maior número deles decorado.

– Seu pai parece ter sido um grande homem – disse Klaus com um sorriso que me fez pensar se estava se lembrando do dele.

– Ele foi mesmo, mas, sem querer, acabou me incumbindo de uma grande responsabilidade: entregar os documentos ao nosso amigo.

– O que pretende fazer?

– Ainda não sei. – Dei um sorriso desanimado. – Você acha que, agora que o professor Cruz será preso, seria seguro enviar os papéis ao Erich por carta?

– Vamos pensar nisso com calma. – Klaus se levantou. – Mas agora acho melhor irmos ajudar Greta e Coutinho.

– Docinho e eu vamos ficar aqui para comer e depois remendar o livro sagrado.

– Para mim, parece que você está fugindo do trabalho pesado.

– Quem disse que agradar às mulheres não é trabalho duro? – Max se levantou carregando Docinho debaixo do braço. – Não ligue para ele, Docinho. – Ele ainda perguntou a Docinho enquanto andava na direção da cozinha. – Você prefere bacon ou frango?

CAPÍTULO 29

O jantar daquela noite foi agitado. Depois de saber dos acontecimentos, a *oma*, bastante nervosa, afirmou, categoricamente, que nunca mais nos deixaria sozinhas. É claro que ela não poderia ter feito muito por nós no quesito proteção. Mas sua preocupação genuína me comoveu.

Diante de nossa insistência em mudar de assunto, ela finalmente cedeu, contando-nos sobre a visita à amiga Judite. Embora tenha criticado a outra idosa pelas fofocas, ela não resistiu em nos atualizar das novidades dos moradores das redondezas.

Após a partida do capitão Coutinho levando o professor Cruz-credo como prisioneiro, Greta recolheu-se ao quarto com seu diário. Até me ofereci para lhe fazer companhia, mas ela preferiu ficar sozinha, e eu respeitei.

A princípio, pensei que ela estivesse abalada com o incidente, mas, depois de vê-la descer na companhia do capitão e do professorzinho, eu me perguntei se o motivo não seria outro, pois, para mim, havia um desconforto quase palpável entre ela e o capitão.

Ele parecia bem mais concentrado que antes, mas logo percebi que era tolice pensar assim. Afinal, ele estivera diante de um criminoso perigoso, então era normal que estivesse compenetrado no que fazia.

De qualquer modo, eu estava aliviada com a prisão do professor. Ele saíra da casa antes da chegada da *oma* praticamente carregado pelo capitão para pagar pelo que fizera ao meu pai. Porém, não fora meu golpe nem o ferimento que o deixara quase inconsciente, mas, sim, o láudano que Greta lhe dera antes de fechar seu corte.

Com um sorriso nada amoroso, imaginei como o professorzinho ficaria caso eu tivesse feito o trabalho com meus dotes de costura e sem o medicamento que Greta desperdiçara com ele.

– Senhorita Neumann, será que a senhorita e Docinho aceitariam passear um pouco antes de se recolherem?

Despertei ao ouvir a voz de Klaus, que ficara em casa por insistência da avó.

– A noite parece mesmo agradável – comentou a idosa, já apoiando a bengala no chão, pronta para se levantar do sofá. – Acho que vou com vocês.

– Mas, *oma*, a senhora acabou de falar do quanto está cansada. – Max, piscando para mim, fez questão de lembrar a avó do que ela falara durante o jantar.

– Eu não disse isso.

– Disse, sim – insistiu Max. – Será terrível se amanhã, quando suas amigas chegarem para apurar os acontecimentos desta noite, elas a encontrarem com o semblante cansado e abatido.

– Não acredito...

– Elas poderão até achar que a senhora está aparentando ser mais velha que elas – Max comentou, inocentemente, enquanto coçava a orelha.

– Não sou mais velha que Judite! – A *oma* se levantou decidida e, olhando para os dois netos, disse: – É melhor que vocês não se esqueçam de trancar as portas antes de irem dormir no *alojamento*, pois não queremos mais nenhum incidente aqui nesta casa. – Ela frisou a palavra, e corei ao imaginar o que ela poderia estar pensando do nosso passeio. – *Gute Nacht!* – ela disse já ao pé da escada.

– Boa noite, *omita*! – Max falou de maneira melodiosa e, assim que teve certeza de que a avó subira, disse baixinho: – Você me deve mais uma,

pequeno Klaus. – Klaus murmurou algo incompreensível enquanto nós dois seguíamos para fora da casa. – Mas, dessa vez, ela fica aos cuidados de vocês. – Max apontou para Docinho, que já estava pronta para segui-lo, e saiu em direção ao alojamento, deixando que uma brisa fria com a promessa de uma noite chuvosa soprasse até nós.
— Parece que esfriou um pouco.
— Sim, eu notei. – Esfreguei as mãos nos braços, e ele, na mesma hora, colocou em meus ombros nus uma pequena manta que descansava sobre o banco da varanda.
— Se preferir, podemos ficar aqui em vez de passear. – Assenti brevemente com a cabeça, sem saber ao certo o que dizer. Ele me convidou a sentar no banco, eu prontamente aceitei, e Docinho pulou, pedindo colo. – A *oma* ficou impressionada com a carta que seu pai lhe deixou.
— Eu também. – Mordi os lábios, constrangida. – Apesar de saber que meu pai estava sempre envolvido em experimentos e descobertas, até a morte dele jamais me passara pela cabeça que escondesse algo.

Durante o jantar, mesmo envergonhada, eu confessara que a invasão da casa fora minha culpa. Além disso, revelei o que havíamos descoberto, admiti ter mentido a todos eles e, muito emocionada, pedi perdão.

Para minha surpresa, em vez de repreensão, eles me apoiaram. A *oma*, parabenizando-me pela coragem em admitir o erro, disse algo que me marcou profundamente: *Nenhum de nós está livre de se sentir tentado a encontrar atalhos para resolver nossas dificuldades. Quando escolhemos a verdade, ela logo nos prova ter sido a melhor escolha. Ainda que, a princípio, não seja a saída mais atraente.*

— Pensei muito em você durante a viagem que fiz. – A confissão de Klaus fez meu coração disparar.
— Pensou?

Ele balançou a cabeça com um sorriso e admitiu:
— Confesso que também pensei no Maximilian cuidando da fazenda.

Ri alto.
— Ele foi maravilhoso – falei.

– Você parece bastante afeiçoada a ele... – Klaus comentou, com um meio-sorriso.

– Claro! Max é uma das pessoas mais fantásticas que conheço.

Klaus ficou calado por um tempo acariciando a cabeça de Docinho, que estava no meu colo.

– Você acredita que Max... – ele interrompeu a fala como se buscasse as palavras certas, deixando-me apreensiva, imaginando o que poderia estar tentando me dizer. – Estive pensando durante a viagem que, caso você prefira se casar com Maximilian...

– Eu me casar com Max? – Arregalei os olhos. – Não quero me casar com Max! – Tive a impressão de ter visto o canto dos lábios dele esticar, como se um sorriso estivesse prestes a nascer. – É bem verdade que, no início, quando você deixou claro que não queria se casar comigo...

– Nunca disse que não iria me casar com você – ele me interrompeu, e fiz sinal com a mão para que me deixasse prosseguir.

– Cheguei a pensar no Max como possibilidade. Mas, francamente, demorou menos que algumas horas para eu entender que ele é um homem incrível, mas não o homem incrível para mim.

– Talvez ele pense diferente. – Klaus deu de ombros. – Vejo vocês muito próximos.

– Max não sente por mim mais do que sinto por ele: amor fraternal.

– Ele não é seu irmão.

– De fato – admiti. – Sabe, você me deixa confusa.

– Não duvido. Tendo em vista que era assim que me sentia, mas há algo que aprendi nesse tempo que passei longe de casa.

– E o que seria? – perguntei, curiosa.

– Que preciso de você.

Passei a mão direita sobre o ouvido, na incerteza de que escutara bem.

– Precisa?

– Você chegou à minha vida, e Deus é testemunha de que eu não esperava. – Abri e fechei a boca, sem encontrar nada para falar. – Desde então, e por sua culpa, ela nunca mais foi a mesma. – Klaus colocou uma mecha rebelde do meu cabelo atrás da orelha, enquanto eu permanecia emudecida ao ouvir aquilo que tanto ansiara por escutar. – Você me tirou da minha casa, me fez dormir em um alojamento com vários homens, roubou minha paz.

– Eu não queria nada disso. – Baixei os olhos. – Lamento que, ao me receber aqui, eu o tenha arrastado para o meio do caos que minha vida se tornou.

– Você mudou tudo que eu tinha como certo e abriu meus olhos para o que eu havia me tornado. Logo eu, cujo objetivo era garantir a felicidade da minha família, estava privando a todos do direito que lhes era devido: o de crescer.

– Eu fiz isso? – Engoli em seco, grata por estar sentada, já que não tinha a garantia de que teria firmeza para permanecer em pé.

– Sim, você fez muito mais. Mostrou-me que eu podia pensar em mim e seguir meu coração.

– Não sei o que dizer. Talvez...

– Diga que pensou em mim e que me perdoa por ter demorado tanto para entender que minha vida precisa dessa dose do inesperado que você me traz... – ele me interrompeu, e fechei os olhos ao senti-lo tão próximo.

– Pensei em você incansavelmente – confessei, antes de sentir o contato dos lábios dele sobre os meus.

Minha respiração estava entrecortada, mas não diferente da dele, que tinha o mesmo ritmo e a mesma intensidade que a minha. Não ofereci resistência ao seu beijo, que me aqueceu como o sol ao meio-dia.

– Sofri de medo de que você desistisse de mim para ficar com meu irmão – confessou ele, afastando os lábios dos meus brevemente, enquanto a mão, emaranhada nos cabelos da minha nuca, garantia que eu não me afastaria dele, como se eu fosse capaz de desejar tal coisa.

– Sua viagem repentina, sem falar comigo, me fez acreditar que você não me queria.

– Apenas desejava entender meus sentimentos. – Ele deslizou o dedo na lateral do meu rosto, causando arrepios no meu corpo. – Mas agora o que quero é saber...

– Saber?

– Se você aceita ser minha esposa e viver para sempre ao meu lado.

Meu rosto iluminou-se com um sorriso. Meu coração respondeu à pergunta dele antes mesmo que eu tivesse condições de falar. Abri a boca e fechei, pois não encontrei voz. Só me restou estender a mão para tocar-lhe a face. Fechei os olhos para senti-la, memorizando onde iniciavam os pelos que cobriam o maxilar.

A cabeça dele tombou de encontro à minha mão, como se ansiasse tanto quanto eu por aquele toque. Quando minha respiração ficou mais pesada e custosa, só me restou a aproximação da boca dele para roubar-me o ar com o beijo que me deu livremente.

Seus lábios tocaram os meus, e fui capaz de esquecer o tempo que passamos separados e as noites em que sonhei acordada com aquele momento. Atravessara o oceano em busca de um futuro e, ao chegar ali, encontrei o amor.

CAPÍTULO 30

No café da manhã do dia seguinte, o assunto principal ainda era a invasão do professor Cruz, e todos nós emitimos nossa opinião sobre o que aconteceria com ele.

A *oma* precisou ser convencida, a muito custo, de que não seria necessário nem prudente que fosse até a casa de detenção "ensinar àquele malfeitor desavergonhado que não era de bom-tom atacar moças de família, obrigando-o a confessar o assassinato do meu pai", palavras usadas por ela.

– Afinal, que versículos eram aqueles que sua mãe marcou? – a *oma* perguntou enquanto passava manteiga no pãozinho de milho.

– Não foi a mãe da Agnes quem fez as marcações – Max avisou enquanto bebia o café recém-coado.

– Ora, mas a Bíblia não foi um presente de sua mãe? – ela perguntou diretamente para mim.

– Meu pai explicou na carta que não. Como o exemplar parecia novo, suponho que ele o tenha comprado para esconder o experimento.

– Parece inteligente da parte dele, ainda que eu não ache certo profanar a Palavra de Deus.

– *Oma!* – Klaus repreendeu a avó, e o gesto dele em minha defesa me deixou comovida, ainda que não fosse necessário, tendo em vista que o comentário da *oma* não soou a mim como ofensa. – O professor Neumann não profanou nada. Ele apenas sublinhou um trecho bíblico.

– Na realidade, foram dois versículos: Salmos 119:105 e Atos 9:4 – corrigi Klaus, explicando: – Os livros dele também eram marcados. Ele dizia: "Quando assinalamos as partes mais importantes de um livro, o caminho para a verdade fica mais claro, como se fosse um roteiro nos apontando em que direção seguir".

– Interessante – disse Greta.

– De fato, o que ele dizia faz sentido – comentou a *oma* com a mão no queixo.

– Ele sempre insistiu que eu fizesse o mesmo, o que nunca fiz. – Lembrei-me do meu pai com saudade. – Além disso, ele costumava repetir alguns dos versículos que amava decorar.

– Eu teria gostado do seu pai.

– Com certeza a senhora teria. Ele era um homem muito querido por todos – contei, com um sorriso saudoso.

– Exceto pelo assassino.

– *Oma!* – os três netos repreenderam a avó ao mesmo tempo, como se fosse um coro, e eu, mordendo os lábios, reprimi o riso.

– Só falei o óbvio.

– Certa idosa sábia sempre nos ensinou que nem sempre dizer o que pensamos é proveitoso – Max lembrou a *oma*, dando de ombros.

– Que seja! – ela bufou.

Nesse momento, senti o olhar de Klaus sobre mim. Sabia, mesmo sem ele ter dito nada, que havia chegado a hora. Mordi o lábio inferior enquanto fazia um círculo no centro do prato com o garfo que tinha na mão.

A mistura de nervosismo e alegria coloriu minha face, e um sorriso brotou do meu íntimo. Indiquei com a cabeça que estava preparada, ou, ao menos, achava que estava.

— *Liebe Oma*. — Ele se levantou da cadeira, indicando com a mão que eu deveria me levantar também.

— Oh, Senhor! — A *oma* pousou as duas mãos sobre o coração. — Finalmente!

— *Oma*, deixe-os falar — pediu Greta com um sorriso.

— Estou deixando, criança.

— Querida *oma*! — repetiu Klaus em português. — Agnes e eu vamos nos casar.

— E eu que estava esperando uma novidade! — reclamou Max, revirando os olhos.

— No dia 5 de março — Klaus completou.

Enquanto Greta vibrava de alegria, o queixo de Max caiu, e a *oma*, com a testa franzida, contava nos dedos.

— Mas isso é sábado! — protestou a idosa. — Ninguém consegue organizar um casamento em uma semana!

Klaus olhou para mim com olhar digno do teatro de Berlim e disse na minha direção:

— Sinto muito, querida, acredito que a *oma* tem razão. — A idosa sacudia a cabeça com um largo sorriso por conseguir mais tempo para o evento de seus sonhos no salão da Sociedade Orpheus. — Ninguém seria capaz de um feito assim tão grandioso — ele continuou, e a *oma* parou imediatamente de afirmar com a cabeça, arrancando de vez o sorriso do rosto dela, que arregalou os olhos.

— Melhor seria se adiássemos por seis meses — falei para ajudá-lo, ainda que com pena da aflição da *oma*.

— Acredito que será melhor adiar por um ano... — Klaus corrigiu, e a avó arregalou os olhos.

— Sábado me parece perfeito! — ela interrompeu o neto, levantando-se de um pulo.

— Até porque dona Judite vai ficar de queixo caído quando a senhora casar seu neto antes do dela — Greta lembrou, e todos riram alto.

Os latidos de Docinho anunciaram a chegada de um visitante antes que ouvíssemos as palmas. Klaus, que atendeu ao chamado, voltou pouco depois com capitão Coutinho, dando-lhe batidinhas no ombro e um sorriso contagiante.

– Vejo que meu neto já lhe contou as boas-novas, capitão.

– De fato, estou deveras feliz.

– E eu, aliviado. – Todos olharam para Max. – Não aguento mais dormir naquele alojamento ouvindo a "orquestra sinfônica do ronco", da qual o músico principal é o Klaus.

– O senhor aceita um café, capitão? – perguntou a *oma*, ignorando o comentário do neto.

– Certamente. Inclusive, vim lhe trazer um pouco mais dos grãos de café de que a senhora tanto gostou.

– Obrigada! – ela lhe agradeceu antes de perguntar, bastante curiosa: – Como o senhor os conseguiu se não viajou recentemente?

– Escrevi pedindo a um soldado que os trouxesse consigo ao ser transferido para cá.

– Quanta gentileza, capitão. – Ela apontou para o lugar vago na mesa. – Sente-se e coma conosco.

– Obrigado! – Ele se acomodou, agradecido, mas não sem olhar para Greta com interesse. – Como se sente, senhorita Flemming?

– Ótima – respondeu Greta, sem mais explicações.

– Será que algo mais que mimar minha avó tenha-lhe trazido aqui em um domingo pela manhã, meu caro? – Klaus questionou, curioso.

– De fato, venho trazer notícias do prisioneiro.

– Como ele passou a noite? – Greta perguntou.

– Quando saí de lá, ele ainda dormia como um anjinho – informou o capitão.

Os homens riram do que mais parecia ter sido uma piada sem graça de Max.

– Passarei para vê-lo depois do culto – Greta avisou, servindo o capitão.

— De modo algum! — disse Klaus duramente e, ao perceber que todos olhavam para ele, continuou: — Não me olhem assim. Não vou permitir que ela, mais uma vez, chegue perto daquele criminoso.

— Ele é meu paciente — Greta protestou.

— Ele é paciente do doutor Hillebrand.

— Dessa vez, preciso admitir que Klaus tem razão.

— *Oma!* — Greta levantou-se em protesto por não ter encontrado apoio de ninguém, nem mesmo da avó.

— Prometo à senhorita que, mesmo sem ele merecer, cuidarei para que o doutor faça uma visita ao sujeitinho — prometeu o capitão.

— Obrigada! — Ela voltou a se sentar, mas ficou de cabeça baixa, girando o dedo, inúmeras vezes, na borda da xícara, enquanto Max levantou outro tema polêmico.

— Não entendo por que não podemos criar gado.

— Maximilian, já criamos gado — Klaus falou pausadamente.

— Não seja idiota. Você sabe do que estou falando.

— Graças a Deus, já temos trabalho demais com a lavoura.

Acabei me distraindo da discussão deles por observar Greta, que, vez ou outra, levantava a cabeça e fazia menção de falar, mas desistia, parecendo meio inquieta. Até que de supetão, interrompendo a discussão dos homens sobre a criação de gado, ela disse:

— Vou embora.

— Precisa nos esperar. — A *oma* foi a única, além de mim, que ouviu o que ela disse, mas, provavelmente, a única de nós três que não entendeu. — Seria terrível chegarmos todos separados no culto.

— Vou embora de São Leopoldo — Greta falou, dessa vez em tom mais grave e firme, que chamou a atenção de todos na mesa.

— Você está louca? — Klaus perguntou apoiando as duas mãos sobre a mesa, como se estivesse pronto para se levantar.

— Quero estudar medicina.

— Será que não consegue entender que não existem mulheres médicas? — ele perguntou.

– Porque não existe não significa que não poderá existir – Greta argumentou com coragem. – Estou decidida a falar com o reitor, se for preciso.

– Não!

– Acredito que Klaus...

– Max, o que você entende sobre querer estudar? Isso não é problema seu, e, se não pode me ajudar, não interfira.

Fiquei surpresa ao ver quanto as palavras de Greta haviam ferido o sempre sorridente irmão, que se levantou empurrando a cadeira para longe, saindo de casa sem dizer mais nada.

– Greta!

– Ele me provocou, *oma*.

– Ele não fez nada disso, e acredito que você esteja deveras alterada. – A avó bateu a mão sobre a mesa e, em tom mais baixo, disse: – Beba um copo de água e acalme-se.

– Não quero me acalmar, *oma* – ela protestou. – Isso é injusto! Se qualquer um dos dois quisesse estudar, o que não é o caso, eles poderiam. Mas como sou mulher não posso! Estou certa de que minha mãe apoiaria.

– Sua mãe morreu justamente por não ter conseguido pensar com clareza.

Greta saiu furiosa após a fala da avó. O baque forte da porta da frente se fechando foi a confirmação de que ela saíra da casa, deixando o ambiente tenso entre todos nós.

CAPÍTULO 31

— Continuo não achando justo que eu não tenha podido visitar o doente depois do culto.

— Greta, seu irmão tem razão — comentei olhando para ela através do grande espelho oval que ficava sobre nossa penteadeira. — Uma casa de detenção não é um lugar para uma moça de família.

Revirando os olhos, ela esticou a almofada de alfinetes que tinha nas mãos para Adele, que, em silêncio, tirava minhas medidas para o vestido de casamento.

Greta ainda estava chateada com o irmão, apesar de bem mais calma que quando chegou à reunião dominical. O silêncio sepulcral que nos acompanhara até lá permaneceu durante toda a manhã.

— Acredite em mim quando digo que aquele homem é perigoso e não merece sua preocupação. — Abanei-me na esperança de amenizar o calor daquele fim de tarde.

— Seu pensamento não parece muito cristão, Agnes.

— De fato, mas o capitão garantiu que o criminoso receberá assistência médica do doutor Hillebrand.

– Que seja. – Ela deu de ombros, mas eu não estava certa de tê-la convencido. – Vamos falar sobre seu casamento, pois não quero estragar sua alegria. – Ela fez uma careta. – Ainda que seja para se casar com aquele insuportável cabeça-dura do Klaus.

– Até ontem você pensava diferente sobre seu irmão.

– É capaz de que amanhã eu volte a amá-lo, mas hoje vou continuar zangada. – Ela colocou a língua para fora de maneira infantil enquanto Adele e eu ríamos.

Observei a concentração com que Adele tomava minhas medidas. Com apenas alguns traços, ela desenhara diante de nossos olhos um vestido digno dos famosos figurinistas de Paris.

– O vestido vai ficar fabuloso, Adele – eu disse, encantada.

– Qua... qualquer coisa na senhorita fi... ficaria deslumbrante.

– Não tenho tanta certeza.

– Conte a Agnes – incentivou Greta.

– Contar o quê?

– Na... nada importante. – Adele passou, pela segunda vez, a fita métrica na minha cintura. – Assim fi... ficaria muito apertado?

– Está perfeito. – Virei para ela, curiosa. – Agora, conte-me tudo.

– A Gre... Greta fala de... demais.

– Adele sonha em ser uma grande modista – Greta disse sem rodeios. – Pronto! Falei!

– É verdade, Adele?

– E... eu sei que é algo im... impossível para uma po... pobre ga...

– Não diga isso, Adele – mostrei-lhe o próprio desenho. – Veja! Você é maravilhosa e cheia de talento!

– Digo isso a ela quase todo santo dia, mas ela não acredita.

– Seja tão determinada quanto Greta e acredite, de todo o coração, que tenho certeza de que seu nome será grande!

– Ela já tem até um nome.

– Greta! – eu a repreendi, antes de implorar. – Conte-me, Adele. Agora preciso saber. – Levantei a mão direita. – Prometo guardar segredo.

– Ma... *Maison* ma... madame Adele.

– É magnífico! – exclamei, batendo palmas. – Estou alegre em saber que meu vestido de casamento será costurado por madame Adele.

Uma batida à porta chamou nossa atenção, e me escondi atrás do biombo, ainda que estivesse decentemente vestida, enquanto Adele atendia à porta.

– Podemos ouvir as risadas de vocês de longe. – Ouvi a voz de Klaus falando do vão da porta.

– O imperador Dom Pedro II também proibiu as pessoas de sorrirem? – De onde estava, vi Greta, sentada na cama, torcer a boca para o irmão.

– Vejo que ainda está zangada comigo.

– Acredito que ficarei assim até que neve no Natal.

– É mesmo lamentável. – Ele levantou o tom da voz como se eu não estivesse no mesmo quarto que ele e não pudesse escutar onde estava. – Você não acha, Agnes?

– De fato, é desanimador – ajudei-o ao entender sobre o que ele se referia.

Ela estreitou os olhos na minha direção, e pude ver uma palavra escrita neles: traidora.

– Sim, e a culpa é sua – Greta disse ao irmão com cara de aborrecimento, mas eu acreditava que ela já não estava tão zangada. Afinal, sabia que o desejo dele era apenas protegê-la.

– Então, devo me retirar – ele ameaçou, em tom de brincadeira.

– *Tschüss!* – Greta disse adeus sem se mexer de onde estava.

Klaus saiu fechando a porta, porém, um segundo depois, a abriu novamente e, colocando apenas a cabeça no quarto, disse:

– Talvez fosse um bom momento para contarmos a ela. Você não acha, Agnes?

– Não adianta, que você não é o engraçadinho da família – ela avisou, tentando disfarçar a curiosidade.

– Estou ferido. – Ele colocou a mão sobre o peito, como se estivesse mesmo com dor.

Um sorriso escapuliu de um dos lados da boca da irmã, antes de ela perguntar:

– Contar o quê?

– E eu achando que tinha verdadeiro talento para o teatro.

– Klaus! – Greta reclamou enquanto Adele e eu gargalhamos da tentativa patética dele de imitar Max. – Então fale você, Agnes – ela pediu, olhando para mim.

– Depois que voltamos da igreja, a *oma* pediu que nos reuníssemos para falar sobre seu desejo.

A apreensão era visível nos olhos dela enquanto ouvia o irmão. Talvez eu tenha sido a única a notar que ela torcia discretamente o tecido do vestido rosado com a mão direita.

– Quando será essa reunião? – ela perguntou.

– Conversamos depois do almoço – ele contou.

– Sem mim? Não é justo que tenham falado sobre mim sem que eu estivesse presente para defender meu sonho.

– Antes de mais nada, queria explicar a você que só quero seu bem.

– Eu sei que sim, mas isso não deveria lhe dar o direito de decidir meu futuro, o que será de mim pelo resto dos meus dias. Imagine se estivesse no meu lugar e precisasse renunciar aos seus sonhos. – Ele ficou em silêncio. E não foi preciso dizer palavra alguma. Eu sabia o que o afligia. Por anos, ele experimentara a privação dos próprios sonhos em prol da família. Mas, ao contrário dela, isso fora escolha dele. – Tudo que tenho pedido é uma chance – Greta disse, tocando a mão do irmão.

– Sinto muito – ele disse meio emocionado, e vi o exato momento em que as lágrimas silenciosas correram pelo rosto dela. Lágrimas de luto por ter acabado de enterrar seu sonho. – Perdoe-me por não ter me atentado para a importância de acatar as escolhas de vocês dois. Não tenho sido muito melhor que os senhores de escravizados.

– Klaus... – sussurrei com o coração partido ao ver a emoção tomá-lo.

Greta o abraçou, e eles permaneceram assim por alguns instantes, até que ele a afastou e disse:

– Durante a reunião, chegamos à conclusão de que você tem todo o direito de tentar estudar em uma universidade.

Ela olhou para mim com os olhos arregalados, como para confirmar o que ele dizia. Balancei a cabeça afirmando, em lágrimas, e após se lançar nos braços do irmão ela disse:

– Obrigada!

Em seguida, correu na minha direção e começou a pular abraçada comigo em círculo.

– Como é bom ver você feliz – eu disse, emocionada.

– Ter o apoio da minha família é muito importante para mim – ela disse com a voz trêmula.

– Isso não é tudo – eu disse, animada, fazendo-a arregalar os olhos.

– Falei com o doutor Hillebrand, e ele se comprometeu a escrever uma carta de recomendação – Klaus contou dessa vez, sem brincadeiras. – Vamos levá-la para falar com o reitor da universidade.

– Isso é um sonho! – Espiei quando ela foi até o irmão para abraçá-lo.

– Mas é claro que há condições. – Klaus afrouxou o abraço e, olhando nos olhos dela, disse: – Caso seja aceita, levará Adele para lhe fazer companhia. Isso, é claro, se ela quiser. – Todos olhamos para a moça, que estava com a boca tão aberta quanto os olhos estavam arregalados. – A *oma* falou com sua mãe, e ela concordou – ele completou.

– E... eu vo... vou para a ci... cidade grande? – Adele perguntou abismada, parecendo não acreditar no que ouvira.

– Não, Adele – Greta corrigiu, emocionada. – Nós duas vamos para a cidade grande!

CAPÍTULO 32

No jantar do dia seguinte, todos estavam em clima de festa. Já havíamos definido o cardápio e a lista de convidados, o que fora uma tarefa deveras desafiadora, com a *oma* querendo convidar quase todos os moradores da colônia.

Entendíamos quanto ela estava feliz e desejava comemorar isso com uma grande festa. Porém, Klaus e eu decidimos fazer algo íntimo, apenas com a presença dos amigos mais próximos.

Ri ao pensar que, apesar de não ter conseguido nos convencer a comemorar nossa união no Salão da Sociedade de Canto Orpheus, a *oma* ao menos tinha algo com que se vangloriar: o neto se casaria antes do neto da amiga Judite.

– Senhora Flemming, a senhora não precisa se preocupar com o número pequeno de convidados, pois, se o cardápio escolhido para a festa for tão delicioso quanto este refogado, não tenho dúvida de que a senhora ficará conhecida como a melhor organizadora de eventos de todo o Rio Grande – disse o capitão Coutinho.

– Pensando bem, acredito que o senhor tenha razão. – Um sorriso convencido iluminou a face enrugada da *oma*.

— Vou retirar seu convite se você continuar dando ideias a ela.

— Não seja ingênuo, meu irmão — Max falou com um sorriso debochado. — A *oma* não precisa que ninguém lhe dê ideias.

— Falando assim, parece que fico tramando coisas ruins.

— Longe disso, *oma* — Greta disse com um largo sorriso. — Trazer a Agnes foi o melhor que nos aconteceu.

— Preciso concordar com minha irmã. — Klaus sorriu para mim, e senti que poderia derreter diante de sua afirmação.

— Finalmente, todos nós concordamos em algo. — Greta levantou as mãos para o céu agradecendo ao que parecia ser uma trégua.

— Claro que o fato de ela ter feito a melhor cuca de toda São Leopoldo pode ter contribuído para isso — confessou Max, falando sobre o bolo que eu assara naquela tarde, sob a orientação de Martha, que vinha sendo uma mentora para mim no que dizia respeito aos segredos da confeitaria, atividade pela qual eu descobrira ter grande interesse.

— Você ainda não podia comer — reclamei por ele ter roubado um pedaço de nossa sobremesa.

— Você acha que eu ficaria olhando aquela maravilha sem provar? — Com a boca aberta, parecendo injuriado, Max colocou a mão no peito. — Sem contar que precisava garantir que a *oma* não correria o risco de se engasgar novamente ao provar suas receitas.

— Maximilian! — Ele foi repreendido por um coral de vozes.

— Obrigada por me aceitarem entre vocês — agradeci com um sorriso largo, ignorando a brincadeira dele. — Obrigada por me aceitarem como sou.

Eu me sentia tão feliz. Parecia que os problemas haviam sido parte de um pesadelo, e eu, ao acordar, estava no paraíso ou algo semelhante. Não era tola o suficiente para achar que havia vida perfeita e sem dificuldades, infortúnios ou tristeza, mas estava aprendendo a valorizar as pequenas alegrias. Talvez fosse este o segredo: ver beleza nas pequenas coisas.

Estar naquela família após atravessar o mundo era sentir os pés no chão. Eu os amava e sabia que era amada por eles. Ter partido rumo ao desconhecido fora o melhor que me acontecera.

— Capitão, o que será feito com o moço que invadiu nossa casa? — A pergunta da *oma* me tirou do devaneio.

Após o jantar, reunimo-nos como de costume na sala de estar, onde desfrutamos do recém-coado café Ouro Preto, acompanhado da cuca que eu assara.

O capitão Coutinho olhou para Klaus, que assentiu com a cabeça para que prosseguisse.

— Ainda não está definido o que será feito do criminoso — informou o capitão, coçando a nuca. — Preciso confessar que o sujeitinho não tem facilitado meu trabalho. — Ele franziu a boca em sinal de desagrado. — Vou precisar aguardar a decisão dos meus superiores.

— O que ele fez? — Greta perguntou, curiosa.

— Ele se recusa a falar com outra pessoa que não a senhorita Neumann.

— Ela não... — Klaus interrompeu a frase que ele mesmo começara e, esboçando um sorriso sem graça, corrigiu: — A senhorita Neumann é capaz de decidir por si mesma o que deseja.

— Obrigada, senhor Flemming — sorri, orgulhosa, com o esforço dele em respeitar a individualidade de cada membro da família. — Não quero falar com aquele homem. — Neguei com a cabeça, colocando a mão sobre a de Klaus, sentado ao meu lado. — Não vejo proveito algum em um encontro com ele e duvido de que seu objetivo seja confessar a barbaridade que fez com meu pai.

— Ele não me parece nada arrependido — contou o capitão. — Fica calado o tempo inteiro, com aspecto nada amigável.

— Ele tem passado mal ou tido febre? — Greta perguntou preocupada, uma vez que fazia poucos dias que o criminoso fora atingido na cabeça.

— Ele está se recuperando bem — o capitão informou. — Hoje mesmo o doutor Hillebrand passou para uma consulta.

— Nas poucas vezes que o vi, percebi que ele é de poucas palavras — contei, dando de ombros.

— Eu me pergunto o que faria esse homem vir de Hamburgo até aqui atrás de você — disse a idosa, pensativa.

– Ambição, *oma* – respondeu Klaus.

– De fato, se ele conseguisse apresentar a descoberta, que, segundo meu pai, é revolucionária, isso lhe teria trazido riqueza, poder e prestígio.

– Que é o desejo de todo homem – a avó afirmou.

– Exato!

– Pessoas gananciosas estão sempre dispostas a tudo, mas garanto que tenho dado meu melhor para que ele receba a punição devida pela morte de seu pai – falou o capitão, e eu acreditei. Sabia da competência dele e do seu desejo de justiça. Ele era um dos poucos homens dignos que eu conhecera. Confiava que daria seu melhor, ao contrário de certo inspetor de Hamburgo.

– Mais uma vez, obrigada, capitão.

– É um prazer. Mas o que a senhorita pretende fazer em relação aos papéis do cientista?

– Exatamente o que o pai dela pediu – Klaus adiantou-se em responder, e agradeci por não precisar ser eu a falar. Gostaria que todos soubessem que a ideia da viagem tão custosa e demorada partira dele. – Vamos entregá-los nas mãos do verdadeiro dono.

– Você vai viajar para Hamburgo com a senhorita Neumann? – a *oma* perguntou com os olhos arregalados.

– Não, *oma*. – Ele piscou para mim. Nós já havíamos conversado sobre isso e estávamos preparados para esse questionamento. – Vou viajar com a nova senhora Flemming.

– Mas isso significa que você ficará durante meses ausente da administração da fazenda – comentou o capitão Coutinho, mostrando quão surpreso estava com a decisão do amigo, que jamais se ausentara tanto tempo da fazenda.

– Maximilian ficará responsável por tudo.

– Que o Senhor nos proteja com Max no comando – Greta resmungou.

– Senhor Flemming para você, Greta. – Max empinou o nariz e endireitou a postura ao olhar para a irmã caçula, que respondeu com uma careta de desdém.

– Sentirei sua falta, meu amigo – disse o capitão. – Quando viajam?

– Ainda não sabemos. Primeiro, vamos fazer uma curta viagem de lua de mel. Aproveitaremos para levar Greta e Adele para o Rio de Janeiro, onde vão passar uma temporada na casa de uma tia, irmã do nosso pai, que se estabeleceu na corte em vez de seguir para São Leopoldo com os outros imigrantes.

Surpreso, o capitão olhou de soslaio para Greta.

– Vejo que muitas mudanças chegaram com esse novo ano – ele comentou, com um sorriso que não chegou aos seus olhos.

Pouco depois, o capitão já retornara ao seu posto, enquanto a família continuava discutindo os planos para os próximos meses e para a festa de casamento no sábado.

– Agnes.

– Maximilian. – Virei-me para Max, que estava na entrada da cozinha me olhando arrumar a louça para facilitar a vida de Martha no dia seguinte.

– Não me chame assim, por favor – Max implorou com uma careta.

– Qual é o problema de vocês que não gostam do próprio nome?

– Sempre que escuto alguém me chamar assim é sinal de problemas. – Ri alto. – Estava pensando se você faria um favor para mim.

– Mas é claro! – eu disse com alegria, mas ele fez sinal com a mão para que diminuísse o tom de voz.

– Em segredo – ele sussurrou, e arregalei os olhos, temendo o que ouviria a seguir. – Ao menos, por enquanto.

– Em que eu poderia ajudá-lo?

– Preciso de uma esposa.

– Lamento, mas já estou de casamento marcado. – Fiz uma careta.

– Engraçadinha.

– Tendo esclarecido esse detalhe, prossiga.

– Gostaria de colocar um anúncio no jornal de Hamburgo.

– Um anúncio?

– Você sempre repete o que as pessoas falam?

Revirei os olhos com a crítica, antes de perguntar:

– Max, você poderia me contar o que o faz querer arrumar uma noiva por correspondência?

– Ora, Agnes, você ainda não conseguiu perceber a escassez de moças disponíveis aqui na colônia?

– Sim, mas... – Tossi, limpando a garganta. – É que pensei que você tivesse muitas pretendentes.

– Não acredito que a *oma* ficaria feliz comigo se escolhesse qualquer uma delas. – Ele piscou para mim, e corei ao imaginá-las.

– É, creio que não. Mas acredito que sua avó pode ajudá-lo melhor que eu, tendo em vista que foi ela quem publicou o anúncio ao qual respondi.

– Você sabe quantos anos ela tem? – ele perguntou, horrorizado.

– O que quer dizer com isso? Não consigo entender.

– Por Deus, fale baixo! – ele pediu aflito, e senti vontade de rir ao ver seu desespero. – Você, melhor que ela, sabe o que uma mulher jovem *deste século* procura em um marido.

– O que a *oma* fez funcionou para Klaus. – Dei de ombros.

– Ah, esqueça! – Ele se virou para sair.

– Espere, vou ajudá-lo.

Ao me ouvir, ele se virou e sorriu com minha promessa.

CAPÍTULO 33

Olhei minha imagem refletida no espelho, sem acreditar no que meus olhos viam. Era inacreditável que Adele tivesse conseguido costurar em tão pouco tempo o vestido mais lindo que eu já vira.

A renda importada que revestia o corpete simples e ajustado ao corpo estendia-se até a altura do pescoço, formando um decote alto. A peça, fechada nas costas com uma carreira de botões de madrepérola, era a combinação perfeita para a saia volumosa, que exigira várias camadas para o bom caimento.

O cetim brocado fora insistência da *oma*, que desejava o melhor para sua neta. Fora assim que ela me chamara no dia em que me entregara os metros e metros de tecido branco vindos do Rio de Janeiro. Sorri ao me lembrar de como fiquei surpresa ao descobrir que tudo fora encomendado antes mesmo que eu desembarcasse no Brasil.

Com os olhos embaçados, através do espelho, olhei para a idosa, que, sentada em uma cadeira perto de nós, fungava sem parar, observando-nos.

– Não é possível que a senhora vá ficar chorando o dia todo, *oma* – disse Greta.

– Não seja tola, é apenas um resfriado. Você precisava ter colocado tantos botões nesse vestido, Adele? – gesticulou a *oma*, com a bengala na mão. – Coitado do meu neto.

– *Oma!* – Greta a repreendeu rindo, e baixei os olhos ao entender o que a idosa dissera.

– Era ne... necessário – Adele, que ajustava algo na bainha, respondeu sorrindo.

– Não se esqueça de respirar fundo e falar com calma – Greta lembrou Adele da orientação que recebera do doutor Hillebrand para melhorar a gagueira.

– Fiquei impressionada em ver como algo tão simples está ajudando Adele – comentou a idosa.

– Estou feliz – Adele comentou devagar, já de pé e com um sorriso largo, obedecendo às recomendações sobre a respiração, e nós três a aplaudimos entusiasticamente, parabenizando-a por seu desempenho.

A *oma* estava certa: era mesmo inacreditável que algo simples, usado constantemente, tivesse efeito tão grande. Adele estava se empenhando bastante desde a consulta com o médico, e, mesmo sabendo que a melhora seria gradativa e resultado de muito treino, podíamos notar o brilho de felicidade nos olhos dela em poder falar uma simples frase de maneira fluida.

Era emocionante lembrar a alegria que todos nós sentimos quando ela nos mostrou, pela primeira vez, seu progresso. O apoio incondicional que aquela família era capaz de dar às pessoas à sua volta foi o ingrediente fundamental para que eu a amasse tanto.

– Precisamos descer, ou Klaus vai fazer um buraco no chão de tanto andar de um lado para outro. – Greta riu olhando o local da festa pela janela do quarto que eu dividiria, a partir daquele dia, com o homem que eu passara a amar.

Eu insistira que nossa cerimônia e festa fossem realizadas na fazenda, na terra que me acolhera e seria herança dos meus filhos. Tudo fora preparado como no aniversário de Greta, e, pelo barulho das muitas vozes que falavam ao mesmo tempo, eu podia imaginar que o número de convidados não seria menor.

Coloquei a mão no peito para tentar acalmar meu coração, que saltava mais intensamente que no dia em que chegara ao Brasil. Queria espiar pela janela, mas tive medo de que o restante da minha coragem se esvaísse. Olhei para a cama que, naquela noite, dividiria pela primeira vez. Não entendia meus sentimentos, um misto de alegria e pavor.

— Klaus será gentil com você.

Olhei com espanto para a *oma*, que estava ao meu lado e parecia ter lido meus pensamentos.

Sentindo o rosto corar por pensar que todos sabiam o que aconteceria entre nós naquela noite, olhei à procura de Greta e Adele.

— Pedi a elas que saíssem para poder falar a sós com você.

— Falar a sós?

— Imagino que você possa estar apreensiva quanto ao desconhecido. Eu me senti assim como você. Toda moça passa pela mesma coisa antes do casamento. Mas garanto a você que não é necessário temer, pois a união do casal é o presente que Deus deu às famílias para que se perpetuassem.

— Obrigada!

— Então, meu conselho para você nesta noite é: não tenha medo de abrir seu coração e sua intimidade ao Klaus.

— *Oma!*

— Não seja tão puritana, menina, ou será difícil eu ter todos os bisnetos com os quais sonho. — Ela segurou minha mão, e baixei o olhar, enrubescida. — Não deixe que a vergonha ou o medo roubem de você a alegria de conhecer, nesta noite, o homem que você ama.

— Não deixarei.

Aguardando-me ao pé da escada estava o homem de aparência vistosa e imponente que eu escolhera para me levar ao altar. O capitão Coutinho estava vestido com um casaco azul de botões dourados, calças justas e botas pretas com esporas douradas. Ao pensar em quem poderia convidar para representar meu pai naquela noite, não encontrei alguém tão honrado e valoroso, cuja amizade bordara seu nome no meu coração.

Antes mesmo que tivesse descido o último degrau, aceitei a mão do capitão oferecendo-me ajuda.

– A senhorita está magnífica!

Greta, que estava ao lado dele, entregou-me o buquê de rosas e ajustou a saia do meu vestido antes de sair acompanhando a *oma*, deixando-me sozinha com ele.

– Obrigada, capitão.

– Inácio. Por favor, me chame de Inácio – ele disse com um sorriso. – Klaus é um irmão para mim.

– Que sorte a dele ter um irmão igual a você, Inácio.

– Você está preparada?

– Acredito que sim.

– Meu amigo é um homem de sorte.

– Eu é que tenho sorte.

Apoiada no braço dele, dei os últimos passos de solidão. Enquanto andava entre as pessoas que aguardavam de pé a entrada da noiva, lembrei-me do dia mais solitário que tivera, o do sepultamento de meu pai. Por um instante, quase permiti que a raiva pelo professor Cruz roubasse a alegria do dia do meu casamento da mesma forma como ele roubara o direito de meu pai levar a única filha ao altar.

Uma lágrima solitária de saudade rolou pela minha face, e, olhando o céu limpo daquela manhã, agradeci em silêncio a Deus, que permitira que a solitária habitasse em família.

Vagamente, vi que as pessoas sorriam, mas não enxergava mais nada além do homem que, com sorriso largo, me aguardava apenas alguns passos à nossa frente.

Diante do pastor, olhando nos olhos de Klaus como se fôssemos os únicos ali, li meus votos:

– Meu querido noivo, diante de Deus e dos amigos presentes, prometo ser seu porto seguro como você tem sido o meu. Prometo que a terra arada do meu coração será terreno fértil para que a confiança e o respeito floresçam a cada dia, até que os frutos do nosso amor possam ser colhidos. Prometo cuidar de você como quem cuida do bem mais precioso. Prometo colorir seus dias como o sol da terra que me acolheu faz na natureza que nos cerca. Aceito você como meu esposo, meu amigo e meu companheiro, por todos os meus dias.

Enquanto secava os olhos das lágrimas de alegria pelo dia que cheguei a acreditar que nunca chegaria, ouvi os votos dele:

– Minha amada, aceito você hoje e todos os dias da minha vida. Aceito fazer de você a mulher mais feliz de todo o Novo Mundo. Aceito ser o marido fiel e pai dos filhos que nosso amor vai gerar. Aceito cuidar de você e respeitar o amor que você me confiou.

CAPÍTULO 34

– Não seja tão implicante, *oma* – Greta repreendeu a avó, que, a contragosto, caminhava com ela de mãos dadas até a carruagem.

– Não vejo necessidade de irmos justo hoje para Porto Alegre. O mínimo que uma mulher da minha idade pode querer após o casamento do neto é o direito de poder dormir na própria cama – argumentou a idosa. – Sinto-me como Docinho, expulsa de casa para que os outros festejassem sem ela.

– Docinho não foi expulsa – Greta protestou. – Foi para a casa de Martha por causa da agitação do casamento, mas amanhã estará de volta.

– Vejam só, até ela voltará para casa antes de mim – ela resmungou.

De mãos dadas, Klaus e eu seguramos o riso diante da teimosia da *oma* em partir para a capital da província na companhia de Max e Greta. Apesar de nervosa, eu estava ansiosa por finalmente ter meu marido só para mim.

Ainda sentíamos a euforia da festa, que se prolongara mais do que imaginávamos. Fazia pouco tempo que o último convidado partira. Graças a Inácio, que, com astúcia, convencera os convidados de que a festa acabara.

A cerimônia fora linda e emocionante. Eu nunca me sentira tão amada e acolhida. Não me restava mais dúvida de ter sido aceita no seio daquela família como se tivesse nascido nela.

Após a troca das alianças e do casto beijo diante dos convidados, oferecemos um farto almoço, que rendeu vários elogios para a *oma*, até mesmo da amiga Judite.

– Prometo que será apenas por um dia. – A idosa estreitou os olhos como se duvidasse do que a neta lhe dizia. – No máximo, dois.

– Você poderia muito bem ir sozinha com Maximilian.

– Já lhe expliquei que preciso falar com a esposa do governador da província. Ela me prometeu uma carta de recomendação para que eu consiga ser atendida pelo diretor da universidade.

– Poderíamos sair bem cedo pela manhã, pois duvido de que a mulher vá acordar antes das dez horas.

– *Oma*, não se faça de tonta – Greta bufou antes de ser mais clara. – Precisamos deixar o casal sozinho na noite de núpcias.

Os três olharam para nós, e corei no mesmo instante.

– Mas e se eles precisarem...

– *Oma*, garanto-lhe que Klaus não vai precisar da senhora. – Max deu uma piscadela para nós.

Descemos da varanda e nos aproximamos sem pressa, ainda que, por dentro, meu coração corresse descontrolado. Levantei um pouco a barra do vestido branco, mesmo sabendo que já estava tingida do tom amarelado do pó da terra depois de um dia de festejo.

Klaus tomou a avó pelo braço e, carinhosamente, caminhou com ela o trecho que faltava até o veículo. Após depositar um beijo na bochecha dela, sussurrou ao seu ouvido:

– Acredito que a Agnes ficará bem mais tranquila se estivermos sozinhos.

Ela olhou para mim com o canto dos olhos e, com um sorriso, balançou a cabeça.

– Vamos, Max! – A *oma*, gesticulando com a bengala para o outro neto que se distanciara para buscar a bagagem, gritou: – Não seja tão lerdo, precisamos partir!

Aproximei-me da *oma* e, antes que ela entrasse na carruagem, dei-lhe um beijo estalado.

– Obrigada por ter escrito aquele anúncio. Ele mudou minha vida – sussurrei ao ouvido dela com a voz meio trêmula.

– Ah, minha menina, você também mudou nossa vida – ela disse, emocionada. – Obrigada por fazer meu Klaus tão feliz.

– Deixe que eu a ajude a subir. – Klaus apoiou o braço até a avó se sentar ao lado de Greta, que já se acomodara na carruagem.

– Boa sorte, Greta.

– Obrigada. Acredito que vou precisar, viajando com esses dois. – Ela ganhou uma cutucada da bengala da avó pela provocação.

Colocando a cabeça fora da carruagem, a *oma* gritou:

– Vamos, Max! Se você continuar andando como uma tartaruga, vamos perder a última sumaca para Porto Alegre.

– Podemos ir por terra mesmo – Greta sugeriu, piscando para mim.

– Não vou chacoalhar por horas numa carroça, correndo o risco de ser presa pelos bugres, se posso fazer isso tranquilamente pelo rio dos Sinos.

– Pensei que a senhora tivesse dito ter medo de viajar de barco – Max comentou com um sorriso cheio de sarcasmo.

– Nunca disse uma coisa dessas – respondeu a idosa, franzindo a boca. – Como você acha que vim parar aqui, nesta terra?

– Acho que a senhora disse no dia em que Agnes chegou – Greta interrompeu a avó.

– Você que ouviu mal!

Acenamos para eles, observando a carruagem se distanciar e não ser mais possível ouvi-los.

Então Klaus envolveu meus ombros com os braços fortes e sussurrou ao meu ouvido:

– Finalmente estamos sós, senhora Flemming.

* * *

Eu não estava certa de estar preparada para ficar sozinha com Klaus. Eu, que sonhara com aquele momento, agora preferia adiá-lo. Não que estivesse arrependida de me casar com ele, ao contrário.

Depois da partida da família, subimos para o quarto. Mas ele, gentilmente, havia me dado alguns instantes sozinha para que me preparasse e ele fosse ao meu encontro no nosso novo aposento. As paredes de tom verde-claro transmitiam a tranquilidade que eu estava longe de sentir.

Sentei-me sobre a colcha de linho bege, bordada, fazendo subir dela o agradável cheiro de lavanda dos lençóis recém-lavados da fazenda. Respirei fundo, na esperança de que o exercício para a gagueira de Adele também servisse para meu nervosismo.

Um fio de suor escorreu pela pele virgem entre meus seios, mas eu sabia que não era apenas de calor. Imaginar que em pouco tempo as mãos dele percorreriam aquele mesmo caminho me fez suspirar. De onde estava sentada, pude ver minha imagem refletida no espelho da penteadeira. Os cabelos haviam se soltado parcialmente.

Eu não me sentia apresentável o suficiente para recebê-lo. Aproximando-me da penteadeira, passei o pano úmido, que pegara no lavatório, pelo rosto e início do pescoço. Preferia ter tomado um banho, mas não havia como desabotoar aquela trilha de botões nas costas do vestido. Sentada em frente ao espelho, estiquei as mãos para saber se conseguiria soltá-los. Eles escorregavam dos meus dedos, e, apesar do empenho, apenas duas casas foram abertas.

O leve rangido da porta chamou minha atenção quando ele entrou no quarto. Minhas mãos caíram no colo ao perceber que os cabelos dele, por estarem molhados, haviam escurecido e uma ousada gota de água escorria deles, guiando meu olhar na jornada por seu peito despido.

Ele não parecia ter pressa nem se envergonhar por estar sendo estudado pelo meu olhar afoito em descobrir cada detalhe de seu corpo. Pela primeira vez, quis saber pintar para captar a beleza que havia no salpicar de pelos dourados sobre aquela pele exposta.

Sentindo como se o ar me faltasse, segurei-me no assento por causa da leve tontura que me acometeu. Umedecendo os lábios, viajei por todos os montes e depressões que os músculos peitorais dele formavam.

– Minha esposa parece gostar do que vê.

– De... desculpe. – Desviei o olhar.

– Não se desculpe, pois não vou me arrepender quando fizer o mesmo com você. – O chão se movia à medida que meu peito inflava, e agradeci, silenciosamente, por estar sentada. – Posso ajudar você?

– E... eu gostaria de tomar banho.

Ele sorriu malicioso antes de dizer:

– Será um prazer ajudá-la, minha querida esposa.

Era possível sentir o cheiro de pele limpa e o calor que emanava do corpo dele como se estivéssemos debaixo do sol do meio-dia. Ouvi a rouquidão de sua voz rente ao meu ouvido direito, ao mesmo tempo que sua imagem apareceu refletida junto a mim. Através do espelho, vi também quando as mãos ásperas dele, depois de soltar meus cabelos, deslizaram pelo meu rosto, até encontrarem descanso sobre meu pescoço.

Engoli em seco quando ele soltou os botões, um a um, sem, contudo, tirar os olhos dos meus por meio do reflexo. Parecendo tão perturbado quanto eu, ele se aproximou um pouco mais e, com a respiração irregular, enterrou o rosto nos meus cabelos.

Impaciente, abandonou a tarefa dos botões sem a ter finalizado, ajoelhando-se à minha frente. De olhos fechados e sem entender o que ele pretendia, afundei as mãos nas mechas douradas, enquanto seus lábios capturaram os meus em um beijo que era, ao mesmo tempo, carregado de paixão e doçura.

– Amo você, Agnes. – Ainda com os lábios colados aos meus, ele se levantou lentamente e, segurando-me nos braços, levou-me à banheira para cumprir a ajuda prometida.

Naquela mesma noite, meu corpo deu as boas-vindas ao dele e recebeu, com alegria, a semente do nosso amor.

CAPÍTULO 35

Querida Emma,

Desculpe a demora em mandar-lhe notícias mais detalhadas sobre esse tempo de recomeço em terras brasileiras. Mas, como prometido, estou lhe escrevendo antes mesmo de que uma resposta sua à minha carta anterior chegue.

Foram tantas coisas que aconteceram desde a última vez que nos vimos que me pergunto se conseguirei, em uma única carta, lhe deixar a par dos acontecimentos.

Já faz quase duas semanas que Klaus e eu nos casamos. Estamos na cidade do Rio de Janeiro. Viemos trazer Greta, irmã do Klaus, para a casa da tia deles, onde ela ficará hospedada por um tempo. Ainda parece inacreditável para mim que, depois de anos apenas cuidando do meu pai e conformada com minha condição de solteirona, eu esteja desfrutando das alegrias de uma vida a dois.

Não que eu acredite que um dia seremos apenas nós dois, já que a família dele é numerosa, e a casa da fazenda está sempre tumultuada e cheia de pessoas cujas vozes inundaram minha vida de amor *e alegria. Cumpriram-se em minha vida as promessas que recebi no culto fúnebre do meu pai. Cheguei ao Império brasileiro como uma solitária que logo passou a habitar em uma família, e meu desejo é que, em breve, você viva isso também.*

Em relação ao tal professor Cruz, já me adianto. Não se culpe pelo que vou lhe contar, mas ele veio à minha procura. Na verdade, pior que isso. Invadiu o quarto que eu dividia com Greta da mesma maneira como fez em sua casa. Felizmente, nada aconteceu conosco. No entanto, ele acabou ferido, mas não de morte. Como um gato de muitas vidas, ele já está de pé. Apesar de ainda estar preso, temo que seja solto em breve.

Ao contrário do que você imaginava, não era a mim que ele queria, mas, sim, alguns papéis importantes e secretos que meu pai escondeu, pouco antes de morrer, dentro da Bíblia, fazendo-me acreditar ser herança da minha mãe.

Fiquei decepcionada com o papai por ter-me enganado. Até que me dei conta de que não era melhor que ele e, por muitas vezes, mentira para a família Flemming, que nunca me julgou por tê-los enganado.

Escondida na Bíblia também havia uma pequena carta na qual meu pai pedia que eu entregasse os documentos secretos ao verdadeiro dono.

Em razão disso, daqui a alguns meses poderei abraçar você outra vez, antes de seguirmos em busca de Erich Reis, meu amigo de infância e legítimo proprietário dessas anotações, que parecem ser geniais. Elas falam sobre uma invenção que vai possibilitar que as pessoas se comuniquem, mesmo estando a longa distância. Você não acha isso louco e, ao mesmo tempo, fascinante?

Quem dera fosse possível não precisar de tanta tinta, papel e dias para poder falar com você, minha amiga. Seria maravilhoso que as notícias pudessem chegar com mais rapidez. Infelizmente, parece algo impossível.

Falando na demora das correspondências, digo de minha suspeita de que chegaremos a Hamburgo pouco tempo depois de esta carta estar em suas mãos.

Para finalizar, Klaus e eu gostaríamos que você, agora que está sozinha, refletisse sobre a possibilidade de viver conosco e, quem sabe, também construir uma família aqui.

Inclusive, quero lhe contar que meu cunhado, Max, está à procura de uma noiva. Ele pediu minha ajuda para resolver isso quando eu chegar a Hamburgo. Ele gostaria de que a moça selecionada por mim já viajasse conosco em nossa volta para casa. E, não se zangue, mas meu coração saltou de alegria ao imaginar, secretamente, que essa senhorita poderia ser você.

Isso não se deve apenas ao meu desejo egoísta de tê-la junto de mim, mas por eu acreditar que a alegria que ele carrega dentro de si pode tornar seus dias mais leves.

Ele é um homem bonito, divertido e quatro anos mais novo que meu Klaus. Vou me adiantar deixando abaixo o anúncio que ele pediu que eu colocasse no Diário de Hamburgo ao chegar aí, para que você possa refletir com calma sobre isso.

P.S. Ele tem todos os dentes.

Com amor,
Agnes Flemming

Homem alemão, trabalhador, procura uma jovem entre 18 e 25 anos que goste de crianças e animais. Importante saber ler, escrever e desejar estabelecer residência no Império do Brasil. Objetivo de matrimônio.

– Docinho quer saber se você está escrevendo uma carta ou a página inteira de um jornal. – Sentada na cadeira de escrivaninha do hotel, no

Rio de Janeiro, onde estávamos hospedados, virei-me para olhar para os dois, Klaus e Docinho, deitados confortavelmente sobre a cama. – Venha ficar comigo.

– Pelo que vejo, meu lugar já está ocupado por outra dama – provoquei.

– Saia, Docinho! – Klaus apontou o dedo para ela, que, rosnando, avançou na direção dele. – De quem foi a ideia de trazer uma terceira pessoa nessa viagem?

– Você sabe bem que a ideia foi minha. – Revirei os olhos. – Ela sofreria ao perceber a casa vazia. Sem contar que poderia achar que a abandonamos, como seu primeiro dono.

– Tudo bem, mas ela vai dormir no tapete.

– *Rrrrrr* – ela rosnou para Klaus antes de obedecer, descendo da cama.

– Boa menina! – Ele tentou afagar a cabeça da ferinha, que do chão o encarava.

– *Rrrrrr*.

– Sim, eu sei – Klaus disse a ela com sorriso fingido. – Nossa amizade ainda não é tão profunda. – Gargalhei quando ele, vestido apenas com sua ceroula de algodão, levantou-se, afofando meu travesseiro. – Agora o lugar está livre. – Ele elevou a sobrancelha três vezes, de modo brincalhão.

O calor intenso não podia ser aliviado pela brisa do mar que entrava pela janela aberta. A beleza da praia que podia ser vista da varanda não se comparava à euforia que eu sentia sempre que olhava o peito desnudo do meu esposo.

– Não seja tão impaciente, senhor meu marido. – Com um sorriso travesso, soprei a tinta do papel.

– O que tanto você escreveu para a senhorita Weber?

– Não foi tanto assim – fiz beicinho. – Relatei, de forma resumida, os últimos acontecimentos. Emma ficará incomodada pela curiosidade, mas os detalhes só contarei ao chegarmos a... – larguei a carta sobre a mesa, desanimada. – Oh, não!

– O que aconteceu?

Docinho levantou a cabeça, curiosa.

– Vou precisar reescrever a carta.

Ele arrancou de mim um sorriso, quando vi seu olhar desolado pela informação que recebera.

– Sinto muito, mas esqueci de contar a Emma que aceitei o convite de Martha de abrir a "Doces lembranças" – disse, emocionada, só de pensar que em breve estaria mostrando ao mundo o talento que eu julgava não ter.

– Sinto muito orgulho de você, querida esposa. Mas essa informação sobre bolos e doces pode esperar até chegarmos a Hamburgo.

– É óbvio que não.

– É óbvio que sim. Afinal, ainda não permiti.

Arregalei os olhos.

– Claro que permitiu.

– Talvez você precise me convencer. – Ele levantou o braço para coçar a nuca, evidenciando os músculos que jamais imaginei existirem.

– Oh, preciso convencê-lo? – repeti, sentindo o sangue pulsar na altura do pescoço, como se o calor da cidade maravilhosa o fervesse no meu corpo.

– Você não sabe como fazer tal coisa? – Sem voz, balancei a cabeça negando, enquanto o ritmo da minha respiração acelerava. – Então, vou precisar ensinar à minha jovem esposa? – Balançando a cabeça, afirmei que sim, sem desviar os olhos dos dele, como um convite em branco para receber as instruções que ele não se cansava de ensinar. – Você só vai precisar me prometer algo. – Remexi-me na cadeira a cada passo que ele dava lentamente em minha direção.

– Pro... prometer? – gaguejei ao ver o corpo dele à minha frente, à altura das minhas mãos, que, como se tivessem vontade própria, partiram ao encontro da pele levemente úmida da barriga.

– Sim. – Sem esforço, ele girou a cadeira na qual eu estava sentada, de modo que fiquei de costas para ele. – Prometer que sempre vai me dar daquela delícia que só você sabe fazer.

Senti o ar ser sugado dos pulmões e, inflando o peito, abri a boca em busca do socorro que sabia que só os beijos e as carícias dele poderiam me dar.

– O *apfelstrudel*? – Passei a língua nos lábios, sem saber se fizera isso por causa da lembrança da torta folhada de maçã.

– Esse também. – Com um sorriso malicioso, ele me tomou nos braços.

– Também?

– Sim, meu pequeno papagaio.

FIM

AGRADECIMENTOS

A você, minha querida Cereja leitora, obrigada pelo carinho, pelos *feedbacks* e pelas avaliações na Amazon.

Às Cerejas do meu pote, vocês são um presente de Deus para mim.

Ao meu marido e aos meus filhos, por me liberarem para viver este sonho.

A todas as minhas amigas de escrita, especialmente a Penina Baltrusch, que aguenta meus surtos e os milhões de áudios diários.

Às minhas amigas Nathália Bastos, Priscilla Almeida e Renata Aires, por serem minhas escudeiras neste projeto (em ordem alfabética, para evitar ciúme).

Às minhas leitoras beta, cujo trabalho na lapidação desta história foi fundamental. Obrigada, Cristiane Oliveira, Dayane Brum, Helen Gaia, Nathália Bastos, Nathana Sistherenn, Penina Baltrusch, Renata Aires, Suzy Layre e Wildymara Miranda.

AGRADECIMENTO ESPECIAL

Reservei este espaço para agradecer o apoio e o engajamento de algumas de minhas Cerejas leitoras e amigas que me ajudaram na votação do nome de duas personagens: Agnes e Adele.

Obrigada, Cerejas: Larissa Takata, Nathália Bastos, Wildymara Miranda, Inara Martins, Elieide Cardoso, Beatriz Araújo, Jeane Felipe, Cristiane Santos, Marina Moraes, Larissa Najara, Sandra Nonato, Dayane Grunevalt, Gabriela da Silva, Suzy Layre, Aline Silva, Priscila Reis, Camila, Penina Baltrusch, Angelita Kossmann, Carol, Élcita Gondim, Gisele, Vitória, Weiriane Stelter, Cíntia Tavares, Laís Lins, Simone Machado, Andréa, Marta Matos, Renata Aires, Nathana Sistherenn, Keila Graham, Sérgio Albyno, Kamilla Dourado, Eulália Seca, Anna Clara Moreira, Clarissa Moreira, Monica Maria, Simone Sebald, Jade Lucheze, Amanda Galvão, Nathalia Baltrusch, Raquel S. Lima, Carol Castilho, Raquel Assis, Vanessa Pereira, Hadassa Freitas, André Alves, Valéria Felix, Tatiana Silveira e Cristiane Oliveira.